追夢霞滿天

ZHUIMENG XIAMANTIAN

怡霖·著

厦门大学出版社
XIAMEN UNIVERSITY PRESS
国家一级出版社
全国百佳图书出版单位

怡霖散文之“焰”(序)

张胜友

福建女作家怡霖在鲁迅文学院高研班学习期间,将她的两部散文集《岁月追风人》和《月上柳梢头》赠予我;时隔不久,又寄来另一部书稿《追梦霞满天》,嘱我作序。乡情难却,我恭敬不如从命。

闽地阳光充沛,雨水丰盈,这种自然天赐滋养了闽人心田,性情开朗,心地阳光,反映到文学上便是每个字里行间都散播着亘久的热度。它的繁茂和广袤一如草原上的风掠过山峦的温馨。读怡霖的散文,这种感觉便时时袭来,缘于她的散文有着一种“焰”与“美”的直接抒情,让你真真切切感受到了她持久的热力和绵长的光度。

任何虔诚的文字都是有“焰”的,带着自身的热度,带着内在的穿透力。这种“焰”是多元的,或浓烈,或奔放,或明媚,或淡定。每个人的文字都有着与众不同的“焰”。怡霖的散文之“焰”是秋阳式的,是古炉式的,会温暖人,会感染人,但不会灼伤人。她有时会喷出情感之“焰”,会融化人,但不会焚毁人。她的散文之“焰”又是朴素的,真挚的,不雕琢不刻意,不造作不矫情。没有虚张声势,更不处心积虑。

这种“焰”是洁净的，健康的，乐观的。是跳跃的，充满活力的，又是无偿的，无私的。你捧读这样的文字，就像冬夜里捧着一只内燃的手炉，她的热力通过你的掌心，你的血管，燃遍你的周身。

生活是人生的大书。反之，散文便是一个人的生活简史，或曰一个人的心灵简史。怡霖的散文取材于身边的生活。她善于在日常生活中寻找她的散文密码，阅读她的散文就像在阅读她的生活，她内心的热情，善行，都在字里行间找到了安放的位置，并且发着光。这种内心的光亮构成了她的散文之“焰”，她的文字从某种意义上说是以一种生活态度的方式在读者中传诵。阅读她的文字，你会感觉这种“焰”无处不在，它不是巧遇的，也不是有意安排的，而是自然的行走。其中有爱，有关怀，有悲悯。《我们有阳光》、《胸中藏烈火》、《善行随风》、《最近的幸福》……等等篇什，都是生动的佐证。“你想让上帝给我们多少东西？阳光，阳光就够了！”“在这寒冷的冬夜，如同送给我一鼎火炉，将我冰冷的心融化……”“心中燃着一团火，世上就没有灰暗。”“善良才是真正的圣人。”“不要吝啬你的舌尖，许多时候，一句平平的赞语往往比泛泛的表白更真切动人。不要吝啬你的双眸，许多时候，一个盈盈的凝望往往比虚空的誓言更给人鼓舞振奋。不要吝啬你的怀抱，一个紧紧的拥抱，没有任何东西抵得上爱人温暖宽厚的胸膛。”……这样的句子俯拾即得，纵且距她千里，可她的散文之“焰”始终烛照着你，你阅读她的散文就走不出她“焰”的半径了。

除了“焰”光照人，怡霖的散文又是唯美的。她以女性特有的细腻和敏捷去发现美，挖掘美。在《追梦霞满天》这部书稿中，她别出心裁设置了“花事”一辑，抒写了近二十种花卉，每一篇都是精短的美文，有国色天香的牡丹、轻盈纯洁的杨花，有质朴无华的竹花、会飞翔的杜鹃花，还有素雅坚贞的菊、无需粉黛的芙蓉，以及红艳绝伦的刺桐花。她运用工笔描摹、勾画、着色，一朵朵寻常的花瞬间焕发了不同寻常的美。她笔下的花卉不只美，而且是有个性的，一朵朵花就是一个个风姿绰约的女人，各有各的娇嗔，各有各的风情。怡霖曾在一篇创作谈中谈到，"物皆著我之色彩"，显然，这些花卉必定漂染了作者生命的颜色，才如此鲜艳夺目。这是写实的花卉，也有写虚的，她写了《心花》、《情花》和《水花》，她内心的丰盈和热烈，洒脱和豁达，也可见一斑。这世界不缺乏美，而是缺少发现美的眼睛。怡霖有一双嗜美的眼睛，她对美的感知，内心之美的映衬、倒影，都潜藏在这诸多的美文之中了。

《在通往圣殿的路上》则表露无遗，怡霖对于文学是赤诚的，且始终抱持一颗朝圣之心。从精神的高度说，文学是所有作家的圣殿。唯怡霖的创作是怪异的，据闻她这几十万字均成于手机荧屏上，她的创作不在书斋，而是在流动的旅途上，喧杂的街头、安静的山村、奔跑的火车……哪儿都是她创作的现场，哪儿都是她文学的圣殿，其中的艰辛与快意可想而知。正是她的坚韧和执着，才换得如许丰厚的收获。关于文学创作想说的话还很多，却又往往多说无益。还是回到怡霖的散文之"焰"吧，这有待于读者用自己的眼光去发见，去感悟，去升华。对于怡霖未来的创作，我们寄以深深的祝福！

是为序。

（注：张胜友，全国政协委员、中国作家协会原书记处书记、著名作家）

目录

二、心声

三、逐步

四、情乡

五、笔墨

花事

Chasing Dreams

01 心 花

心花是无名的小草，心花是有节的修竹。

心花是傲雪的松柏，心花是栖凤的梧桐。

心花是润物的细雨，心花是舒爽的浓荫。

心花是收获的鲜果，心花是催春的朔风。

心花是浅淡的曙色，心花是绚烂的晚霞。

心花是悠然的云朵，心花是雨后的彩虹。

心花是孤高的北斗，心花是浩渺的星河。

心花是盈亏的月魄，心花是明晦的苍穹。

心花是喷薄的旭日，心花是澄澈的蓝天。

心花是澎湃的大海，心花是平静的江湾。

心花是潺湲的溪水，心花是深邃的湫潭。

心花是清虚的空谷，心花是俊伟的高山。

心花是陡峭的崖壁，心花是起伏的峰峦。

心花是登攀的绝顶，心花是不屈的巉岩。

心花是远帆的旧港，心花是荒漠的甘泉。
心花是农夫的沃土，心花是牧童的草原。
心花是蜿蜒的道路，心花是路边的木屋。
心花是新辟的蹊径，心花是宽阔的通途。
心花是驰骋的骏马，心花是温顺的绵羊。
心花是逐浪的鸥鸟，心花是潜海的珊瑚。
心花是伏枥的老骥，心花是耕田的黄牛。
心花是高飞的大雁，心花是待哺的鹏雏。
心花是斑斓的蝴蝶，心花是轻灵的蜜蜂。
心花是报春的燕雀，心花是志远的鸿鹄。
心花是歌声的起落，心花是旋律的抑扬。
心花是琴键的跳动，心花是音调的铿锵。
心花是清醇的龙井，心花是咖啡的浓香。
心花是开瓶的可乐，心花是陈酿的杜康。
心花是婉约的诗赋，心花是豪放的篇章。
心花是荧屏的声像，心花是网上的邮箱。
心花是无私的自我，心花是博爱的心房。
心花是知音的褒贬，心花是友谊的增强。
心花是飘逸的秀发，心花是妩媚的裙装。
心花是清澈的眸子，心花是艳丽的红唇。
心花是婀娜的少女，心花是钟情的君郎。
心花是丰腴的美妇，心花是成熟的男人。
心花是老者的健旺，心花是幼孩的天真。

心花是丈夫的身影，心花是妻子的眼神。

心花是追求的激奋，心花是坚持的热忱，

心花是岁月的印记，心花是成长的年轮。

心花是温馨的私语，心花是关注的聆听。

心花是会意的微笑，心花是激励的掌声。

心花是柔情的抚慰，心花是亲切的叮咛。

心花是无悔的承诺，心花是大度的宽容。

心花是呢喃的梦呓，心花是幽咽的涕零。

心花是相思的凄楚，心花是牵念的永恒。

心花是誓愿的坚守，心花是期盼的虔诚。

心花是天使的惠赐，心花是大爱的结晶。

心花无形形似百花，心花无色色映百花。

心花无味味殊百花，心花无声声动百花。

心花无言，却胜万语。心花无声，堪比奏乐。心花无形，身姿玲珑。心花无色，颜如锦帛。心花无味，甘甜滋补。

心花是条搁浅的小舟，是停泊的港湾，在人生的海洋行进驶出疲惫了，予以靠岸、喘息、鼓舞，浩浩荡荡、风风光光、轰轰烈烈地走完生命旅程。心花是清晨将爱人送出家门，心花是笑迎爱人风尘仆仆。心花是闲观潮起潮落，心花是漫赏云卷云舒。

心花不是花，却无处不是花。心花不是花，却逢处皆是花。心花还是花，四处向天涯。心花开放花，世人追逐她。

爱人的脸容，一面就是醉生梦死。爱人的声音，一言便是心花怒放。爱人的眼神，一眸便是电光石火。爱人的身影，一见便是魂不守舍。身携心花，游走人生，才不会孤独。神附心花，昼出夜伏，方不会寂寞。

撒下一颗爱的种子，种植培育你的心花。

心花花语：全心全意、至死相随。

02 情 花

一

你的笑容，是我生命中的向日葵。

你在我身上的吻痕，是我身体最多彩的图案，那是一朵永不凋谢的情花。

你是我从降生就开始的梦，直至我遇见你，我才在梦中笑了。相遇与相识的人漫如繁星，我无视。只有你，是净空的一轮明月，将圣洁的月光洒在我清梦。

你孤独的踏上归途，其实正是来路，我就在莫愁湖岩等你。你带着满袖秋风奔赴，我变成秦淮河畔古柳林，青青垂杨便是你的依依叮咛。

想你的时候，即便孤独，也不再有寂寞的感觉。

恨君不似江楼月，南北东西。南北东西，只有相随无别离。恨君却似江楼月，暂满还亏。暂满还亏，待得团圆是几时。

你在，无论阴暗还是阳光，心底都是晴朗。无论白天还是黑夜，心底都是安宁。你无奈地离去，非是叛离我，而是为了来日与我更久长的厮守。

二

从别后，忆相逢，万回魂梦与君同。

从清晨睁开双眼到午夜合上双眼，梦中呓语都是念叨你的名；从朝霞升腾到夕阳西下、星火满空都是牵挂你；从月牙初现到月圆满钵，每天渴盼都是相见你。虽迢遥之隔，相知天涯当咫尺。我是如此全心全意、至死不渝地将你深埋。你我的情意就似排山倒海、汹涌澎湃、前赴后继的碧浪无垠之阔，也似天空数不胜数，眼花缭乱的星星。思恋就像空气，流动在时时刻刻、分分秒秒，纠结在四面八方、漫无边际。

长夜银河天际流，鹊桥顿解两情囚。天释女，地从牛，月牙住进柳梢头。

无论四季如何递变，地球绕太阳如何公转，从春分经夏至到秋分到冬至，无论昼长夜短的三伏天或是昼短夜长的三九天，如同沉迷在东风的温润与娴静，南风的潮湿与剧烈，也如同沉迷在西风的萧瑟与干燥，北风的凶猛与寒冷。这长长长长长长的萦念、追念、忆念、钟念、誓念、积念、盼念、遐念、痴念，哪里是说得完讲得清道得尽啊！

三

我一夜一夜梦中醒来，拥抱的却是空空如也。我一次一次的梦到你关切的目光，梦到你磁性的声音，梦到你深情的双手。我只愿此生与你拥眠，埋进你结实的胸膛。

我同你穿越这不朽的黑夜，穿越生命的沧桑和辽远，穿越俗世的春天和人生的秋天。我要同你穿越那无法穿越的死亡和永恒，穿越那遥不可知的未来和永不消散的静寂。

在时光的隧道中，我的骨头醒着，为的是聆听你的脚步；我的身体醒着，为的是等待你的亲近；我的思想醒着，为的是迎接你灵犀的飞渡。我的灵魂彻夜不眠，为的是与你的灵魂相契相栖。冥冥约定了，我们在百花盛开时，我们相遇；在知了欢唱时，我们相知；在秋菊浪漫时，我们相爱；在冰雪飘舞时，我们相守。

一年四季，日日相好、月月相眷、季季相恋。

人生若无相思饮，枉来世间走一遭。蓦然回首，发现我曾经的情，过去的爱，都不抵你一次牵手。我是如此忘乎所以，我是如此梦回依依。在这夏日如火之晨，我愿化成一只蝶儿，踩着你的足迹，追随你的身影，停靠你宽厚的肩臂，日也厮守，夜也厮守。哪管潮落潮起，哪管日头东西。

四

前生我是你的女人，今生你用你柔情飞扬的文字牵引我的心魂。今生我依然要做你的女人，你将所有的柔情化成文字昭显你对我爱的忠诚。我积压已久的心绪此时哽咽成一串无语的诗，此时此刻，我为你落泪了，无声，却有痕。我不是一个容易落泪的女人，也不是一个轻易能让人走进心扉的女人。

我看不见你的脸庞，却能看见你的双眼，那是蓄满痴念的眼。我看不见你的身影，却能看见你的内心，那是溢满炽烈的心。手动处，怡风习习。眼流处，款款温情。

你就是我大海中飘荡已久唯一的浮萍，我是如此虚弱地抓住你的衣襟，你的袖风便是我从容的喘息之地，倘若松手，我便窒息而亡。

吾郎，我是你苦等千年的精灵，我等你在万古断桥，与你倚柳赏荷，与你植梅栽桃。吾郎，你来，请跟我来，让我们彼此阅读每一寸肤肌，让我们彼此描绘人间最美的风景。吾郎，吾爱，请莫迟疑，请莫彷徨，请跟我来，我一直一直等你在风口浪尖老地方。

莫非在相遇时你对望我的那一刹，便对我施了迷魂术？从此我的眼里只有你，从此没人可以走进我内心。我此生只为你在，为你欢笑为你流泪为你迷醉，我迈出的每一步只为你前进。

吾郎，请莫徘徊，你莫忧伤！只要你喜欢的，请将我的所有统统拿了去。

吾郎，我不怕跋山涉水穿境过洋，为得只是淌过你心河中央。吾郎，趁秋色正浓，我们一同收割硕果。吾郎，请带走我，随你去任何地方，我不怕夜的黑，不怕路的长，无论荆棘密布，无论恶浪风狂，只要你在我身旁。我不会迷失丛林岔道，不会丢失山野他乡。

请让我在你的血管里流淌，请让我在你的灵魂中欢腾，我的生命尾随你的春天，我的思想信仰你的宗教。吾郎啊，请收留我真实的肉身和虚无的幻想，我吸吮了你的体香，一同进入美妙的梦乡……

芳华皆尽不言弃，青丝银发为君系。执子之手，与子偕老。

我像一只彩蝶，悠游在爱波滚滚、爱浪涛涛的海洋。我折下世俗的翅膀，张开爱的羽翼翱翔。

五

能陶醉我的，不是花香，不是甘霖；能陶醉我的，不是月夜，不是醇酒；而仅仅是你那轻轻一握啊，是你离去时的匆匆一眸！

你就这样把我仅有的心盘占据了，无以复加。你就这样把我整个的魂魄夺了去，万劫不复。

不认识你，不知牵挂是如何之重，不知思念是如何之苦，我这满腹思量，为你雀跃，为你恍惚。我要踏破这漫长夜空，为的只是听你一声轻唤。若是你看见了天空中飘着一朵孤独的云，那是我等待你的嫁衣。

我不需要你炽烈的情，也不需要你火热的爱，我只要你那浅浅一吻，你已经嵌进我的心窝。我愿意做你一世的丫环、一生的侍妾，愿意为你烹煮，愿意为你磨墨。坐看云卷云舒、静听潮起潮落。我愿意幻化成一只百灵鸟，在春夏秋冬的每个日子，栖息在你书房，吟一曲轻歌。

君若有情，记取早起，莲叶那滴滴水珠，便是我彻夜低泣。

六

为君消得人憔悴，衣带渐宽终无悔。悔的不是情啊，而是不适合的时间埋了不适合的相思。绿树成荫子满枝，恨不相逢未嫁时。多情自古空余恨，我是一介独行客，终年漂泊在荒凉的山野，我这竿经久闲置的猎枪，却为你磨得亮堂堂。我愿意抛却所有的优越与安逸，与你栖居峰腰，那是我的天堂。

你带着忧郁的双眼狂奔在喧嚣街头，为的只是找到千里跋涉疲惫倦困的我。我就在急切的喘息中醉眠，不愿醒来。

你沸腾了我前世今生的血液，你激醒了我此生来世的脉搏。你是如此虔诚地寻访我的印记，你是如此执著地踏遍我的足迹。你不在，时刻都是旅程，有你伴随，哪里都是终途。我寻寻觅觅凄凄惨惨悲悲切切在任何繁华都市或村野山庄，风干成一座望君石像。

在你面前，我失了矜持，还了本真。我就那样瘫痪成泥，与你缠绕成大地千年的老藤，缱绻成大海永远的潮汐，暮暮复朝朝，朝朝复暮暮。

七

那盛满的一杯杯啊，就是我无言的清泪！你且哽咽饮下吧，解救我断肠柔情！那闪烁的一柱柱啊，就是我无语的眼睛！你且暂停凝视吧，诉说我眷念无休！

我醉了，醉的不是酒，而是情啊。醉得何止是情啊，醉的是我生为柔肠侠骨女儿心。我醉了，醉的不是情，而是我的髓啊，我醉得神魂颠倒，把你的笑颜溶进血液里头！

如果有来生，请在露珠晶莹的春天等我，我一定像纯洁的玉兰一样朝你盛开；如果有来生，请在橙黄橘绿的秋天等我，我一定像金黄的稻穗一样等你来收割。如果有来生，请在黑夜里等我，我会是你的火焰；请在黎明时等我，我会是你的晓星。请在你生命的每一分每一秒等我吧，我一定会扬鞭策马，昼夜兼程，奔赴你生命的每一场盛宴。请一定在千年的红豆杉下等我，一定在前世的古渡口等我，你不必望眼欲穿，也不必望穿秋水，我就在你今生来世的灯火处，向你低眉，向你歌笑。

吾郎，寒窖棚舍是我们的桃花岛，我知道，我渴望之所正是你神驰的地方，让我们织就世上最锦绣的绸缎，让我们著写最华丽的篇章，让人们妒嫉的流世百芳。我们坐在地埂上，你吹口琴我曼舞，你拉二胡我弹唱。让我银发飘舞在你肩头，我们牵着手柱着拐杖轻哼一曲钗头凤，畅吟一首弯弯的月亮，蹒跚着走向生命的夕阳。

八

你是我唐朝的皇，你是我抱梁的尾生，你是我化蝶的梁山伯，你是我朝思暮想的放翁，你是我鹊桥相会的牛郎，你是我宿命的西楚霸王。

昔我往矣，杨柳依依。今我来思，雪雨纷飞。

那百鸟朝凤的婉转是我为你倾诉的心声，那不灭的星光是我为你点照耀的希望。那未圆的是前生的梦想，那阴缺的是今世的遗憾。

鲐背之年，我依然是你天真的丫头，无邪的毛孩，掌心的珍宝，你仍然匍匐在我身边说爱我。

情花无色，却是你不变的誓言；情花无味，却是你永恒的承诺；情花无形，却为你盛放春冬秋夏。

青青子衿，悠悠我心。但为君故，沈吟至今。

他日鬓发苍苍，愿能记起岁月有位女子，为你，独独为你，写下这虔诚心意，耿耿字迹，一朵无语的情花为你盛放在天涯海角！

圣情之花！

生生世世、不离不弃。情花有花语唷——

03 水 花

上善若水，至坚至柔花当水。

水花可坚，能穿盘石。水花可柔，柔若薄纸。

水花百变，千姿娇媚。水花幻态，风情万种。

水花粗犷，滋润万物。水花腻滑，仿若绵缎。

水花明净，洗污逐尘。水花飘逸，腾空飞舞。

水花刚强，百折不饶。水花坚韧，不言放弃。

水花沉稳，高风亮节。水花勤劳，翻山越岭。

水花智慧，包纳大小。水花勇敢，视死如归。

水花活泼，飞溅万丈。水花开朗，放歌吟唱。

水花正直，光明磊落。水花无私，两袖清风。

水花豪放，白浪滔天。水花自信，表里如一。

水花清廉，大公无私。水花执着，锲而不舍。

水花宽容，厚德载物。水花冷峻，不同俗流。

水花壮丽，气势磅礴。水花标致，冰肌如雪。

水花浪漫，碧波荡漾。水花敏捷，一泻千里。

水花高洁，无沾脂黛。水花纯真，优雅宁静。

水花多情，留恋难舍。水花痴心，千载不改。

喷泉中的水花是欢快的。

溪流中的水花是无忧的。

瀑布中的水花是果敢的。

涛浪中的水花是响亮的。

池塘中的水花是涟漪的。

花洒中的水花是轻盈的。

爱情中的水花是甜蜜的。

友情中的水花是清澈的。

亲情中的水花是圆润的。

人当如水花，莫贪富贵，一切水月镜花。

人当如水花，不栖高枝，无谓水中捞月。

人当如水花，清白透亮，自然水到渠成。

众人处上，水独处下；

众人处易，水独处险；

众人处洁，水独处秽。

水花花语：纯洁无暇

04 杜鹃花

“杜鹃”一名，恐怕有不少人没能弄清楚，它既指一种鸟，也指一种花。至于为何要把杜鹃和英雄联系在一起，可能更会让许多人不明所以。

宋代元绛的《映山红慢》：“谷雨风前，占淑景、名花独秀。露国色仙姿，品流第一，春工成就。罗帏护日金泥皱，映霞腮动檀痕溜。长记得天上，瑶池阆苑曾有。千匝绕、红玉阑干，愁只恐、朝云难久。须款折、绣囊剩戴，细把蜂须频嗅。佳人再拜抬娇面，敛红巾、捧金杯酒。献千千寿。愿长恁、天香满袖。”这首词咏的就是杜鹃花，它也叫映山红。

李商隐《锦瑟 》一诗中的“庄生晓梦迷蝴蝶，望帝春心托杜鹃”的“杜鹃”指的就是杜鹃鸟。

相传，古蜀国是一个和平富庶的国家，那里土地肥沃，物产丰盛，人们丰衣足食，无忧无虑，生活得十分幸福。可是，无忧无虑的富足生活，却使人们慢慢地懒惰起来，人们一天到晚醉生梦死，嫖赌逍遥，纵情享乐，有时搞得连播种的时间都忘记了。

蜀国的君王名叫杜宇，他是一个非常负责而且勤勉的君王，他很爱他的百姓。看到人们乐而忘忧，他心急如焚，为了不误农时，每到春播时节，他就四处奔走，催促人们赶快播种，把握时节。可是，如此地年复一年，反而使人们养成了习惯，杜宇不来就不播种了。终于，杜宇积劳成疾，告别了他的百姓。可是他对百姓还是难以释怀，他的灵魂化为一只小鸟，每到春天，就四处飞翔，发出声声的啼叫，“快快布谷”、“快快布谷”，直叫得嘴里流出鲜血，鲜红的血滴洒落在漫山遍野，化成一朵朵美丽的鲜花。人们被感动了，他们开始学习他们的好国君杜宇，变得勤勉和负责。他们把那小鸟叫作杜鹃鸟，他们把那些鲜血化成的花叫作杜鹃花。

这样的故事实在太凄美了，也很悲壮。杜鹃花模样十分美丽，有深红、淡红、玫瑰、紫、白等多种色彩。当春季杜鹃花开放时，满山鲜艳，像彩霞绕林，难怪会被人们誉为“花中西施”。杜鹃花个性独特，喜欢生长在高山绝壁之上，以顽强的生命力和鲜艳的颜色显示自己的存在，远远观之，既凄丽而又悲壮，还会让人于绝望中发出惊喜的声音，仿佛看到了希望看到了美好一样。我永远记得家乡的山头，每临清明时节，便是漫山遍野血红的杜鹃花，我时不时摘上吃一朵，酸中带甜的味道真是好极了。

或许，这就是有些人之所以会把它和英雄联在一起的原因吧。有时候，当一种花被赋予某种特定情愫时，便会产生某种神秘的力量，这是人们永远想不到的。我喜欢杜鹃花，喜欢它那鲜艳血红的色彩，更喜欢它那不畏艰难，迎风招展的独特个性。它集英雄和美人的魅力于一身。

杜鹃花花语：永远属于你 。

05 油菜花

乍看招蜂引蝶一词，一般人都会立即闪现黄灿灿的油菜花。抑或观赏油菜花之际，便不由自主地出现招蜂引蝶一词。其实这是给璀璨缤纷的油菜花盖上莫须有的“罪名”，事实上漫山遍野的杜鹃花丛间也蝶飞蜂舞。

确实，油菜花是一种招蜂引蝶的草本植物。每当油菜花开的时候，不知从哪里就会突然冒出许多的蜂蝶。就像一个清丽可人的少女，总是引来无数男孩子的追逐。成群结队的蜜蜂在耳边嗡鸣，或翩跹起舞，兴奋又害怕。兴奋是因为那场面实在太热闹太壮观了，一点也不比春节联欢晚会逊色，舞台色彩斑斓，灯光更具有超自然的效果，仿佛人间一场喜剧又高于一切。害怕是因为那场面太让人魂飞魄散，稍不留意，就会被好事的蜜蜂盯上，并把人当成会行走的油菜花，如怀春的男孩子恋着缠着心中的美人不走。听说十里扬长的清源山油菜花，吸引着地球上各路钟爱油菜花的旅人，万水千山只为一睹油菜花芳容。

最喜欢的是元·陆文圭的《满江》：试检春光，都不在、槿篱茅屋。荒城外、牯眠衰草，鸦啼枯木。黄染菜花无意绪，青描柳叶浑粗俗。忆繁华、不似少年游，伤心目。棠坞锦，梨园玉。燕衣舞，莺簧曲。艳阳天、输与午桥金谷。行处绮罗香不断，归时弦管声相逐。怕夕阳、影散近黄昏，烧银烛。

油菜花原产地在欧洲与中亚一带，但遍及我国南北东西，甚至世界各地。且不分地势高低，无需多厚肥料，只要有合适的地方便会生长，这和人的某些特性息息相关。不过，现在我要说的主要并不是这，而是在于它和人性相像的一面。然而，这说起来多少还是有点滑稽。油菜花怎么可能和人性挂上勾呢？莫非是文人自作多情乎？其实不然。

清乾隆皇帝就专门写过一首油菜花的诗，他是这样写的："黄萼裳裳绿叶稠，千村欣卜榨新油。爱他生计资民用，不是闲花野草流。"唐刘禹锡也写过"百亩庭中半是苔，桃花净尽菜花开。种桃道士归何处，前度刘郎今又来"这样的佳句，此外历代文人也不甘落后，纷纷寄托情思。如今，当我重读这些古诗词时，忽萌生出另一种对人性的思考。油菜花之所以能吸引历代文人为之激情满怀，除了其原有的秉性和社会功能外，更饱含着另一种内在的隐喻。诚如"招蜂引蝶"一词，同样富有内在的张力和词汇的外延，至于如何引伸或解读，则各有高下和深浅了，不必多加注解。

总之，油菜花在灿烂的阳光照射之下，其色彩斑斓的画面不仅雍容华贵，意味浓厚，隐喻性更强。既有传统的一面，也有反传统的一面，还有后现代的一面，另有不可言喻或无以企及的一面，具体理解就看观者各自的造化了。

油菜花花语：加油。

06 竹花

宋.苏轼《于潜僧绿筠轩》中著书:“宁可食无肉,不可居无竹。无肉令人瘦,无竹令人俗。人瘦尚可肥,士俗不可医。”不知是自己的名字里蕴有竹子的含义,还是自小生长在竹围之潜移默化,总之,此生最最喜爱的植物莫过于翩翩风采的竹子了。不仅其姿态如同阿娜多姿的少女,又如玉树临风的男儿,更因其虚心有节、不畏风霜之修炼风骨令世人崇敬。

无锡有才子部锋,他曾经在他的《居有竹居赋》中描绘到:“有了竹,雨更湿;有了竹,风更清;有了竹,心更澄;有了竹,月更明;有了竹,夜更静;有了竹,雾更浓;有了竹,山更浑厚;有了竹,水更灵动;有了竹,家更温馨。竹兼有诗人和家居主人的双重气质,表达了生命本质的深邃和宽厚。它是最简单平常的,也是最复杂奇特的;是最有理性的,也是最感性的。它是自然、质朴、实用、坚贞、洒脱、虚心、友善、向上、健康、清介、美丽的化身。它的综合素质无与伦比。不吃肉,身体自然会瘦;没有竹,精神肯定要枯萎;没有肉,瘦一点也无妨,没有竹，精神的空间谈不上旷达。这是苏东坡的至理名言。无庸讳言，竹具有极高的生命价值，它是一根做人的标杆，经常量一量，自己哪一方面还做得不到位？它又是一枝净化心灵的扫把，烦心时不妨拿出来扫一扫，让自己有更多自由的空间……”他将竹子清静高雅、质朴无华、平淡如水的本性诠释的如此淋漓尽致，我等此辈似乎说什么都显得俗庸了。

酷爱竹，自然而然的渴想欣赏她的花。一如喜欢一个人的文字，心中便总幻想对方的容貌，有时巴不得亲睹尊容。然而，真正见过竹花的人，恐怕是少之又少。因为竹子开花的周期，因种类不同而有区别，大致有三种类型：少数竹子可以年年开花，开花后竹秆并不死亡，仍然可以抽鞭长笋；大部分竹子在整个生长过程中只开一次花，且有一定周期，从 40 到 80 年不等，开花之后杆叶枯黄，成片死去，地下茎也逐渐变黑，失去萌发力，结成的种籽即所谓竹米，下种后萌发生长，才能长成新竹，箭竹和华桔竹就属于这个类型；还有一种类型是不定期零星开花，开花后，竹林并不死去，例如慈竹就是其中的一种。有人写过一首《竹花》诗：“大难临头才开花，花是愤怒不是怕；化成种子千万粒，默然伏地蓄新芽。”正好表达了竹米繁殖造林的优越性。还有一种竹花，开花的间隔时间很长，一般为 50－60 年，相当于一甲子。还有的竹花，甚至要近百年才开一次花。由此看来，竹花的类型有多种，有的竹花，有时一辈子想要见上一面也是微乎其微，犹如人与人之间的关系，倘若能够成为朋友或是结为夫妻的，那是需要多大的缘分啊。

此时，我油然而生地想到了一个“情”字。竹花也有“情”乎？若有，谁是她的意中人？或者，其“情”又寄托予谁？又是怎样的含“情”脉脉？我之所以会联想于此，其因我自小就对竹子怀有一种非常特殊的眷恋。其时，我天天牵着一头黄牛越尽漫山遍野。到了冬天，但凡植物都已经颓废落叶了，只有后山的竹林，依然郁郁葱葱。通常在大雪纷飞的日子，牛不能行走，我便攒把斧子，像猴子般地爬上竹稍，砍下几枝竹椏带回，看着牛津津有味的咀嚼出青青的竹汁，我的心里就像是自已吃到美味佳肴一般。在那艰难的岁月，竹子非但带给我眼球的满足，更是带给农人蓄牲的满足。

万物皆有情，竹乃有情郎，何来无性？性有多种含义，竹之生殖像与其他植物花无异，均先开花，后结籽，完成整个生长周期。不过，据了解，大多数竹子是无性繁殖的，每年春季从地下的竹鞭上长出笋来，然后发育成新竹。也就是说，许多竹子并不是通过眉目传“情”尔后结下子孙后代的。另外，听说大熊猫喜欢吃的愉竹和华桔竹就是属于无性繁殖的，这种竹子属于合轴型的顶芽发育成笋，侧芽产生新的地下茎，相连形成合轴，地下茎产生竹秆密集成丛，吃起来脆甜柔软。由此看来，有性无性其实也不是最关键的。大熊猫为国宝，却喜欢吃无性繁殖的竹子，看来天下君子喜好也自不同。然而，或许这也是人类的一种误会，或者说是一种无知造成的。同理，竹子有性无性本非由人类所断言，人类不能因为无知即可断定竹子有性无性，其它作物皆如是。换言之，万物能够生存自有其生存的道理，有性无性只是一种说法，真正的理解应该是一种来自生命的原动力，而不是其它。或许，其是用另一种形式在交配也未可知，竹花只是彰显出来的一种形式而已。

其实，早在2000多年前《山海经》里就有这样的记载："竹生花，其年便枯。"唐代李白《长干行》里也有句诗："郎骑竹马来，绕床弄青梅。同居长干里，两小无嫌猜。"这里的青梅竹马被诗人比喻成男女儿童在一起玩耍，天真无邪的感情。明时程敏政有《寒岁三友图赋》，此中的"岁寒三友"就是"松竹梅"。此外，还有诸如"丝竹管弦""成竹在胸"等，无不寄托古人对竹子的信仰，由此看来，自古以来，视竹为"君子""知音"者大有人在，非我独钟情也。而我之独钟情于竹的原因，不但是自小情结，更因其乃虚怀若谷，谦谦如君子般的风度，一扫天下媚流与俗客。愚窃想，人生若竹，有情有意，纵苦等百年，亦值也。

竹花花语：吉祥、富贵。

07 桃花

描写桃花的诗词不计其数，最数崔护《题都城南庄》朗朗上口：去年今日此门中，人面桃花相映红。人面不知何处去，桃花依旧笑春风。

旅居厦门近十年了，记忆中以往每年的春节或因寒风凛冽、凄雨飘潇，人们大都躲在被窝看书阅报吃零食，今年春节，却给了意外的惊喜。蔚蓝的天空下，沙滩、海浪、白鹭、翠木、繁花，让游人可以肆无忌惮地玩赏。无论是定居于此还是借居于此的人们，都享受着脉脉暖阳，如同刚初恋的情人，得到无微不至的关怀，沉浸在甜蜜中。

新岁初八的早晨，我缓缓驱驶在文屏路，迎面是旭日，温情地洒满了我的视线，我忍不住打开车窗，让清新的空气溢满我的身心，所有的林木花草都沐浴着煦风的爱情。途经怪坡时，冷不丁给了我霎那的惊惶，有片刻的不知所措，我以为是看走了眼。侧目定睛一探，只见一株株桃花盛开得夺人魂魄，那粉红的带着娇滴滴羞答答的花瓣，紧贴在一条条并不粗厚的枝节上，仿佛是一个妙龄少女对一个清秀俊男，那么痴心、那么忠贞、又那么神迷。我不由自主地将车泊在山道旁，踏着轻柔的脚步慢慢靠近，不敢惊动眼前天堂般桃花仙子的儿女情长。

桃花弹着琵琶，桃枝吹着口哨，恰似一对郎情妾意的爱侣，悠悠扬扬、恩恩爱爱、缠缠绵绵。此时我才发现，桃花已引得许多游人驻足观赏，还有一些摄影专家幻想将这辉煌的姿态定格永恒。桃花含着一对桃花眼，面对众人来访依然从从容容，人面桃花相映红，此时无声胜有声。桃花潭水深千尺，不及郎君一片情。

面对这样一个有着强烈的生命、鲜活的爱情，我的灵魂于瞬间得到提炼、纯净，不由感慨万千。当即赋一首"鹭岛新妆游人怡/巧夺碧海绕山青/最数怪坡桃花林/灿烂夺目止步欣/"是的，桃花尽管婀娜多姿，尽管娇媚惑众，惹得群蜂群蝶贪婪奔涌而至，期获芳心。而桃花对慕者一律尽展芳容、谦恭颔首、洁身自好，将一个个慕名者追求者的灵魂清涤得心悦诚服却又留连忘返。

我的思绪不停地游走，游人似都喝了桃花迷魂汤，呆呆的凝望。我想，莫非这便是古诗中那位桃花郎么？自从让路人遇见的那刻起，便被施了桃花失魂术，以致让人留连忘返陶醉其中，回家以后还要饱尝相思之苦，于夜夜孤寂中等待春光的出现。是的，那春宵一刻值千金的确令人心驰神往。

桃花因艳而不俗，丽而不庸，娇而不媚而让人倾慕爱恋，一如君容令人心怡神思荡漾，柔肠百转，宁愿为君消得人憔悴。恰如这春日中的桃花，沉醉在暖阳的情怀之中，给予温情的呵护与关爱。是的，陶醉在这桃花林中，哪个青春少年不会幻想？又有哪个成熟男女不为其丰盈润泽、雍容华贵的气质所迷惑？

此刻，我端坐一偶，通透明亮的玻璃杯中，几瓣桃花随着沸腾的开水如孔雀开屏挥扇着妖姿，水雾迷蒙中，我似乎幻化为桃花仙子……

桃花花语：天下无敌。

08 杨　花

前日匆匆出门未及关窗，回来一看，深红色的木地板上，散落着许多白绒绒的花朵儿。还有在空中飞舞的，白蝶儿一样。捉一朵在手上，柔绵绵的，如此轻盈，才知是杨花。它的雅洁，柔软，真真叫我喜欢。

透过玻璃窗，只见空中飞舞的都是杨花的身影。此时的京城，恰是杨花飞扬的季节。这让我想起韩愈的《晚春》："草树知春不久归，百般红紫斗芳菲。杨花榆荚无才思，惟解漫天作雪飞。"是的，没有比这首诗更为贴切的了。

说起杨花，自然而然就想到"水性杨花"一词，然而，我实在不解，古人何以会用"水性杨花"来形容女人对爱情的不贞，难道就因为杨花有流水的个性么？换个角度讲，流水的个性就一定与女人有关吗？实在是太牵强了。再说，既使从词义上去理解，流水般的性情有何不好？那是多么柔情，迁顺，让人爱怜有加，为何会变为贬义的呢？再说杨花，其雪白、纯净、美丽，触之绵滑，赏之洁雅，怎么也无端成了一个贬义词？由此看来，自古以来，人们就对流水和杨花有偏见，流水和杨花无端忍受如此莫名的罪名，我真想为之打抱不平。

其实，杨花本色纯美，既不以妩媚惑人，亦不以香味迷人。杨花出蕊，轻柔有余，从不苛求什么，找不到栖身之地亦无怨言，任风吹拂，飘洒自如，快乐而天真，风仿佛就是她生命的主宰，她将飘往何处，又归于何处，任其自然，何等洒脱？古语有云："嫁鸡随鸡嫁狗随狗"，难道不是这样吗？如有过错，也是风的过错，岂能强加于杨花如水的个性？

杨花是无私的，她把自己奉献给风和流水，如同婴儿般天真活泼，她任劳任怨，从不选择自己的命运，最后又归于尘土。她从出生开始就注定要飘零，开始就是终点。在短短一生中，她不作高攀、不争娇宠、不善阿谀、不求名利和地位，或纷舞、或停驻，或任游人当赏物、或为手中玩偶，不皱眉、不屈求，将自己最纤柔最纯白的芳姿凄美而悲壮的走完短暂的一生。这样的生命旅程可歌可泣。

人若有情，该知惜杨花，她之忠贞之洁雅之纯粹，令人赞叹。人若有情，也该颂赞杨花，她之美丽之优雅之随和，令人仰慕。人若有情，当如杨花，不求权贵依附，不求利欲栖身、不求美名千古，只求潇洒走一回，有何罪过？只可叹，杨花一身纯洁，空惹歧视，到底谁之过？杨花一团，如黄花闺中女，洁白无暇谁能幸顾配成对？杨花一簇，如失意美少妇，再不愿倚门弹双泪，宁作浮萍飘零，天涯悲喜。杨花若有知，无谓计较小人恶语，且边飞扬边聆听，我为之钟情吟颂：

春光正妩媚，引得杨花纷飞。谁家少年，翘足欲展翩翩追。轻盈最数杨花，非花又是花，教人牵肠惜坠。一任风送千万里，飘飘洒洒，未傍栖身，不曾求贵。净洁最数杨花，吐蕊柔情似水，教人倾心相随。一任飘零为尘埃，繁繁纷纷，暂短青春，尽呈雅态。休道杨花轻浮，只为多情香玉碎。

我愿此生作杨花，洋洋洒洒、无所挂牵，留也从容别也从容。我愿此生作杨花，轻轻松松、无所眷恋，喜也从容悲也从容。我愿此生作杨花，离离合合、无所顾虑，生也从容死也从容。

09 荷花

有谁知道

你是这片水域的王

将泥土藏在水里

把波涛拒绝在外

每一片叶子

都是一条搁浅的船只

又在向谁诉说一切

哎,不知还有多少浪漫可以重来

风拂了过来偷走了的心

你站在水面上

就像一首诗

十里荷花香满路,正是采莲最当时。

坐落于浙江省武义县柳城镇的祝村，乃中国三大莲产地之一宣莲的原产地。柳城原称宣平，地处浙江省中南部，早归属丽水，明景泰三年设立，1958 年撤消，其行政区域大部分划归武义县、小部分划归丽水市莲都区管辖，现属金华市管辖。宣莲的命名就是由此而来。迎着炎炎骄阳，午后由镇领导带队，我们一行十余人前往祝村。放眼望去，公路两边是无垠的荷，洁白无暇，像水晶一样纯洁，随风摇弋。上下翻飞的蜻蜓颤动着华丽的翅膀，从这朵花追逐到那朵花，恰如妙龄少女，被情窦初开的少年追捧着、倾慕着，那芬芳的荷浪，传递着吴侬软语、缠绵缱绻。

时值午后，荷花呈半合之状，便见不到花之盛容，如同一位玲珑剔透的少妇，着一袭华丽绝美的裙裳，屹立在毒辣的阳光下，眼巴巴的翘首干望情郎太久太久，于是力不可支，面容倦怠。伤心之余，却再度展妆，重振异彩，或亭亭玉立，或因风袅袅。等我再度走出荷花池时，回目细望，却见青里泛白的花苞，欲语未语，正待开放，就像位衣衫未齐的美人，正对风尘仆仆中归来的郎君含嗲作娇。

荷花又称 芙蕖、溪客、碧环、玉环、鞭蓉、水芙蓉、鞭蕖、菡萏（未开的花蕾称菡萏，已开的花朵称鞭蕖）、水芝、水华、水芸、水旦等。少时拜读刘商的《咏双开莲花》："菡萏新花晓并开，浓妆美笑面相隈。西方采画迦陵鸟，早晚双飞池上来。"彼时不知菡萏为何物，直觉一个很雅致的字眼。倘若以此作人名，该是一个怎样的清新、脱庸、超脱的绝丽之名啊！

我从小对赞美荷花的诗句喜爱至极，其中印象最深的是北宋周敦颐写的名句"出淤泥而不染，濯清涟而不妖"。是的，荷花之高洁和纯净没有哪种花可以比拟。君不见，连至高无上的菩萨坐垫也是一朵莲花做成，足见其超凡脱俗之处，也因此给人以丰富而无边的想象。

古诗里赞颂荷花的诗句很多，其中最早见于《诗经.国风》:“山有扶苏，隰有荷华。不见子都，乃见狂且。”这首小诗译成现代:“山上小树纵横，沼泽荷花开盛。未见美男子都，却遇轻薄狂人。”《离骚》中也有:“制芰荷以为衣兮，集芙蓉以为裳;不吾知其亦已兮，苟余情其信芳!”意思是说:“剪裁绿荷做时装，缝纫白莲制衣裳。君非知臣此中意，忠情如花有清芳。”现代诗中最经典之一便是徐志摩的《沙扬娜拉》:“最是那一低头的温柔，像一朵水莲花不胜凉风的娇羞，道一声珍重，道一声珍重，那一声珍重里有蜜甜的忧愁— 沙扬娜拉!”足见历朝历代古今诗人对荷花的喜爱。

荷花是澳门特别行政区的区花，也是广西壮族自治区“荷城”贵港市的市花和山东省省会济南和孟子故乡济宁市的市花，还是埃及的国花。这些城市何等荣幸，竟能以荷花为区花和市花。埃及地跨亚、非两洲，大部分位于非洲东北部，只有苏伊士运河以东的西奈半岛位于亚洲西南角。这样的国家也以荷花为国花，这是我没有想到的。不过，对荷花有一定了解的人就知道，大约一亿零四千五百万年前在人类出现以前，地球上就有荷花存在。当时，气候恶劣，灾害频繁没有动物，大部分植物被淘汰，只有少数生命力极强的植物生长在这个贫瘠的地球上。其中，就有一种水生植物“荷花”，她经受住了大自然的考验而生存下来。大约过了九千万年后，原始人类才开始出现。由此看来，荷花堪称大自然的传奇。

荷花生存范围分布很广，在中亚，西亚、北美，印度、中国、日本等亚热带和温带地区都有。我国也有三千多年栽培历史，现在辽宁及浙江均发现过碳化的古莲子，可见其历史之悠久。埃及人种主要为阿拉伯人，信奉伊斯兰教，主要居住在尼罗河沿岸和河口三角洲地区，是人类文化的发源地之一。其以荷花为国花，也是有渊源的。有学者认为，埃及境内的尼罗河曾是莲花的故乡。早在金字塔诞生之前，尼罗河两岸的土地上就长满了莲花。古埃及人认为，太阳是一个金色的孩童，每天从水中一朵最美最大的莲花里升起，在神力的佑助下来到空中，用万丈光芒普照大地。所以，莲花在古埃及人的心目中象征着轮回与复活，人们认为莲花可以使人起死回生，喜欢在木乃伊里放这种花。由此可见，埃及奉荷花为国花是有道理的。荷花象征着纯洁、节操和高尚的品格，成为忠贞与爱情的代名词，难怪世人都喜欢。

荷花之所以会成为澳门特别行政区的区花，据说是这样的：三四百年前，澳门半岛地形轮廓如同一朵莲花，从地形发育过程看，澳门总体形状轮廓渐渐趋于“莲花茎”造型；再者，澳门自古有“莲花宝地”、“莲花福地”之称。区旗、区徽上的莲花喻示澳门回归祖国后，让莲花福地更加繁荣昌盛。荷花是圣洁、祥和、宁静、太平、善美、高尚的象征。历代不少文人志士均视这块莲花福地为逢凶化吉的庇护地，如明代高僧大汕和尚等曾避难于澳门观音堂，与反清志士聚会壕境，未遭清朝追捕；民主革命先驱孙中山，首次策划武装起义失败，从广州避难澳门，后经香港到了海外。如此等等。难怪澳门人相信，莲花宝地，大吉大利；莲花福地，化险为夷。其实，“莲岛”也是澳门的古称和别名。古代诗人就将其喻为一枝伸向海面的莲花，连接大陆的窄小地段为莲茎，故称澳门为“莲岛”。由此可见，荷花与澳门缘深。

人们酷爱荷花，送她于“君子花”之美誉，就在于她给予人一种卓约不凡的优雅气质。其实，还有一个原因，那就是平淡与祥和，还有荷之谐音。“荷”者“和”也，又与“合”谐音。“莲”者“联”也，又与“连”谐音。而在祝村的荷花文化长廊里，宽畅的篱笆道上长满葫芦，一个个垂于头顶，如一个圆嘟嘟婴儿，特将“廉”并置，一百位清廉官员的简介悬立荷廊，这也是时刻警醒世人之为官之道。在中华传统文化中，这种谐音内在的奇妙是无以言喻的，或说提供某种心理暗示也行。“荷”者和平、和谐、合作、合力、团结、联合等象征。“莲”也一样，可见，荷花确实是一种吉祥的花朵。同时也是友谊的象征与和平的使者。言此，我仿佛又闻到了她那沁人心脾的淡雅芬芳，让我不能不心旷神怡。

荷花花语：清白、坚贞纯洁。

10 菊 花

菊花乃花中四君子之一,向以清秀神韵、素雅坚贞而博得人们激赏,又以凌霜盛开西风不落的一身傲骨而赢得人们的喜爱。其高尚坚强的情操更被视为民族精神的浓缩和象征。

漳州市中山公园,每近重阳,赏菊的人便络绎不绝,满园的菊花,红的像火,黄的像金,白的像雪,粉的像霞……在绿叶的衬托下,阿娜多姿。微风中的菊花不仅摇动着迷人的身姿,也散发出诱人的清香,让每位赏客忍不住近身相闻,顿觉心旷神怡。

菊花为菊科多年生草本植物,是中国传统的常用中药材之一,主要以头状花序供药用。据古籍记载,菊花味甘苦,性微寒,有散风清热、清肝明目和解毒消炎等作用。对口干、火旺、目涩,或由风、寒、湿引起的肢体疼痛、麻木的疾病均有一定的疗效。主治感冒风热,头痛病等。对眩晕、头痛、耳鸣有防治作用。

菊花,自古以来不知被多少文人墨客所吟咏,借菊抒情。如曹雪芹的《咏菊》:"已卷西风半吐香,不关冷月不关霜。阑珊梦醒迟迟日,寂寞心仪淡淡妆。野水篱边秋饮露，宝瓶窗下砚承芳。芙蓉相与盟前誓，肯守寒枝莫自伤。”又：“偏到西风始放香，为谁憔悴冒风霜。月傅淡彩痕尤瘦，露浥清姿影带妆。本以高情难入世，何曾着意为清芳。不独菡萏参差梦，碧水凉风各自伤。”晋代陶渊明在《和郭主簿》中写到：“芳菊开林耀，青松冠岩列。怀此贞秀姿，卓为霜下杰。”唐代黄巢在《不第后赋菊》中写到：“待到秋来九月八，我花开后百花杀。冲天香阵透长安，满城尽带黄金甲。”此外，还有杜甫、白居易、元稹、刘禹锡等名家大赋其词，可见其高洁，卓尔不凡。

然而，有个故事更让我感动。一位禅师在院子里种了一棵菊花，几年后，院子里成了菊花园，香味一直飘到山下的几个村子里。一天，有人向禅师要几棵菊花回去种在自己的院子里，禅师满口答应，并亲自动手挑选花儿开得最好的几棵挖出根须，带着土台，给村里人送去。消息不胫而走，前来要花的乡亲接连不断，禅师就像对待亲人一样，一一把菊花送给他们。就这样，院子里的菊花被送得一干二净。看到这种情景，徒弟对师父说：“真可惜，这里本来应该是满院清香的呀！”师父却说：“你想想，这样岂不是很好，三年后就会是村村菊花飘香。”果然，三年后，山下的村子已经成了菊花的海洋，而禅师的院子也由于村民的回馈，同样是菊香四溢。徒弟恍然大悟，方明白师父为何要把满院心爱的菊花送给那些山下不相识的人，也因此更加佩服师父。

以上虽只是个禅话，但其中至少包含三大境界：种花是第一境界，送花是第二境界，令村村菊花飘香是第三境界。其实，人生何尝不是如此。然而，要做到这一点谈何容易？一如禅院的徒弟刚开始时不理解师父所为，甚至在心中埋怨师父，似乎白白浪费了时间和精力一般，等到他真正顿悟已是三年后的事情。三年时间说短不短，说长也不长，倘若无法理解或参悟，三年时间足以令许多事物改况。我所要阐明的是，该徒弟何等幸运，遇上如此得道禅师。但更让我感动的还是那棵菊花，以其素雅坚贞和凌霜盛开开悟世人，引领世人进入造化之境，这岂只是一棵菊花而已？且菊花尚有吉祥、长寿的含义，简直是上天赐给人类的神物，将其列为花中四君子实在是名副其实，我心中时刻奉供。

菊花花语：清净、高洁、长寿 、吉祥 、真情。

11 花盗

也不知从什么时候起，常听人将那些好惹草拈花的男人说成是“采花大盗”。但这里说的花盗不是男人，也不是人，而是另一个物种——蜜蜂。

蜜蜂一生都追逐在花海，每日不停地穿梭于花丛，忙于采集花粉和花蜜，养活自己的同时也免费替植物传授花粉，还被人类强迫为其造福。它应该是最杰出的采花大盗，它干花盗的活不仅不触犯法律，而且还那样的崇高。它也是名出色的花朵鉴赏家，哪里有花香就往哪里去，决不放过一个机会，如此痴迷如此执着，真让人为之动容。

其实，蜜蜂是个统称，如按性别分起来有雌蜂、雄蜂和不男不女的工蜂；如按地位分则有蜂王和平头百姓。而我们所说的采花大盗，实际上就是工蜂。

蜂王全由女性担任，相当于武则天，它除了统领部落外，不同于武则天的是它要直接负责繁衍部落后代。蜂女王非常好男色，平时就养了一群什么事也不干的男宠。可女王选择性伙伴非常苛刻，并不是每个男宠都可以和它卿卿我我的，到了要真刀真枪上阵时，它会飞出蜂巢，让那帮男宠在后头穷追它，最终只有“笑到最后”的那名得胜男宠才有资格和女王共赴巫山。“牡丹花下死，做鬼也风流”，那名男宠在与女王干完好事之后，很快就一命呜呼。看来，这还真得要有“过把瘾就死”的英雄气概才行。

蜜蜂过的是群体生活，它的嗅觉非常灵敏，靠气味来识别某只蜂是否是自己人。蜜蜂总体来讲是排外的，各部落之间各过各的日子，老死不相往来，不欢迎外来者进入自己的部落。假如一只母蜂误入别的部落，必死无疑。但如果是一只公蜂误入别的部落，待遇会好一些，一般不会有性命之虞。这大概是蜜蜂的一种生存本能所致：公的是播种的呀。

我们看到在花丛中忙碌的蜜蜂只是蜜蜂中的一种，它叫工蜂。工蜂是命中注定的苦命者。它原本是雌性，因为命中注定的原因，它的性器官发育不全。抛开工蜂生理上的残疾不论，它还是蜜蜂家族中数量最庞大的，相比于人类，属于“广大劳动群众”，精确加以定位，就相当于在工厂车间干活的工人和在田间劳作的农民。这个群体当然在社会“最受伤”的行列里，日子不好过。

蜜蜂部落毕竟不同于人类有那么精细的分工，所以工蜂非常非常辛苦：保家御敌是它的事，筑巢是它的事，哺育蜜蜂幼虫是它的事，采集花粉花蜜更是它的事，它几乎包揽了蜜蜂部落内外的所有工作。而工蜂最为我们所熟知的事情就是采花粉和花蜜。

据专家研究，在蜜蜂出去采蜜前，会派出探子先行探得蜜源，然后回来汇报那蜜源在哪里，离家有多远等等。汇报时用的方式是“跳舞”，什么样的动作就代表什么样的信息。如果跳的舞同伴看不懂，它就用肢体接触的方法传递信息。如果同伴还是没搞明白，它就再换一个办法，用振动翅膀的方式传递信息。什么样的动作代表什么信息，我们不懂，蜜蜂当然是懂的。别小看一只昆虫，多聪明。

工蜂追花的日子在我们看来太浪漫了，多好，整天在花丛中转悠。可对工蜂来讲那是件重活，劳动强度极大。据专家研究，要酿出500克的蜂蜜，一只工蜂需要飞37000个来回才行；要酿出1000克的蜜，要用上33333个小时，吸3333朵花蕊；它的飞行时速最高可达40公里，可当它“满载而归”时的飞行时速骤降至20到24公里。而工蜂的寿命在夏季仅有38天！如此劳碌拼命它还会长寿吗？可怜的工蜂，好事轮不到，轮到的都不是好事。

不过，这仅是人类的一份子我的看法，工蜂不一定认同我的看法，它不会有人类这种古怪的想法，它会认为这一切都是天经地义的，没什么好怨恨的，所以它才会那么不辞辛劳拼命干活。别看它个头那么小，可“人”小心红，而且“又红又专”，实在比革命的老黄牛还要老黄牛。它真是名伟丈夫！

12 木槿花

我曾经看过这样一个故事，有个小孩，父亲早逝，家里很穷，有一次得了腿病，痛苦难熬，成天哭泣，母亲只好带他去看医生。医生看了看就责怪母亲，再晚来两天，腿可能就保不住了，因为得了骨髓炎，严重了要截肢。母亲听了很伤心，但又不敢表露。医生抓了两幅中药给母亲。母亲迟疑了一下，问：要多少钱？医生说：5 元。母亲的脸刷一下红透了，她没有 5 元钱，母亲只好回家去鸡窝里掏出 8 个鸡蛋给医生。那个时候，鸡蛋很便宜，一个只要几分钱。医生起先不肯收，母亲掉下了眼泪。看到这样，医生说：好。我收下。钱的事以后再说，先治好小孩的腿病。就这样，母亲欠了医生好几十块钱。

在当时，这是不小的数目。母亲实在过意不去，忍受不了欠医生那么多钱，于是就把家里唯一的母鸡带上，跪着苦求医生收下。医生眼睛湿了，说：好。算我卖你的。给你 10 块钱吧。说完硬把钱塞给母亲。那个时候，一只母鸡至多只值 5 块钱，母亲说什么也不肯收。回到家里，母亲发现，医生把 10 块钱夹在中药包里。当晚，母亲就去了医生家，悄悄把钱从门缝里塞进去。两天后，又该换药了，母亲再也不敢去，在家里偷偷哭泣。不料，医生却找上门。

一进门，医生惊喜地发现，院子里长满许多木槿花，于是就高兴地对母亲说：木槿花是一种名贵中草药，市场上一斤 2 块，能不能摘下来卖给我？母亲更加惊喜万分，连忙摘下所有的木槿花。医生说，这下好了，以后你不必再欠我钱了。从此，母亲带小孩去看医生，就带上木槿花。医生愉快地收下，并给了母亲一些钱。过了一段时间后，小孩的腿病终于治好了。可是，没多久，那位医生却意外去逝了。母亲带小孩去吊唁。没想到却意外获知，木槿花只是很普通的一种中草药，市场价格非常便宜，根本谈不上什么名贵。母亲一听，“哇”一声放声大哭，“我的恩人啊……”

这是一则非常感动人的故事！这位母亲就像木槿花一样，而那位医生助人为乐的高贵品质和善良的心，更是金子也换不来的。我的家乡，从柳城镇到我所居住地正好是 8 公里，道路两旁朴实检简的木槿花就像一位母亲，望眼欲穿的期盼游子到回归。每当我回乡时，看到那样的情景，就会想到以上这则非常感动人的故事。不过，实话说，我更加同情那位母亲的遭遇，因为木槿花表面上看起来平凡，却又给人以希望，虽然其本身的希望是渺小的，但母爱的伟大是无以伦比的。

其实，也许许多人还不知道，韩国人把木槿花定为国花。木槿花又名白槿花、榈树花、大碗花、篱障花、清明篱、白饭花、饭汤花。韩国木槿花是以单瓣红心系列品种为国花，但无论如何，从中也可以看出其高贵的一面。喜欢或仔细观察过木槿花的人就知道，大多呈粉红色，是非常美丽的，其自由式生长的姿势，一旦让人看上，就会更加迷恋。木槿花耐瘠，其本质就像勤劳的母亲。而且无私无欲，每一朵花只开一天，朝开暮落，但每一次凋谢都是为了下一次更绚烂地开放。这就是木槿花不平凡的地方，永远给人向上和不屈服的力量。就像爱一个人一样，更多的是要学会理解，人生总难免会有低潮和遭受纷扰乃至挫折的时候，但懂得爱的人仍会温柔的坚持。因为他们明白，起起伏伏总是难免，但没有什么会令他们动摇自己当初的选择，爱的信仰永恒不变。

传说中的木槿花更加神奇。上古时期，古帝丘东有一丘岭，人称历山。这历山脚下长着三墩木槿，高若两丈，冠可盈亩。每至夏、秋，花开满树，烂漫如锦。一年孟秋时节，号称“四凶”的“浑沌”、“穷奇”、“木寿杌”、“饕餮”也前来历山观光。见此美景，他们顿生歹意，妄图移去据为己有。于是，“四凶”在历山展开了一场争抢木槿的争夺战。“四凶”及其手下人丁，各个被打得头破血流，终于把三墩木槿刨倒了。说也奇怪，木槿树一倒便迅速枯萎甚至花殒叶落。“四凶”见此光景，料想取回亦难成活，便一个个垂头丧气地离开了历山。正在历山带领农夫耕作的虞舜闻讯赶来，他招呼农夫把三墩木槿扶起，并汲水浇灌。奇迹出现了：三墩木槿枝叶顿活，花开如初。虞舜笑了，农夫们乐了。木槿仙子为报虞舜活命之恩，取虞舜之讳为姓，以示纪念。这件事虞舜心里非常明白。原来木槿复活的当天夜里，虞舜在梦中见到了三位仙子的芳容，且告知了以上事宜……

木槿花花语：温柔的坚持、坚韧、永恒美丽。

13 牡丹花

雍容华贵的牡丹被洛阳命名为“市花”，其实这真是委屈了这位天姿国色的“美人儿”。

牡丹代表富贵昌盛和平，乃世人所求。数不清多少画家为这位美人儿挥洒墨彩。其中我就有幸拜识出生于洛阳的著名国礼画家王红莉老师，她府上的客厅里挂满了篇幅不一的牡丹画，让我惊疑是否在牡丹丛中。

“云想衣裳花想容，春风拂槛露华浓。若非群玉山头见，会向瑶台月下逢。一枝红艳露凝香，云雨巫山枉断肠。借问汉宫谁得似，可怜飞燕倚新妆。名花倾国两相欢，长得君王带笑看。解释春风无限恨，沉香亭北倚阑干。”天下也只有诗仙李白能够在酒醉未醒，半梦半醒之间写出如此《清平调》。原本“唯有牡丹真国色，花开时节动京城”、“花开花落二十日，一城之人皆若狂”。连诗人刘禹锡和白居易也如此为之动情，牡丹何以只沦落为一朵“市花”？看来，命运之说不仅对人而言，连草木也难以逃脱。

天下牡丹，以洛阳为最。山东菏泽肯定不服，因菏泽古称曹州，物华天宝，人杰地灵，素享牡丹之誉，如今又是全国最大的牡丹种植基地。不过，“洛阳牡丹甲天下”并非我说的，宋人欧阳修曾赋诗句“洛阳地脉花最宜，牡丹尤为天下奇”来称赞洛阳牡丹。更有甚者，有一天，隋炀帝闲极无聊，在洛阳西苑，突发雅兴，诏告天下进奇石花卉，就这样，牡丹进入皇家园林，涉足园艺学。然而，有道是“红颜薄命”，果然如此。天授二年腊月初一，长安大雪纷飞，武则天也是一时兴起，一边饮酒作诗，一边醉笔写下诏书：“明朝游上苑，火速报春知：花须连夜发，莫待晓风吹。”百花慑于此命，连夜开放。没想到独牡丹不违时令，闭蕊不开，武则天盛怒之下，将牡丹贬出长安，发配洛阳，并施以火刑。禁不住想，牡丹何以敢犯君威？莫非自视“天下第一”而不把武则天放在眼里？果真如此，牡丹也太自不量力了，纵是“百花之王”又如何与王命相抵抗？难怪命中该有此劫。牡丹虽遭此劫难，体如焦炭，却百折不挠，不仅根枝不散，在严寒凛冽中挺立依然，而且在来年春风劲吹之时，又是花枝招展，而且其色更艳，因此被誉为“焦骨牡丹”。由此看来，牡丹其实也是一位不畏强权，性情刚烈女子，可歌可泣。

据了解，目前世界上已有100多个国家确立了自己的国花，而中国至今尚未有自己的“国花”，这多少是件令人尴尬的事，也是非常遗憾的事情。记得，在2001年的APEC会议上，当时的新闻报道就闹了“以中国国花牡丹为背景”这样一个笑话，泱泱大国，悠悠历史，竟然没有自己的“国花”，也难怪被外界引为笑谈。不过，我国并非没有想过评选“国花”这件事情，而是几经评比之下，未能选出公认的“国花”，牡丹虽仪态端庄，富丽堂皇，素有“国色天香”、“花中之王”之美称，还是难服大众，所以不了了之。据了解，牡丹的竞争对手主要是菊花和梅花。民间也有“开封菊花甲天下”的说法，还有“梅花香自苦寒来”也让牡丹“怀恨在心”。由此看来，泱泱大国——中国，要确定“国花”还真不容易。

牡丹喜阳不耐阴的特性常让人束手无策，对土壤的要求也常常为人所诟病。据了解，牡丹要求疏松、肥沃、排水良好的中性土壤或砂土壤，忌粘重土壤或低温处栽植，否则，不容易养好，既便生长下来，花朵花色也难鲜艳。真不知它雍容华贵、富丽堂皇的气质是否必须如此挑剔才能显现。如此说来，终于让我悟出了一个道理，即南方为何少见牡丹。很显然，牡丹在南方多少有点“水土不服”的症状，也难怪一直未被确认为“国花”。不过，我坚信，在不久的将来，我国一定会有自己的“国花”，而且非牡丹莫属。

牡丹花语：富贵、圆满、浓情。

14 芙蓉花

童年时我就迷上了芙蓉花，可那时候不知道芙蓉花与荷花有关，后读到《离骚》中诗句："制芰荷以为衣兮，集芙蓉以为裳。"还有东汉著名文学家，《楚辞章句》作者王逸的注解："芙蓉，莲华也。"有点意外收获。事实上，芙蓉耐热耐旱，性喜近水，宜植池旁溪畔。花开时节，花光水影相映成趣，尤显妩媚动人，因此有"照水芙蓉"之美誉。《长物志》曰："芙蓉宜植池岸，临水为佳。若他处植之，绝无丰致。"可见，芙蓉与荷花扯上关系不是没有道理的。

更出乎我意料的是，芙蓉花竟然也与向日葵扯上关系。向日葵的特点是"常朝着太阳"，其叶子和花盘在白天追随太阳从东转向西；太阳下山后，向日葵的花盘又慢慢往回摆，凌晨时朝向东方等待太阳升起。向日葵因此而得名。此外，芙蓉还与太阳花习性相近。太阳花实际上只是一种野草，别名：半支莲、松叶牡丹、草杜鹃等，因"朝生暮死"而引人垂怜。其花顶生，花形有重瓣或单瓣，花色有红、紫、白、黄等，色彩瑰丽悦目，常在艳阳下大放异彩，唯花朵寿命甚短，上午开花，午后即谢，仿佛应了那句“红颜薄命”，令人颇生万分感慨。不过，我喜欢芙蓉花，还有一个理由，那就是它还有个别名叫醉芙蓉，又叫“三醉芙蓉”。据了解，其花早上颜色为白色或粉红，一到了午后便成大红色。在短短的时间内能有如此变化的花，相当的特殊，和向日葵的品性相当接近。万物之雷同生存法则有时真是让人无语，并引为深思。看来，百花也有“血缘”“亲戚”关系。

书中说，醉芙蓉一日三变色彩，真是“风情万种”。明末清初著名学者、诗人屈大均在《广东新语》里称醉芙蓉“颜色不定，一日三换，又称三醉”，并赋诗云：“人家尽种芙蓉树，临水枝枝映晓妆。”由此可见，醉芙蓉的娇羞情态不知已醉倒多少文人墨客，包括英雄豪杰。宋代盛传在虚无缥缈的仙乡，有一个开满红花的芙蓉城，城主是宋代大学士石曼卿，因此，后人就以石曼卿为芙蓉的花神。真是一个美妙的传说。大学士石曼卿真是有福了，也真是难得能获此美传。

无需粉黛的芙蓉花有早熟、贞操、高洁之士、美人、漂亮、纯洁之赞誉，实在是非常值得羡慕的。历代文人墨客和英雄豪杰都喜欢把芙蓉花喻为美女，可见其喜欢程度和言出由衷的本性。唐代诗人元稹在《刘阮妻》中有赞：“芙蓉脂肉绿云鬟，罨画楼台青黛山。”宋代诗人范成大在《木芙蓉》中写到：“冰明玉润天然色，凄凉拚作西风客。不肯嫁东风，殷勤霜露中。绿窗梳洗晚，笑把琉璃盏。斜日上妆台，酒红和困来。”大文豪苏轼也在《和陈述古拒霜花》中赞美：“千林扫作一番黄，只有芙蓉独自芳。唤作拒霜知未称，细思却是最宜霜。摘取芙蓉花，莫摘芙蓉叶。将归问夫婿，颜色何如妾。”可见，此言不虚。而吾独爱芙蓉，芙蓉亦爱吾乎？情花无语，乃世人自作多情也。

芙蓉花语：早熟、贞操、高洁之士、美人、漂亮、纯洁。

15 指甲花

那一年夏天，少年毛润之到外婆家附近的保安寺玩耍，他看到寺院四周盛开着色彩斑斓的凤仙花，受到感染，回去后随即吟成一首五言诗《咏指甲花》。它鲜为人知，遂摘录于下：

百花皆竞春，指甲独静眠。

春季叶始生，炎夏花正鲜。

叶小枝又弱，种类多且妍。

万草被日出，惟婢傲火天。

渊明独爱菊，敦颐好青莲。

我独爱指甲，取其志更坚。

凤仙花，又称指甲花，因其不择土壤、随处生长，花瓣可用来染指甲，故得名。望着顽强生长、傲暑盛开的指甲花，少年毛润之萌生了写诗欲望。他不像陶渊明之爱菊，周敦颐之爱莲，他偏爱枝叶弱小、意志坚强的指甲花，自然也是别有一番情趣，也给人产生诸多的联想和想象。

炎炎夏日，老家的房前屋后，生长着成片的指甲花，争奇斗艳。指甲花又名染凤仙花、小桃红，又因其花头、翅、尾、足俱翘然如凤状，故又名金凤花。其性喜阳光，怕湿，耐热不耐寒，故大多生长在江苏、浙江、福建、台湾、广东、海南、广西等地。它生长于疏松肥沃微酸的土壤中，但也耐瘠薄。

指甲花，花味辛性温，能活血散瘀、通经消肿，是妇科调经和外治跌打损伤的民间要药。其由来有个很美丽的传说。相传，很早很早以前，福建尤溪有个叫凤仙的女孩，长得亭亭玉立，秉性温柔善良，与一名叫金童的小伙相爱。一天，县官儿子路过此地，见凤仙这般漂亮顿生歹心，前来调戏，被凤仙臭骂一顿。凤仙知道大祸即将临头，决定与金童投奔他乡。凤仙只有父亲，金童只有母亲，四人连夜启程。途中，金童母亲患病，闭经腹痛，荒山野岭又无处求医访药，四人只好停步歇息。再说县官听说儿子被一村姑痛骂，遂命手下前来捉拿。眼看就要被追上，无奈，凤仙、金童拜别父母，纵身跳入万丈深渊，以死保洁。两位长辈强忍悲痛将二人合葬。晚上两人依坟而卧。凤仙和金童托梦给父母，告之山涧开放花儿能治母病。次日醒来，果见山涧满是红花、白花，红似朝霞，白似纯银。凤仙母亲用花煎汤，服后果真经通病愈。后人将这种中药命名为凤仙花或金童花以示纪念。

指甲花这一凤仙花的别称，愚以为，可能是唯一以人体器官命名的一种花。头发花、鼻子花、眼睛花、耳朵花、嘴巴花、脚花、腿花，君可曾相闻？

年少时，奶奶教会了我用指甲花来染甲。一直爱美的奶奶不仅将自己的指甲用指甲花染了颜色，还将我的指甲与脚趾甲也染了起来。这对于年小的我很有吸引力，觉得又好奇又好玩。奶奶喜欢选在黄昏时分，采了指甲花坐在门槛上，夕阳的余晖映照着奶奶油光光的发髻，真是非常的典雅。奶奶将指甲花瓣放在石门槛上，然后取过锤子捣碎，再用一小块明矾均匀的和在一起，直到明矾与花瓣几乎溶为汁。她就像打理一件容易破碎的艺术品，小心翼翼地把我一只只指甲敷好，包上纱布，缠上细线，要到次日清晨方可解开。一开始觉得很不习惯，但是看见奶奶那粉红鲜嫩的指甲，便什么难受都觉得值了。经过一夜的吸附后，解下纱布，我的指甲果然明润粉嫩，鲜艳悦目。当我将双手展示给村里的小朋友看时，大家既惊讶又羡慕。而后，我便用这个方法给全村小朋友示范，因为家境因素本来一度被人冷落的我，一时成为大家争相交友的对象。

细想，一个美丽的女子，若是一双雪白的纤手加上粉红的指甲，健康美丽，该是多么的赏心悦目。当然，娉娉袅袅十三余，豆蔻梢头二月初，这样的年龄是无需任何装饰的，本身具有纯洁的美。

指甲花花语：不要碰我、贞洁。

16 狗尾巴花

凡是能长草的地方，都适合狗尾巴花生长。从帕米尔高原到东海之滨的钓鱼台群岛；从大兴安岭到南海的曾母暗沙。在祖国广阔的国土里都能找到狗尾巴花。它就像狗尾巴一样，忠实地跟随在主人的身边，不论贫穷与富贵。

然而，现实中，有人喜爱酷寒报春的梅花，有人喜爱繁花似锦的桃花，有人喜爱风华绝代的牡丹……，可是，却很少有人喜爱狗尾巴花。或许，它没有茉莉的芳香扑鼻，也没有玫瑰的艳丽动人；或许，它没有水仙的婀娜多姿，也没有石榴花的朱艳如火；或许，它没有曼珠莎华的妖娆，也没有樱花的娇柔欲滴。

狗尾巴花出生低贱、贫瘠，不用深厚的泥土与肥沃的肥料，就像一个穷困家的孩子，无论多么的艰苦但一样长大。它寄人篱下，或安于贫困客居山乡野地，无人宠爱移庭院，无人厚待折花枝，她只能本本分分地随着命运的安排。记得自家的院墙的瓦隙，总不免零零落落摇摇曳曳地飘着几株狗尾巴草，我想这应该是鸟雀含食掉落所致吧。每到春暮，狗尾巴草就开始迅猛长大。时常，我会临着夕阳，盼望她早点成长，一如盼望自己快点儿长大，可以自由地翱翔。

狗尾巴花序穗状，两面疏生长毛，就像少女的脉脉含情的睫毛。风一吹，狗尾巴花摇摇曳曳。这种很不起眼的花草充分展示出她顽强的生命力，她墨绿而修长的叶子，深紫色的茎，在深紫色的茎上开着一穗白绒绒的花，清秀别致，看起来弱不禁风，也不惹人注目。到了晚夏，我便踮起脚尖，将青碧的狗尾巴花摘下来，老是喜欢与在院落晒太阳到奶奶挠痒痒。当我把狗尾巴花往奶奶的鼻梁、脸颊、脖子挠逗时，奶奶发出姑娘一样羞涩的笑声。

少年时，我牵着一头牛漫行在四处的田野与山地间，看得最多的就是狗尾巴花了。青绿的草是牛最喜爱吃，可是她因为喜爱生长在果蔬菜地，因此成了农人的眼中钉。其实，狗尾巴花与人无异，只不过希望能够日子过得舒坦些，盼求得到沾一点肥料。

不攀朱门与庭户，寄身篱舍与山中。只因贪恋菜果侧，惹得农人厌到今。

狗尾巴花非但成不了众眼中喜爱的花朵。连配绿叶的资格都没有，被农人摘了一把一把丢在山地旁给太阳活活的晒死。这真是贫在闹市无人问，富在山中有远亲。其实我听过一个很动人的故事：有一个很漂亮的小女孩过生日，很多男孩子都送她花，各种各样的，但都很美。有一个穷人家的男孩就送了那个女孩一束狗尾巴花，当时那个女孩很生气，把他赶了出去，后来仔细想了，她想知道原因，男孩告诉她，狗尾巴草象征不被人了解的爱，但却可以为她默默付出……

既便如此，春天来了，最先破土长出来的有可能还是狗尾巴花草。夏日季节，当它长满野地之时，便成了牛羊最喜欢吃的一种草。秋天，是狗尾巴花开花结籽的季节，其实狗尾巴花没有花，它只管结籽。它所结的籽沉甸甸的聚集在一起看起来像一只狗尾巴，这就是狗尾巴花名的来历。冬天，鸟们就是依靠它结的籽度过冬。这就是狗尾巴花，总是牺牲小我而成全大我，是一种值得尊敬的无怨野花。

17 茶籽花

你来，请到我的身边来

用你的香唇绽开我的花朵

我会给你一个惊喜

如蜜般的，就像那露水

还有空气和云朵

你来，请到我的身边来

我已经绽开了我的花瓣

你就是蜂，采集我的花粉

阳光因此金灿灿

孕育我们的籽儿

明天，我们的孩子长大了

仿佛看见年轻时的你

风将花芯飘扬

蜂飞走了，其实我更爱自己的故乡

我把思念埋在枝头上

大仲马笔下的茶花女，绝代佳人，漂泊一生，苦中求乐。憧憬爱情，茶花相送，红颜薄命，身心摧残，贫病而亡。大仲马为何不选其他花偏偏选了茶花，我想这是与茶花命运的本身是分不开的。

世界上动物植物的孕期可谓趣极。人的孕期是十个月，而牲畜的孕期则有的短有的长，牛孕期是十个月，马孕期是十一个月，更有猫三狗四猪五之说。而花果的孕育时间则短很多，从开花蒂落到成熟采摘，荔枝的孕期是三个月，芒果的孕期是五个月，而梧桐的孕期则九个月。想家养动物有栖身之所，甚至有的比人住得金贵，孕期也会受到百般照顾与疼爱，就算野外的动物也有山洞树蓬可避。而植物一旦落地生根发芽，就要承受一生的折磨，风霜雪雨躲不得，电闪雷鸣避不得，酷暑寒冰逃不得，昼夜孤寂走不得。不仅自己忍受所有的委屈，连同祖祖辈辈、子子孙孙经受同样的遭遇。而茶花的孕期正好是整整一年，在这段时光，她每时每刻都要经受孕育带给她的痛楚、折磨，同时摄取了天地间的日月精粹。

大多植物开花到结果是一个生命的起点到终点的过程，而只有茶籽树需要承受开花与结果两种繁复的考验。茶籽花在霜降时开花，正是采摘果实的季节。摘茶籽是农人最快乐的时光，不仅可以一边享受花儿的芳香，一边爬到茶籽树上采茶籽片或茶籽桃。茶籽片就像是一张雪白的树叶，茶籽桃则是水蜜桃状，只是里面是空心的。一口咬下去，又甜又脆，仿佛置身天庭，吃了蟠桃一般。农人一边闻着清香的茶花，一边采着茶树上的累累果实。这对农人而言，是种无上的享受，既享受了味觉，又丰收了果实。而对茶树本身而言，却是双重承受。

洁白的茶籽花，金黄色的蕾，时常引得彩蝶蜜蜂围绕其中，更有意思的是，茶籽花的花瓣、壳、果实，均为五瓣。我们几个小伙伴时常趁开花季节去茶山拔猪草，因为我们可以仰起脸儿，吞吸茶花的花蕊汁，那金黄色的花蕊非常的甘甜，是一种天然美容品。茶籽采摘回后晒几次太阳，籽壳会自然分开五瓣，里面的肉呈棕色。这种肉榨出的油是最高级的美肤品，奶奶一生都用茶油抹那头长及腰臀的头发，光洁柔亮，因此茶籽油与油橄榄树堪为世界上最著名的两大木本油料植物。若是回到乡下有人相送茶油，那是最高级别的贵宾待遇。茶籽壳用来烧炉子，燃烧后立即装在火笼用来取暖，那时的冬日，既没有电热毯也没有暖气，冰冻的双脚只能依靠火笼，而茶籽壳是最保温的，可持续十小时之久。

茶籽满身都是宝，物尽其用。当茶籽榨油后的茶渣饼是农人捕鱼捕泥鳅的最好品料，记得生产队每年一到春节前，就将几个水塘养的鱼捕了后分户。虽然我们家不够工分没鱼分，但在捕鱼时凑个热闹也是非常开心的事。只见大伙将茶籽饼敲碎洒入水塘，不一会就会有鱼儿浮在水面，那是鱼儿吃下茶籽渣晕乎乎了，这时大家只需拿着鱼篓去捞。

茶花更是一种中药，相传元末年间，朱元璋被陈友谅军队追杀到建昌（今江西）的一片油茶林，正在油茶林中采摘的老农见此状况急中生智把朱元璋装扮成采摘油茶果的农夫，幸免一劫。朱元璋深切的称老农为救命“老表”。老表见朱元璋遍体是伤。用茶油帮他涂上。不几天朱元璋就觉得身上的伤口愈合、红肿渐消，于是他高兴的称此油茶果，是“上天赐给大地的人间奇果”。后来他在老表家休养一段时间，便秘又有好转，得知这是每天吃茶油的缘故。从此。朱元璋与茶油结下了不解之缘。朱元璋统一天下后，将江西茶油封为“皇宫御膳”用油。

因明朝皇帝对茶油的喜好和重视。各大神医对茶油进行了深究。神医李时珍《本草纲目》中记载“茶油性偏凉，凉血止血，清热解毒。主治肝血亏损，驱虫。益肠胃，明目”又云“茶籽。苦含香毒，主治喘急咳嗽，去疾垢。”后来江西各地均把茶油当作上等贡品进献于朝廷，皇帝大悦，并赐封为“御膳奇果汁，益寿茶延年”！足可显示享用茶油是一种身份的象征。

茶籽花，她有着母亲的博爱，她有着大地的深沉，也有着无上的坚韧。在百花凋零，万木颓废的日子里，唯有茶籽花，敢以如此热烈的姿势，唱响着生命的赞歌；在这寂寞寥落，寒风凛冽的坡地上，也唯有茶籽花，愿以如此朴素的情怀，吟咏着爱情的真谛。

茶籽花，她没有桃花的艳丽，她没有兰花的张扬，没有樱花的繁盛，没有桂花的浓香，她更没有春天里百花的娇柔华贵。她只是将满怀柔情、缕缕芳香、深深埋藏于心底，她只是将满腹委屈、悠悠情愁、轻轻揽在怀中。在所有植物当中，唯有茶籽花孕育的儿女，才有能耐历经秋冬春夏，才有能耐尽尝严寒酷暑，才有机缘吸吮四季甘露，沐浴四季阳光，汲取四季精华。

最后，我专为千辛万苦的茶籽花吟赋：茶籽花盛满山香，素雅洁白芳自赏。四季风雨为君侯，不攀春夏偏爱霜。

茶籽花花语：奉献、倾情。

18 刺桐之魅

“桐花翘望，燃烧城邑，享兰桂之惠赐，衬竹蕉之新绿；桐枝扶疏，随诗羽仪，赏金丸之桀骜，爱丹荔之紫气，吮吸沃壤，吐呐碧宇；与友腾云，齐凤比翼，拂风吼而起舞，对雨吻而振羽。如圣火之熊熊，似炫日之熠熠。生隰地而卓然挺拔，长高岗而耸然昂屹。其华如雕似琢，其叶如瑾似瑜。其形如蓬似盖，其状如腾似举。开若赤椒，落若红鹂，串串象牙，簇簇火炬。冠带红罗，纷披子衣。”

这是描写刺桐花的词赋。

1986 年 10 月 29 日泉州市十届人大常委会第十一次会议正式通过，决定以刺桐花为泉州市花。泉州又称“鲤城”。目前鲤城到处栽有不少刺桐花，美丽的鲤城掩映在刺桐的绿叶红花之中。其实，早在中世纪，鲤城就以刺桐城而驰名欧洲、非洲和中东诸国。因古时鲤城生长着许多刺桐花，故有“刺桐城”或“桐城”之称。

红艳绝伦的刺桐花燃尽一生没有香味，这多少让人心生惋惜。不过，天生万物本是公平，刺桐花虽无香味，盛放时却艳丽火红，像一个正朝气蓬勃的少女，又像一位成熟雍容的少妇，令人赏心悦目，如同在苍茫的沙漠中突然遇到泉水般令人激奋，顿驱烦恼、油然而生欣喜之情。由此我懂得了一个道理，即生命中不可能永远没有遗憾，遗憾有时也是一种美，是一种更让人心悸的美。其实真正的香味只有弥漫于心头，才是最为珍贵。

在此之前，对刺桐花原本我并不是很熟悉。记得有一次，我看到一种红辣椒似的花朵，花瓣粗硬，花絮硕长，艳丽鲜红，看得眼花缭乱，但不知道是什么花，又忍不住那艳丽之美的诱惑，于是就问同行的朋友，这是什么花？朋友乃鲤城人，脱口而出，说是刺桐花，而且是鲤城市花。

然而，一次的偶遇不等于就可以永远记住，或许，真正的美好会记在心底，有朝一日掀开月光宝盒时才会发出一声惊叹，或内心会砰然一动，情感之弦便会立刻奏响。又或许，这是对"一见钟情"的另一种浪漫诠释吧。是的，当时我确实惊艳于刺桐花之美，尤其是其火辣的情态，喷薄而出的激情，简直如一位玲珑剔透的仙子，令人窒息。不过，过后也不知道为何，许是见过的花样太多，又或杂事烦扰，有一段时间，我几乎完全把刺桐花忘在一边了。

直到有一天，我在阅读一本杂志时，看到"刺桐花"三个字，我忽然又有砰然心动的感觉，熟悉又带有几分陌生之感跃出心底，顿然想要亲近它，这种感觉异常奇妙，说不出来的情愫灵动微妙，萦绕心底。于是，我如对待老朋友一般打开电脑，并通过百度输入"刺桐花"三个字，我想，我应该更深入了解一下这位既熟悉又陌生的"老朋友"。

百度上说，刺桐为蝶形花科刺桐属落叶乔木，原产亚洲热带，树身高大挺拔，枝叶茂盛，喜强光照射，花期每年3月份，花色鲜红，花形如辣椒，花絮硕长，若远远去，每一只花絮就好似一串熟透了的火红的辣椒。要繁栽的话建议以扦插繁殖为主，也可播种繁殖。还说，刺桐花还可作止血外用药。此花果非等闲。

刺桐花的美，不知让多少文人惊叹。宋人王十朋的"初见枝头万绿浓，忽惊火伞欲烧空。"可堪绝句。有人说这是诗人的误笔，因为赤桐是先花后叶，它开的时候，难有"枝头万绿浓"的风姿。难道说诗人不知这个常识？很可能是他太爱刺桐花了，特用"枝头万绿浓"来衬托"火伞欲烧空"矣。是啊！在青山绿水间，一棵棵的刺桐，繁茂的枝上如青春的热血涌动，纵情开放着一朵朵鲜红艳丽的花儿。既像春风吹出的火焰，又像鸟儿燃烧的翅膀。它用无数红硕的花朵铺就一方耀眼而迷人的绚丽，怎能不让人用灵魂拥抱它呢！

古人也常用刺桐花赠友人，诉友情。"地僻寻常来客少，刺桐花发共谁看。"(唐·张藉《送汀州源使君》诗人笔下在感叹：这偏僻之地，朋友难得来一次呀，刺桐花虽然开得很艳丽，可给谁看呢？我又同谁一起看呢？"不胜攀折怅年华，红树南看见海涯。故园春风归去尽，何人堪寄一枝花？"(唐·陈陶《泉州刺桐花咏兼呈赵使君》)或许诗人与笔下的赵使君是至交，很久很久没有见面了，他用手攀折着刺桐花枝儿，心里惆怅着年华的流去。每年满树的红花都对着远在海涯的友人开放。可是年年岁岁花落去，总是不见友人来，今年春风又去尽，还是不见故旧面。我把这美丽艳红的刺桐花寄往哪里？谁还值得我寄呢？当然，妩媚燃烧的刺桐花，撩拨人心弦最多的还是爱情。"刺桐花上蝶翩翩。唯有夜深清梦，到郎边。"(宋·谢逸词句)刺桐花就是蝶吧?!白天艳丽的开放,发现中意的郎君,不好表白。就深夜托梦到郎君的身边,蝶为花的媒吗?!花盼望蝶在夜深人静的时候,引领自己与心爱的郎君约会呢!

最感人的莫过于唐李绚的《菩萨蛮》:“回塘风起波文细,刺桐花里门斜闭。残日照平芜,双双飞鹧鸪。征帆何处客,相见还相隔。不语欲魂销,望中烟水遥。……隔帘微雨双飞燕,砌花零落红深浅。捻得宝筝调,心随征棹遥。楚天云外路,动便经年去。香断画屏深,旧欢何处寻。”春风轻拂,湖水漾波,刺桐花深处有门半开半闭,残阳照着旷野与平湖,有对对情鸟,亲密嬉戏盘旋。此时有一征帆驶过,门里的女子与船上的男儿隔着层层刺桐花,隔着水面的距离,只能朦胧相望。但男子并未说话,分明不是自己的郎君,女子因此魂销天外。望着浩淼无边的烟水,徒生无奈的哀叹。女子在艰难中忍着思念的痛苦熬过一年的时间,又一个春天来了,都到了砌花零落的时候,透过窗帘,看见微雨中双双轻飞的情燕,却不见心中人的踪影。纤手轻拂思念的乐曲,心却随征棹去了遥远的地方。楚天的路是天外的路,遥不可及,情人动身走了一年了,先前的爱之欢乐到哪里找寻呢?

刺桐花给了我美妙的念忆和情感的咀嚼。它火辣的身材和激情,必然令更多人为之迷恋和倾倒。忽然想到了台湾著名诗人余光中,也曾有过这样的诗句,“刺桐花开了多少个春天?东西塔相望究竟还会多少年?多少人走过了洛阳桥?多少船驶出了鲤城湾?”其实我还有秘密在其中 。

刺桐花花语:忠贞不屈。

19 荷荡一日

华贵的牡丹，迎雪的寒梅，芳香的茉莉，艳丽的杜鹃，我都喜欢，但就是没有对夏之荷花有一种不醒的沉迷。此值荷花飘香时，我又如期来到宣莲的圣地——浙江武义的祝村。

晨雾，烟岚迷漫，丝丝缕缕，拂面流过，静静地，凉凉地，从朦胧中看到一枝枝荷花立在万绿丛中。随着雾的越来越淡，朝霞钟情地把第一缕阳光送给了这万顷碧荷。从荷微露的笑靥看得出，她们正从一个甜蜜的梦中醒来。都梦些什么呢？是柳梦梅之梦吗？是鸳鸯戏春水之梦吗？她们穿着雪衣霓裳，在水光潋滟的舞台上，亭亭玉立，姿容娇艳，洁净无暇，清香四溢。

雾，全部散去，朝霞似金，洒遍万顷碧荷，放眼远望，辽阔、深远、明净、幽深。到处呈现着华丽的气象，到处流溢着迷人的芳情。霞衣、雪裳、绿绵。娇丽、清新、淡雅、纯净。有的花苞青里泛白，娇羞欲语，含苞待放，像腼腆的小姑娘，不肯向人展露笑脸；半开的如纯洁的妙龄女郎用白嫩的纤手托着嫩洁的脸盘；全开的则像美丽女子收起最后的羞涩，借了荷叶的绿，舒展花瓣，尽展其丰满和艳丽。黄色的花蕊洋溢着生命的热烈和奔放，而那花蕊包裹下的细嫩莲蓬，则呈现着荷的厚重和沉稳。而簇拥在花蕊旁的荷花，又像刚刚出浴，衣衫散漫的佳人，还像天空裸体的彩云。粉色的荷，那凄艳灼灼的唇，让多情男子心慌，让时尚女子艳羡。白色的荷，则以出淤泥而不染的洁净，不动声色的摄人魂魄，撼人心旌。只见红粉黛绿的蝴蝶，嬉戏其间，一会儿落在这朵荷花上，一会儿落在另一朵荷花上。

风起了。万顷碧荷，气势浩荡，花枝摇曳，碧叶依依，如云集的衣容娇艳的少年，翩翩起舞，裙袂飞扬。阵阵绿涛，翻腾壮绝，送缕缕芬芳，给丝丝清凉。风停了，绿色的海洋平静了，叶面水珠滴溜溜的滚动，晶莹剔透风姿绰约的荷花仙子，收拢自己的舞姿，恬恬静静的站立在万绿丛中。时不时有青蛙跳到荷叶上，溅起水花落在绿色玉盘里滚来滚去。

雨来了。“水光潋滟晴方好，山色空濛雨亦奇。”荷花带雨也别有动人的风情。天空飘着绵绵的、朦朦的丝雨，悠悠地飘洒在万顷碧海上，如青丝浮动，显得那么婉约飘逸。那湿衣看不见，落地听无声的况味，那如绸纱沾水的舒缓柔情，深藏着让人体味不尽的宁静的诗情，仿佛有一种缠绵悱恻的暧昧之缘。那醉人的渗透在雨后湿漉漉的空气里的荷香，让人永远体味不够。太阳雨中那荷，无论是花还是叶，显得更加清新，鲜洁、妩媚。荷叶上滚动的浑圆如球的雨珠，远远近近的闪烁着，像荷叶的眼睛，活了这片辽阔的绿。

我不由得沿着荷塘之间的小径，走向荷荡深处。两边伸出的荷叶和青竹湿透了鞋袜和裙稍，也湿沾了我的眉毛和头发。此地此景，让我心中的诗情与画意一起生长。

望见荷荡水面映照的夕阳红晕，就知又到落霞残照的时分了。夕霭暮岚，渐渐升起，夕阳在轻淡的云层后面，缓缓向下隐去，悄然酿造自己缤纷的梦境。轻雷，若有若无，丝雨，渐行渐远。此时，有一段淡淡的彩虹出现在荷荡西边的尽头。再看荷花荷叶显得那么清新、清丽、清艳、清洁。不由让我想起李清照"沉醉不知归路，兴尽晚回舟，误入藕花深处"的名句。是啊！置身此地，谁的游兴能不高呢！正在兴头上谁又愿回舟呢？那么高的兴头什么时候能过呢？不过就不回舟，那这舟真不知晚回到什么时候了！

不觉间，夜幕低垂，明月已悬挂高空了。皎洁的月光泻在阔大的荷荡上，一片一片水面，像层层的银鳞。远山如黛，夜空星烁，岸边虫鸣，树影婆娑，风摇清荷，影影绰绰。此时竟让我突然想到朱自清先生的那段妙笔："微风过处，送来缕缕清香，仿佛远处高楼上的渺茫的歌声似的。这时候叶子与花也有一丝儿的颤动，像闪电般霎时传过荷塘的那边去了。""月光如流水一般，静静地泻在这一片叶子和花上。薄薄的青雾浮起在荷塘。叶子和花仿佛在牛乳中洗过一样；又像笼着轻纱的梦。虽然是满月，天上却有一层淡淡的云，所以不能朗照；……月光隔了树照过来的，高处丛生的灌木，落下参差的斑驳的黑影，峭楞楞如鬼一般；弯弯的杨柳的稀疏的倩影，却又像是画在荷叶上。塘中的月色并不均匀；但光和影有着和谐的旋律，如梵婀玲上奏着的名曲。"

是的。被清荷的气息充盈的夏夜，在神秘的磁带里，似乎感到莫扎特从这里走出来，舒伯特从这里走出来，柴可夫斯基也从这里走出来。他们所有的音阶，所有感情的高低音域，都输送到同一频道里，让人走进惬意的音符。

风又起了，圆月渐渐呈出一道晕圈。天不早了，我默默踏上归程。荷荡一日，虽然身体极其疲劳，心却一直激动不已。我们都是风前客，一切都会被风吹雨打去。像清荷一样平静、悠然、自在、本真、纯净的活着，该有多么美妙！这或许就是我喜爱荷花的缘由吧！

心声

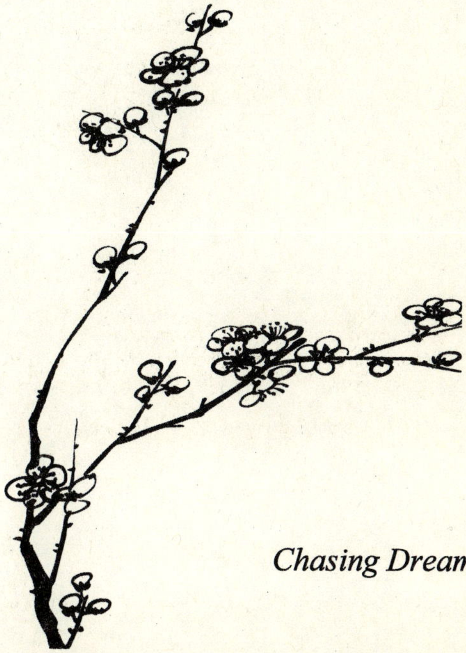

Chasing Dreams

20 安于宁静

一位坐机关的朋友酒后向我吐露苦衷：人心险恶，勾心斗角，上需巴结，下需提防，自己想想都窝囊。真想甩手辞去差事，又怕受不了经商之苦，朋不为朋，亲不为亲，每每茶不思饮，夜不能寐。

其实朋友已是个不小的官职，早先单位分得住房一套，几经努力，又购得一处新房，孩子健康聪明，就读名牌大学。可是他居然如此沉闷寡欢，望着他沉郁的脸，我只问了他一句："你晚上也上班吗？"他摇摇头，终是不解，我便对他说了这么一番话："多少人为了生计，每夜不能陪家人享受天伦而劳碌着，赚得一点微薄的工资，而且还要面对房价带来的困惑，往往三代挤在一间简陋的甚至租借的小屋里。你白日上班，是为了赚取养家之资，纵苦也值；八小时结束，你要做的第一件事是——给自己一个好心情，将白天所有工作中留下的不愉阴影抛掷于风，轻轻松松回家，高高兴兴进家门，陪妻儿共餐闲话，这便是保持家庭生活最新鲜的方式，也是带给家庭最欢欣最安慰的礼物。"

我不能想象一副抑郁的面孔会减轻心中的困惑，同时也不能催开妻儿愉悦的笑靥。所谓的天伦之乐，也并非唯指儿孙绕膝、妻贤子贵。一盘豆、一碟菜、一壶酒，晕弱的光圈下边酌边听。爱人侍弄锅碗瓢盘发出清脆响亮的声音，孩子习作书具把弄游戏发出的声响，其实都是一曲妙曼的无可复制的琴瑟，怎会无饮欲呢？

“一室、一衾、一妻，人生之乐当莫过如斯。”哪位圣贤说的话我记不清了，但它是人生最质朴最实在的真理。那些为豪宅名车权贵明争暗算的人，最终的归宿莫过于牢狱苟度。坦坦荡荡，清清白白，不为财色迷惑，不为名利迷失，半夜不怕鬼敲门，怎会睡不着呢？

美国前总统艾森豪威尔说过一句话我尤其崇尚：“我从不花费一分钟的时间去想我不愉快的事情。”人生苦短，属于我们的青春有限、精力有限、欢乐有限。

何不放开一切烦怨，积极争取每一天中的每一时光心安理得的度过呢？人生之所以有所追求是因为它的不完美，缺憾是无时不刻客观存在的。因此，我们不能诸事要求尽善尽美。允许自己有缺失，只要心存宁静，你的世界才会明亮、安顺。我说话结束时他支支吾吾说了些什么已记不得了，只清晰记得他拿走了我书房案头上的一本书：安于宁静。

21 残缺人生

出差多日，回来头发指甲都已乱糟糟。急急跑去做修复，那是一家集美发美甲的美容院。

到了那儿，只见好几个年青漂亮女生，有的在做，有几个在等。其中沙发上坐等的一位女孩子，长得尤其漂亮。黑黑的头发，细细的眉毛，黝黝的眼睛，高高的鼻子，白白的皮肤，小小的嘴唇，修长的身材。真是人见人爱，哪位异性看了准动心，连我这同性的看了也为之眼睛一亮。

当美甲师要给她做美甲时，她脱下袜子露出小巧白嫩的脚丫。让我惊讶的是，她的十只脚趾甲，几乎见不到趾甲。仅有的一点点粗糙不齐的嵌在趾头的细肉里，感觉那东西根本不是趾甲，找不出合适的字眼来形容，让人看了会有几分恶心状，心底划过一阵颤栗。这样一个秀丽娇媚的美人，却是长着如此一双丑陋的脚趾甲，到底是种遗憾！

与丈夫分居多年的婆婆，闲聊时不免长吁短叹。前几天我带着孩子，陪她去拜会几个儿时一起生活在大宅院已经四十余年未曾见面的伙伴，好在个个平安健在。

大家聚见的那一刻，目光集聚在我俊秀斯文的孩子身上，个个都拉着我孩子夸赞不停。她们年龄相仿，其中一个经商资产丰厚，育有两个儿子均已年过三十，却未有儿媳娶进门。其中一个育有两个女儿也是大龄青年了，都在国企工作，却不见有人上门提亲。其中一个育有一子，已经结婚六年却不见儿媳肚子鼓起。还有一对夫妻经营一家眼镜店，生意是不错，可惜儿子智商有点儿问题，至今尚孤身一人。所以在坐的阿姨们见到我婆婆个个羡慕的不得了，不停地抚摸我孩子那俊俏的脸蛋亲了又亲，我看了自然心生骄傲。

婆婆的状况大家早有所闻，早早就与公公分开过日子。几十年来独自风风雨雨拉扯孩子培育成人，着实不易。如今儿孙绕膝，便是她最大的安慰。那天又恰遇停电，孩子举着两本杂志，站立在我与婆婆中间，挥着小手一边扇妈妈，一边扇奶奶。那一刻，我们在场的人眼睛都湿润了。婆婆的脸上一直洋溢着自豪的表情……

其实人生就是这样，每个人都经历着不同的故事，每天都演绎着不同的人生。人生没有十全十美，总是多少有所遗憾，总是多少留有残缺。这要看自己争取用什么方法去弥补，去填充，去改写……

22 生命的赌注

记得十余年前，义乌一个女友因高龄生产大出血，在送往省城医院半途而命丧，我当时吓得几乎痛定此生不生育。

如今面对自己也是个高龄产妇，心中无限忧戚。我躺在床上抚摸着高高隆起的肚子，突然转向他，两眼忧郁又带着几分庄重的神采："问你一个问题，必须用心来回答。"他一怔，他固然是不明白我何以值得如此发问，便疑惑地点了点头。"要是，"我抬起一只手，小指噙在嘴里，眼睛翻了翻，考虑是不是真的该问出口。"要是，哪一天，我躺在手术台上，遇到了难产，医生问你，是要大人还是要小孩，你怎么选择呢？"他很奇怪我的假如，毫不犹豫地伸过手揽住我的肩头，轻声地抚慰："不会的，亲爱的，你身体向来很健康，咱们没有必要去担心。""不行，你必须回答！"我的语气异常坚定。

他再次温柔地揽住我，似乎哄小孩的语气说："好好好，这还用问吗？当然是要你了，小孩没了还可以再生，你要是没了我再去哪里找啊？"我抿了抿嘴，尽管明知他是实话，但这个问题的答案无论如何都会有失落感。我再问:“可是,要是生个女孩怎么办?我难保你以后不会怪我说是我罪过绝了后。”声音已是极度感伤与幽柔,我知道闽地人大多重男轻女,一些山区的为了生个男孩很多跑到远地非要生到男孩不可。他赶紧捂上我的嘴,不让我再说下去,且满目盈盼地说:“是女孩我更加疼爱,听说女儿是爸爸前辈子的情人呢?”。

大家都知道娶妻生子,月下相偎,衾里相拥,几曾真真地体味过女人的难处和苦衷?我说的“要是”,谁敢说一定不会发生在自己身上?女友那恶剧一直还盘旋在我脑海,每每见到产妇便油然而生记忆。男人在女人爱的熏风抚荡下晕眩沉醉,大多男人只知道期盼做父亲的欣喜与幸福,男人何曾真真正正地关注女人在孕育时的艰辛与生产时的危险!

女人在自己体内孕育小生命时,那是对男人最博大最深厚的爱恋,即使存在那份惊悸与恐慌也是稍纵即逝。女人是多么应该受到男人的崇敬:每一位都是从母体中而来,对待母亲与妻子应该无缘由地施以真切的呵护和温暖。因为,在给你与你孩子生命的同时,女人曾经用生命与死神做过赌注。

23 将心比心

夏日清晨，常被一个卖包子的女人尖细的叫卖声吵醒。这对于每每笔耕至午夜的我而言，无疑是件糟糕透顶的事情。

这日，天刚蒙蒙亮，尖细而托长的叫卖声穿越墙壁直透耳际，惊醒的我一阵急躁，竟再也睡不着了，而叫声随着过往行人的增多愈发起劲。我气愤难平忽地起身，急急步出卧室，一把将阳台的窗门推开，欲想让她小声点或者干脆能够识相的走开。我所处的住楼正好是临街，路旁恰有几辆停车之位，正可容她安心停放单车。而这条街又是中心点，往往行人如过江之卿，也怪不得她看上这个得利地形。这时，我听到背后有个轻柔的声音："快别了，她容易吗？"

我一回头，见姐姐站在我的背后一边抬脚望向窗外一边劝阻我："还不是为了生活吗？要不，有谁愿意扯着嗓门叫卖呢？"

"为生活也不能打扰别人啊"我叫道。"她是没有办法，要是她有一份安稳的工作有收入，年纪轻轻的何必起那么大早来叫卖啊！"姐姐继续进一步劝阻道。我贴近玻璃窗细望，一辆破旧但大号的单车上驮着一个大大的竹篓子，女子五官清秀，头发杂乱，定是来不及好好梳理，抑或被晨风吹乱了，她伫立在墙角，四目环望而叫道："包子馒头粽子啰！"

这一看真真叫我辛酸，疼痛伸至最深处。曾几何时，我也是推着一辆三轮车穿行在茫然陌生的街头，曾几何时，我也是饿着肚子未及梳理而拥挤在人群，曾几何时，年轻漂亮的我也只能穿着别人恩赐的衣裳而对衣店偷望。这不都是贫穷使然吗？

我无语了，再也没有一丝愤慨。我凭什么撵走她呢？或许在她家里，正有一个上学的孩子等着她简度三餐，也或许正有一个卧床的公婆需要一笔医药费，而她爱人正面临下岗挣钱无门……

细想及此我轻轻关回门窗，生怕惊动了街墙的人。我的心瞬间释然了，躺回床上，不一会儿重新进入了梦乡。

将心比心，或许你会有短暂的压抑，但是片刻之后就会有意想不到的宁静。

将心比心，说之容易做之难，需要豁达的心境与持久的耐性。当然期间不免有些许忧伤。

将心比心，只要你具备了这份涵养与品性，你的前方时时铺满鲜花，你才会得到更多人的尊重与敬仰。

24 愧疚的童心

“阿姨!”我正低头走着,听到一个小猫呓语般怯生生的叫唤。我眼睛一亮,旋即便从墙角一群小姑娘中认出了她。是琦琦!顿涌一阵狂喜,急忙上前想抱住她,她的小指噙在嘴里,往墙角缩了缩,突然像怕我捉住她似的,噔噔地跑远了。我没去追她,心里却如倒了五味瓶,翻腾起来……

两年前,琦琦的小姑是我表弟的女友,琦琦当时寄养在小姑家里。去的次数多了,也就与琦琦相熟了起来。特别是那一声声“阿姨”的甜美呼唤,我是打心里疼爱这小家伙。不过,在她幼小的心灵,始终是搞不清楚我的身份,为何可以叫我阿姨又或是大姑。她那对明亮透澈的大眼睛却无时不在告诉我:你是我可亲的人。

有一回我又陪同表弟去,琦琦蹦跳着扑到我怀里。“阿姨,女的长大了都要嫁人吗?我可不要嫁人。”这话出自五岁的小朋友真是特别的好笑,我一时又不知该如何作答。“小姑要嫁给叔叔了,谁陪奶奶呀?我才不嫁呢!”我只好一个劲的点头,琦琦就像获奖般地有了成就感，得意地唱起："小燕子，穿花衣，年年春天来这里。"

我好喜欢牵着琦琦的小手，到公园去爬滑梯，荡秋千，琦琦总是对我留恋有加。有那么一天，琦琦突然流着泪打电话给我说，叔叔不要小姑了，这让我万分惊讶。我随即质问表弟原因，他居然真的清清楚楚告诉我说爱上了他的同事，我不想再追问突变的细节与实质原由。我只是觉得顿时没脸再去见琦琦，因为她原已经把我们当成亲人般看待。

自那以后，我不敢再步近琦琦奶奶家，因为站在亲戚的角度而言，是表弟辜负了人，且无意中伤害了很多人。勿庸置疑：因了表弟的移情别恋，无情地摧折了一份纯洁无暇的童心，或是说一份童心的依恋。

25 每天浪漫

现代生活的快节奏使我们的日子日趋纷繁、忙碌，我们越来越变得像一只负重的蜗牛了，除了不停地奔走颠簸，仿佛也没有别的东西。

你想曾经灿烂缤纷的梦想，如同碎片，经不起微风的吹拂，从你的身边流走了，你眼睁睁地看着，那么伤心无奈。

铅灰色的日子，如同秋日的霪雨般的日子就这样往复不停，没有色彩，没有新奇，永无止境吗？

不是的，绝对不是！

摘下胸佩的红花，脱掉及地的婚纱，你步入的就是生活的真实与平淡，那种时时有新奇处处有惊喜的爱情太趋完美，是幻梦中的霓裳，包不住你的婚姻，你不要过多地奢望与苛求。生活的色彩需要你自己去粉抹，你要注意的是，不能单方面索取，欢乐也需要心与心的撞击。

珍藏着与你爱的人的相册，闲暇之际一起一张一张的欣赏，美好的画面就会呈现在你们面前。记忆中的片段就在你们会心一笑之间，平添了甜蜜，将原本两颗淡漠的心瞬间拉近了距离。搜集几个谜语让对方猜，或者说几句诙谐的俏皮话，在对方的腋下挠个痒痒，所有不愉快的阴影就在那声无意识的笑声中驱逐的无影无踪。共做一道晚餐，分享切烹过程的琐碎，在对方细心为你忍受油滚烟熏的那刻，你紧紧地将其环抱，说声："我离不开你"然后大快朵颐地吃尽所有的菜肴。晚饭后，在月朗星稀下，在桂子花絮前，无需言语，无需柔情，只需你的手紧紧地握住爱人的手就够了。还有什么烦闷与焦愁，在心与心的交融中挥之不去呢？

不要吝啬你的舌尖，许多时候，一句平平的赞语往往比泛泛的表白更真切动人。不要吝啬你的双眸，许多时候，一个盈盈的凝望往往比虚空的誓言更给人鼓舞振奋。不要吝啬你的怀抱，一个紧紧的拥抱，没有任何东西抵得上爱人温暖宽厚的怀抱。你可以在他（她 ）怀里哭，你可以在他（怀里）闹，总之，那是倾泻你所有喜怒哀乐的最佳的地方。

我不是一个浪漫的人，但是我喜欢听雨，我告诉他，我是多么多么的喜欢雨。无论细雨，暴雨，无论春雨、夏雨、秋雨、冬雨，我统统喜欢。于是，他会在每一个有雨的日子，陪我看雨幕，赏雨花，接雨滴。有一个如此真心的人，永远的记住不经意间所说的一句话儿，并且时时给以关注，那是多么幸福的事。

谁也不会说你故作风雅，谁也不会说你刻意花样。每天浪漫一点儿，你的生活永远新鲜。让阳光时刻充盈你的小屋，让空气时刻清涤你的心灵。忧伤的土壤开不出花朵，沉默会使人产生恐怖。

"每天浪漫一会儿，生活有张有弛，门铃在你听来像首诗，而锅碗瓢盆的交响曲，则像一首妙曼的歌。"

是谁说的一句话我记不清楚了，但是我觉得它说得真好。

26 男人的尺寸

这个题目男人一看，心都会猛得一颤，以为是身体最重要的局部位置。其实我这里所说的男人的尺寸，不过是男人的上身。

男人与女人去另外一个城市赴宴，匆忙之际未带换洗衣服。男人一个转身，刚好将服务生端来的一盘菜打翻在地，不慎油渍溅了一身。女人慌忙取个湿毛巾，可是怎么也擦不干净。于是男人决意叫女人赶紧去附近商场买件替换。男人抽出一沓钱，说将就买件吧！女人揣着那沓子钱，惶惶然。多少年没给男人买衣服了，不知男人喜爱哪个品牌哪个款式哪个色彩，忘了刚才看男人是穿什么牌子了。于是赶忙打个电话问男人，女人直奔那个牌子，挑了很长时间，总算记得刚才男人身上穿的款式。于是就挑了件几乎一样款式一样颜色的，店员问要多大的。女人懵了，也不知是多少尺寸，只大概说了男人的身高与体重。

在店员的参考下，女人急匆匆拎着新衣赶回宴席。男人与女人一起走到卫生间，男人就在门外更衣，一试，真是大多了，袖太长了，肩太宽了。女人愧红了脸，满怀歉意地连说可以换可以换，男人似乎很不耐烦，怎么买件衣服也那么磨叽。男人只好又穿回那件满是油迹的衣服返回座位，幸好商场近，女人很快就到了。女人告诉店员要换尺寸，但是小一号呢？还是小两号？女人又再度犹豫了，刚才是分明看着大好多，却又忘记了看男人身上的那件尺寸。女人这时立马精明起来，赶紧致电问清了尺寸。可是刚好那个尺寸的款式却断码了，女人又只好左挑右选，最后只好挑了件与原来这件差不多的，不过是颜色淡了些许。

女人是加了速度的，几回奔走以致于高跟皮鞋磨得她脚跟红肿。女人心是在哭的，如果男人有将女人放进心里，女人怎么连自己的男人尺寸都不知道呢？他多久没有陪自己买衣服了？他多久没抱过自己了？以前的恩爱与甜蜜曾几何时灰飞烟灭了？曾经的她以为心爱的他胸膛很宽大，很厚壮，多少回偎依在他怀里沉睡得像个孩子。原来，他居然是穿中小号的，那个尺寸是她陌生的，如同时下他陌生的身体。

27 男人的衣柜

周五晚饭的时候，男人突然对女人说："我明天八点要参加东城体育馆落成的剪彩仪式，所以等会就走"。女人听后很惊讶："为什么不早说"。面对一桌子的菜肴骤间没了味口，女人原想今晚亲昵一下，因为他们已经几近数月未有肌肤之亲了。明早去不行吗？女人一改往日生硬的语气主动缓和。不行，东城已经安排好了住宿，晚上一班兄弟还在等我聚聚。男人说得很坚定，不容女人丝毫商讨。

他们坐在南城交通最便捷的地方，一出小区便是环城公路，距离东城不过数小时车程，倘如早点起床完全没必要过去住宿。男人似乎一直心不在焉，连羹也不小心溅到衬衫领口了。女人赶紧取过毛巾为之擦拭，可惜那道油痕深深地吸了进去。女人说：去洗洗换一身吧。男人很听话地放下碗筷，几乎对女人的理解心生感激，似乎吃饭是一种受罪。

女人随男人走进浴室，两眼直直地盯着自己英俊的男人试图帮忙解衣。男人显得有些不习惯，平时女人可没这种姿态或者这种服务。女人这时很渴望男人亲亲或者抚爱，那么她会学着女友传授的经验贴上去与他来个鸳鸯戏水。可是男人毫无表情，依旧呆板冷漠的样子，将脱下的衣服塞她手里，只身关了浴门。

女人抱着男人的衣服怅然若失地丢进洗衣机，女人去男人的衣柜给男人挑衣服。女人面对满柜五颜六色的新衣满怀不解，男人素来爱穿白色，何时着迷上缤纷色彩了？自己多久没给男人添置衣服了？女人惊慌失措，不知道自己是男人衣柜中的哪件衣服。男人围着浴巾走进，觉察到女人的郁闷表情，可是没说什么。随手取过一件墨绿恤衫，穿上，一条深蓝的休闲裤，穿上，还有与之匹配的皮带，再将一件崭新的白衫衣叠好塞进皮包。女人似乎观看一场莫不关己的剧情。

直到这个气度不凡的男人拍拍肩膀道别时，女人才从梦幻中惊醒过来。女人意识到自己的男人俨然赴一场约会，男人的借口说不上高明，但之前自己从来不曾留意！记不清楚男人多久没对自己说过一句贴心话了，男人总是说很忙很忙，往往半夜三更回来，嘴里吐着酒气，于是女人要男人睡客房。早上等女人起床时，男人的被窝早已冰凉了。女人最快乐的时光便是与男人一起晚饭，可是一周往往难得数日，男人大多在外应酬。女人始终不明白男人为何忙碌了一整天，居然还要忙到午夜。

女人目视男人款款而远，她真切地明白：自己就是洗衣机里的衣服，而男人皮包里头的，便是他时下着迷的女人。

28 成功的姿态

从前有个国王,左眼瞎,右腿瘸,他请全国的画家为他画像,要求画得真实而又不损他的尊严。画得好,有赏;画得不好,杀头。有位画家给他画了一幅肖像:头戴王冠,身穿王服,左眼瞎,右腿瘸,十分逼真。国王看后,下令将画家杀死。又有位画家给国王送来一幅肖像画:眼不瞎,腿不瘸,英勇威武,国王看后,也下令将这个画家也杀死。后来有一个画家画了一张画像,国王看后很满意,重重赏赐了他。他画中的国王蹲下身子,弯下右腿,右手拿枪,闭上左眼射击。不得不承认,最后一位画家真是聪明之极,也画出一幅完美之作。

相信许多读者都知道,以上所讲是西方国家的一个精彩典故。如今数码时代日新月异,每天每刻都可以随时留下自己的表情。喜怒哀乐任你发挥,完全是一种表情的复制。通常人们面对镜头时,都力求完美,生怕照得模糊照得像个哈哈镜。特别是需要办理证件的寸照,由于服饰造型的限制,经常照了之后会觉得有所遗憾。明明是自身条件不好,或许也会抱怨照相师技术欠良。

听说中国某代表团访问新西兰，受到当地市长的热情接待。但是合影时，遇到尴尬的难题：有位中国女士身体很矮小，而市长却是个1米9的大高个，因此无论摄影师怎样调整，都拍不出完美的合影。那位女士红着脸，提出不参加合影。正在大家为难之际，出现了感人的一幕：市长微笑着当众跪下来，此时的画面，正符合拍摄的最佳高度。

我想，假如我想为自己画张像，那么画家们该怎么画呢？显然我没有权力也不可能更不会把不满意的画家拉出去杀无赦，但是我想，我会告诉那些想画我人生的画家我是个什么样的人？又希望得到什么？不过，我想，或许真正的天堂是在每个人的心中，而不在画家的笔下，也就是说，每个人心中都有自己的一幅画，而且这幅画最美最真。

因此，我想为自己画张像，画中的我崇尚自然，崇尚天真，追求朴素与善良，而且，内心散发出一种金色的辉煌，或许，只有这种颜色才能代表我的心境，也唯有如此，才能超越自己。当然，我知道我不是什么圣人，只是凡夫俗子而已，之所以会期待这种内心的辉煌出现，皆因相信，好人必有好报，好因必有好果，我期待并相信这样的奇迹一定会出现。再说，内心的辉煌并不一定唯有圣人才能够拥有，善良才是真正的圣人。

29 最近的幸福

我有一个朋友，搞汽车运输，在同类行业中他做得最好：四十五六岁的他拥有三家物流公司、两家皮包公司、多条客运线路的经营权，员工上百，资产逾千万。

他为人豪爽、侠义，因此很多人都愿意同他交往；他工于心计，处事圆通，为此便耗去许多心思。我所见到的他，总是很忙，像个陀螺转个不停，他有三个手机，几乎每隔五分钟，必有一个响起。

他嗜烟，也嗜酒，天天应酬不断，这倒不是说他天性喜爱这些东西，而是因为所从事的行业，他不得不同各种各样的人打交道，这些人包括：政府官员、行业同道、外地客商，甚至一些地痞无赖等等。

他周旋在这些人中间，游刃有余，八面玲珑，既能使自身利益得到满足，又能巧妙地化解纠纷，消除别人对他的觊觎和阴谋。他是生意场上的天才，他真的很少有失败。

日子如果这样下去也该不错，毕竟，在赚得大把银子的同时，也彰显了自身的价值。可是，生活往往出乎我们的意料，或者说平静的海面底下隐藏着暗流，有一日，他体感不适，去了医院。

检查结果出来，他登时愣住了：那是一种让人毛骨悚然通体彻寒的疾病。医生宣告：他的生命已经所剩无多。

性格刚强的他当然不肯接受这个现实，他开始寻求各方治疗，一方面托人求仙拜佛，寄望于神灵。曾经跟他同甘共苦的妻子陪着他，访名川拜古刹，她给菩萨烧上千元的香，给乞讨的人扔下钱币。可是，这些都无济于事，病魔还是以不可逆转的势头发展下去。

春节过后的第二天，我去医院看望他，其时的他面如枯槁，已不能进食。他似乎已经知道了自己大去之日不远，看我的眼光也有些许的黯淡，我只简短地安慰了他几句，就走了。

从医院出来，我的心郁郁的，像浸满了水的云。我想起一句话："我们都是远视眼，漠视了离我们最近的幸福。"

最近的幸福是什么？是从容的流水，是淡淡的花开，是日子的鸡零狗碎。遗憾的是，很多人沉迷在对金钱的追逐中，忽略了这些平实的快乐，及至醒悟过来，花已落，梦已碎，一切都已无法挽回。

不是说不该去追求，去拼搏，尽我所能地实现生命的价值没有错，只是，任何事情都有个度，失去了这个度，搭上了身体——革命的本钱，就不值了。

每个人都是生活的导演，生命以一种怎样的方式展开也呈现出千姿百态，但是不论怎样变化都不能离开一个原则，那就是快乐、知足。花看半开，月看半圆，茶要一口一口地喝，路要一步步地走，这样活着，有什么不好？

30 屋檐的水

离我家不远的街口有一个卖鸭子的摊铺，说是摊铺，其实不过是借用临街人家门口的一小块地方，然后置一张小木板，将尽毛的鸭子放在上面卖而已。这个摊铺的生意很好，特别是那些有着厚实肉的健美鸭，很受人喜爱。据说这种鸭是因为要养殖很长的时间，而且比一般鸭子难养，故而量少，不是天天有售。每次路过她的摊位时，见她总被顾客围着低头忙碌，我便自称她为勤。

勤是个长得腼腆声音温和的女子，因为我经常光顾她的摊位，渐渐地我们便熟悉了，但我从没有问过她的名字。她一边忙着手里的活，一边与我叙家常。她告诉我她的儿子就在这几百米外的一中就读，中午的时候，乖巧的儿子回家吃饭后会马上送个饭盒来，早晚摆摊收摊都是儿子起早摸黑帮忙的。老师有一回布置作文写母亲，儿子非但没有嫌弃卖鸭肉的母亲还写得详详细细，班里得了第一名，说的时候她一脸的自豪与欣慰。我不敢再询问她家其他人，怕她有难言之隐。

勤不只是勤劳，还很体贴。因为我去买菜的时间往往在临近中午，健美鸭一般都已经卖完了。我们熟悉后，只要第二天有健美鸭卖，勤总是会在前一天晚上便打电话告诉我，只要我需要，无论多好卖，她总是为我留一份下来，哪怕我去得再迟也会等着我。有时遇到有别的客人也需要健美鸭，我都会主动提出把我的那份让给别人，或者大家分一点，每当此时勤总是带着她憨厚的笑容对我道谢。我则很开心地看着她利索地切肉、找钱、笑颜再见。

前不久，我去了一趟外地，等我回来时却发现勤的摊位不在了。于是我赶紧打电话问她，勤却开心告诉我她此刻就在天安门。听见她那得意洋洋的笑声，我仿佛感觉比自己旅游还快乐。

勤回来后，当天晚上就打电话通知我明天有健美鸭。第二天当我来到勤的摊位时，勤一边忙着活计一边对我大谈京城的见闻。我认真地听着，对于京城非常熟悉的我，此时我却依然有着浓厚的兴趣听她讲述，我喜欢听她谈笑风生的满足感。我惊诧地问她为什么忽然会去北京旅游，她告诉我，她有一个婆婆已经七十多岁了，她老人家最大的愿望就是在有生之年去一次北京，看看我们伟大首都，走走万里长城。可是因为她的三个儿女生活条件都比较困难，所以这个愿望一直都没有实现。前几天正好是她婆婆七十大寿，虽然她家也不宽裕，但为了圆婆婆的这个梦想，她决定无论如何奢侈一次。听完勤的叙说，我由衷地被她的孝顺折服。

在我离开的时候，勤脸上的笑容是那么灿烂。我看得出勤的笑容不仅仅是一种自我满足，更重要的是她实现了婆婆的唯一愿望。人们都说婆媳关系是最难相处的，可是勤却给了我们另一种答案。

如此孝顺的勤，尽管自己现时的生活与富裕无缘，却依然坚守自己的孝道与本真。我坚信将来她的孩子以及未来的儿媳妇也会像勤对她婆婆一样，正所谓屋檐的水是从上往下流的！

31 人生何处不是道

在《王阳明全书》里面有这样一段记载：有一个叫杨茂的人，既聋又哑，阳明先生不懂手语，只好跟他用笔谈，阳明先生首先问："你的耳朵能听到是非吗？"答："不能，因为我是聋子。"问："你的嘴巴能够讲是非吗？"答："不能，因为我是哑巴。"又问："那你的心知道是非吗？"只见杨茂高兴的不得了，指天划地地回答："能、能、能。"于是阳明先生就对他说："你的耳朵不能听是非，省了多少闲是非；口不能说是非，又省了多少闲是非；你的心知道就够了。"

无独有偶，朋友喜欢收藏古董，尽处淘奇宝，偌大公司的用具除了电脑这些配备外，俱是古玩。一回去找他闲话，一见面他就拉着我的手到他案台，说是给我欣赏一件刚刚淘得的稀物。只见他在一在竹笼上面，取下悬挂的一件饰物。原来是三只如拇指般大小的猴子，都是以红木打造。我一看这么小巧玲珑的东西，自然欢喜不已。只是更让我惊讶的是，三只精巧的猴子都有自己独特的造型。最初一只是双目紧闭，悠闲自得的表情。第二只是两手挡住耳朵，露出微微笑意。最后一只则是一手蒙着嘴巴，一手托着脑瓜。朋友见我如此端详，问我到底看出名堂了没有。我乐呵呵一挥香袖，道："这就是勿视、勿听、勿言，人生之道啊！"朋友一听讶异："到底是作家，果真观察透彻，这个宝物送给你了。"我忙打住："这可收不得，我不可夺人之爱，何况你这儿客人多，可供大家观赏，也让大家学习学习。"

是啊，人生路漫漫，必须经过多少坎坷磨难与是非，即便再幸运的人，也是难免会遇到一些与意志相悖的事。人的恼怒，大多数是眼睛主导了一切情绪。往往看见了一些不愿意的事物会激愤，甚或引起硝烟。每个人的观点不一样，决定事物的态度也就不同。如果别人做了的决定不能够改变，那就姑且让自己去改变。"祸从口出，病从口入。"嘴巴一张开，好话恶话都是两片薄薄的嘴唇出来的。可以把众人夸得心花怒放，也可以把人间搞得乌烟瘴气、鸡犬不宁。总是有那么一些人喜欢添枝加叶、说三道四，甚或无中生有，只恐天下不乱而不快，这样的人本人就是活得很累，也是不可耻的。"好话不出门，坏话传千里"，如果一味的道听途说，轻易听信是非，那么无异等于给自己套上了心的枷锁。人再八面玲珑，也难免遭人非议，只要自己问心无愧，行得其所，足矣！

每晚洗脸时，对着镜子问问：今天你开心吗？伤过人吗？帮过人吗？只要内心清清纯纯、行为端端正正、嘴巴干干净净，懂得人生之道，你就会睡得安安心心，活得坦坦荡荡！

32 三个字

“开慢点——”这是我每次驾车时他必对我说的一句话。

不惑之年的这个生日，我丝毫没要庆祝之意。我对节日并不热衷，觉得每个日子对我而言完全没有区别。以往有母亲在世，知我不吃面食，便煮上三五根长寿面，另加些碎肉葱末，两个红鸡蛋。母亲认认真真地煮好小心翼翼端给我，然后一声：“慢慢吃”，我忍不住双眼迷蒙，双眉不皱整碗吃光，尽管我不喜爱吃鸡蛋，母亲脸上露出欣慰的笑，那刻自己说不出的感动。而今年我的生日，他却交给我一套钥匙。

那是一套新寓，虽然不大，但因考虑接近公园，彼时正好股市崩价，也就买了下来，却一直闲置。他为一套新房忙乎了几个月，从购买材料到电器到家具，均他亲力亲为。当我打开房门，眼前一切布局真的令我喜出望外。装修房子是最辛累的，我深有体会。

是夜，他兴致勃勃地满眼期待地问我生平是否这个生日最感动，那刻尽管内心充满感激，可我却摇摇头说“No”，他大为不解，继而疑问是否房子装修不甚满意。我狡黠地告诉他:“我并不奢望名车豪宅,其实我最在乎的是那三个字。”

答案再简单不过了,许是天底下所有男人都会想到女人百听不厌,千听千欢的就是:“我爱你”这三个字。这回轮到他脸红了,以为自己不善言辞却今天非得说出那三个字不可,于是终于握住我的双手颤颤地说了那三个字。我继续摇摇头,他那似拙似惊的神情愈发紧张起来。

于是,我温柔地靠依他怀里,说了如此一番话:“也许你真的意识不到,其实那三个字你每天都会说上几遍。一个女人的幸福,不是男人的甜言蜜语,也不是男人给予的物质享受,而是男人实实在在细微之处地关心,你那句“开慢点”,让我温暖了这么多年,让我坐在车上仿佛感到你就在身边,使我每回驾驶速度提上时,就不由自主得减速下来,使我得更加小心,确保安全。”

他果真讶然了,“开慢点”,这么普通而平实的三个字,确实一天总要对我说上几回,却从不曾料到,成为我生命中最感动的字眼。也正因为出自他的内心流露,才让我弥足珍贵,一生感动。

33 生命的质量

在一家医院，我接触过两个得了不治之症的病人：一个住院已经一年多了，医生几次劝他出去换换环境：呼吸一点新鲜空气。他不走。怕死。怕离开药物的支撑使病情恶化。所以宁愿守着那间阴冷、潮湿而又让人悚然的小屋，在恐惧、愁苦和空虚中等待着奇迹的出现。而另一个得知自己病情得到控制后，就办理了出院，我问他今后的打算了他一脸的轻松和乐观："跟以前一样呗，活一天乐一天，我永不会想自己是一个带病在身的人"。

多么宽广博大的胸襟！多么积极明朗的人生观！一个对死神熟视无睹的人！生命中尚有什么让他惧怕和伤忧？人生天地间，生命只是你个不大的定数。我们所有的努力拼搏，都是为了让生命变得壮美充实，让日子多一些阳光和色彩，多一些鲜花和掌声。

你拥有的欢乐和掌声越多，生命的利用值就越大质量就越高，这是一个很浅显的道理。而疾病和苦难却如风雨，来去无常，非人力之所制，随时准备窃走你生命中的一部分欢笑。你是勇敢地与之搏击，不为之所惧，还是束手就擒，沉浸在它为你带来的伤痛中不能自拔，任之缠绕，任之将你的生命噬短？这可完全取决于你自己？取决于你自己的主观意识和对生活的把握水准。

我欣赏那些面对苦难依然乐观豁达、孜孜以求的人、悲伤郁悒没有占据他有限的人生空间，即使至生命的最后，依然快乐幸福。他们的人生旅程不管多么短暂，都是一段美丽的人生，真实的人生，有价值的人生。而正是那些内心脆弱本身平庸至极的人，才紧紧抱住自己可怜的生命不放，死神向他张一下眼，就悚悚然如丢魂魄，再无宁日，这样的人活得再长又有什么意思呢？

生命中没了欢笑，没有了阳光，有的只是无尽期的惊悸和烦忧，还谈什么活着和质量，岂不是苟度？

34 我看床的优劣

据统计，人一辈子在床上的时间是生命的三分之一。也就是说，一天二十四小时中，有八个小时我们生活在床上。那么，我们是否应该千方百计争取拥有一张舒适的床呢？而床的优劣究竟是如何来区分呢？

首先，每个人都离不开床，因为人必须睡眠。无论达官庸夫，无论老叟稚童。不管工作多忙，精力多壮，都要停下歇息，睡觉，生命才得以延续。倘若持续几十个小时没有睡眠，纵使山珍海味，纵使锦衣华服，也将告别世间。听说审讯罪犯最有效的方式就是不让睡觉，哪怕再坚口瓶守，一段时间苦熬后也就乖乖交代了，可见睡眠之重要。

通常睡眠的好坏与床的优劣有着齿唇关系。一张富丽堂皇的床，洁净，坚固，宽大，温暖，柔绵，无论睡着躺着坐着，都会滋生一种无上的甜蜜，无穷的留恋。一张寒微简陋的床，肮脏、松垮、狭窄、粗糙、冷硬，自然是睡得不香沉。然而，如是此时身边有个心仪的人就不一样了。哪怕这张破败的床狭窄地仅供一个人身体的位置，你也不再嫌弃。因为，这正好合了两个互悦的人为床之欢。不够宽敞大可以叠着睡，不够温暖可以肌肤为被，在肌肤相亲水火交融的那一刻，谁会理会这究竟是怎样的一张床呢。

床不仅仅供以睡眠，床最大的好处在于男女身体的融合。俗话说：床头打架床尾好。大致说的就是无论夫妻如何怨怼，一经爱的激情澎湃便自动和解了。可见床带给人多么宏观的作用！

床的象形意思是人躺在床上大汗淋漓。设想一个人怎么会大汗淋漓呢？那必须是两个人很努力很和谐很投入地耕耘才会有的状态。再华美的床，要是没有汗味，那也不过是张冰床；再破陋的床，要是两情相悦，也会浪漫温馨。

可见床的优劣并不重要，重要的是床上的人，床上的人好床则优，床上的人不好床则劣。再昂贵的床只是住一个人，那只能说是打困。而如果床上的人冷冰冰，毫无激情也只能说是歇息。一张床上两个心，既不会有汗水也不会有温情。再简易的床，两个人窃窃私语，绵绵柔情，无论天寒地冻还是闷热酷炎，都将笑声盈盈，眉舒目悦。一张床同个心，即使日夜劳苦也甘心情愿。

35 我们有阳光

新加坡旅游局曾给总理李光耀，打了一份报告，说：新加坡不像埃及有金字塔、中国有长城……我们除了阳光，什么名胜都没有，很难发展旅游业。李光耀在报告上批道：你想让上帝给我们多少东西？阳光，阳光就够了！

后来，新加坡种花植草，很快发展成世界著名的“花园城市”。连续多年，旅游收入列亚洲第三。今年盛会世博新加坡馆，不惜重金从狮城空运许多稀有花木，其中珍贵的“新沪交响曲”仅新加坡独有，令世人瞩目。

发现并用好属于自己的“阳光”，你就可以成功。由此想到音乐大师贝多芬，贝多芬之所以成为贝多芬，因为他不会南辕北辙，要求成为什么书画家。他是世界公认的有史以来最伟大的作曲家，因为他是人类同厄运进行不屈不挠英勇斗争的典范。

命运有时是很会捉弄人的，它让人不寒而栗，它无常，它冷酷，它神出鬼没，它没有任何的同情心，它蛮不讲理。正当贝多芬带着维也纳天才音乐家莫扎特的赞扬“不久将扬名世界”地想去掀开音乐史上新的一页的时候，命运之神，开始同这位风华正茂的年轻音乐家开起了玩笑。命运之神，当然知道贝多芬是和最美妙的声音分不开的，但它偏偏要他和任何声音都拉开距离。

命运之神，开始用无休无止的“嗡嗡”声来彻底搅乱贝多芬的听觉神经。敏感的贝多芬已预感到了一个寂静的世界即将来到自己的身边。他整个年轻的心灵中被恐惧、痛苦、忧伤和愤怒所充满。他变得越来越软弱，越来越无奈，越来越悲观厌世。最后贝多芬想到了死。他拿起笔，想留下他在这个世界上的最后的文字。在死之前，他要把自己所经历的精神上的痛苦，自己在生与死之间进行的苦苦挣扎告诉世人。

因此他在乡下住了半年。高明医生劝他尽量保护的听觉，这正合他的心意。不过有时候当他怀着一种要求社交的冲动，他就无法克制自己了。然而，贝多芬毕竟是贝多芬。他有博大的胸怀，他有深邃的思想，他有倔强的性格，他有蔑视一切的勇气，他有他的伟大的使命。多少次痛苦的思索后，他终于醒悟：“假如我什么都没有创作就离开这世界，这是不可想象的。……我不能再忍受了，我要同命运搏斗，它不会征服我的，我要扼住命运的咽喉！”贝多芬决定向命运挑战。他受伤的心灵在慢慢痊愈，外来的灾难开始转变成贝多芬内在的一种力量。耳朵聋了，但贝多芬用心抓住了人类精神上最崇高的声音。听不到声音了，但贝多芬的音乐思想比以前任何时候都更加丰富深刻。在贝多芬以后的音乐创作中，我们所看到所听到的，是一种崭新而坚定的手法，深切而纯洁的景象。

1803年，贝多芬继他的《英雄变奏曲》之后，完成了著名的《英雄交响曲》，又相继完成了《胜利交响曲》。这些作品无异于贝多芬的一部自传，它向世人宣告：不服从命运安排的英雄，在同命运的抗争中，战胜了命运。再一次向世人展示了自己同厄运进行顽强搏斗，终于获得胜利的历程。凶恶的命运之神在敲门，但不要害怕，更不要屈服，昂起头，挺起胸，握紧拳头，搏击，搏击，再搏击，胜利属于坚强不屈的人们。听啊，听那胜利的欢呼之声！终生都在追求“自由、平等、博爱”的贝多芬用他的作品这样告诫我们。

其实，贝多芬是不用提醒的。因为贝多芬虽然失去了双耳的听觉，但却获得了一副更为敏感而坚强的“心耳”，就是用这“心耳”，贝多芬去倾听世界的声音，去同人类进行挚诚而美好的交流。贝多芬的听力虽然过早地衰竭，最后归于虚无，但他创作的脍炙人口的大量音乐作品以及他一生所表现出来的同命运做斗争的勇气、意志和力量，作为人类宝贵的精神财富，永远不会衰竭，它们是不朽的。

还有，海伦·凯勒，19世纪美国盲聋哑女作家、教育家、慈善家、社会活动家。1880年6月27日出生于亚拉巴马州北部一个小城镇——特斯开母比亚。她在19个月的时候被猩红热夺去了她的视力和听力。不久，她又丧失了语言表达能力。然而就在这黑暗而又寂寞的世界里，她并没有放弃，而是自强不息，并在她的导师安妮·莎莉文的努力下，海伦用顽强的毅力克服生理缺陷所造成的精神痛苦。她热爱生活并从中得到知识，学会了读书 和说话，并开始和其他人沟通。而且以优异的成绩毕业于美国拉德克利夫学院，成为一个学识渊博的人，掌握英、法、德、拉丁、希腊五种文字的著名作家和教育家。她走遍美国和世界各地，为盲人学校募集资金，把自己的一生献给了盲人福利和教育事业。她赢得了世界各国人民的赞扬，并得到许多国家政府的嘉奖。

不屈不饶，因地制宜，就地取材，执着地利用自己的存在的“阳光”与自己努力去开发的“阳光’，一切困难重重的梦想皆有希望实现，而你的“阳光”必定会带给人世间不同的明亮与美丽。

36 五毛钱的回报

那天，我牵着女儿的小手上街，看见一个苹果摊，刚要买，那个年约三十多岁的守摊女人笑盈盈地站起来看着我们，拿起一只又大又红的苹果往衣襟使劲揩了揩，然后递到女儿手里，冲我说："这个给她吃吧，不值几个钱的。"

我有些惊讶，因我并不认识她，我抬头仔细看她，又似曾眼熟却想不起哪见过。我让她拣两斤，并把她递给女儿的那个也放在托盘里，谁知她一把掰开我的手，用几分恼怒的口气说道："你是不是不认得我了？你忘了给我的女儿买过一支雪糕？"

我愣住了，不停翻动着记忆，哦，终于想起来了：那还是两年前的一天，我在一个太阳伞下的冰柜前给怀里的女儿买一支雪糕，我刚要走，看见边上站着一个与她差不多大的小女孩，小手指吮在嘴里，馋兮兮地看着女儿手里的雪糕。我心猛得一动，于是马上掏出钱包再买了一根递给了她，小女孩顿时蹦跳着跑开了。不会儿，过来一个胖嘟嘟的女人，一手牵着方才那小女孩边数落着，一手从裤袋里掏出五毛钱硬往我手里塞。我坚持不要，她谢过之后，满脸感激的走了。原来那个女人，就是眼前这位苹果摊主人。这么小的一件事，若不是她执意要我记起，早已忘得一干二净了。而她竟然记住了我，塞给女儿的大苹果，原来就是因为这个。我做出对这样的一件过往小事无所谓的样子，遂及掏出钱给她，她推脱了一阵，非得按成本价。我不肯，她煞时变得比方才我取苹果到托盘时更加恼火，眉头皱着，嘴巴噘着，仿佛我再坚持让她有利润就是看不起她似的。

“你姐姐来买过几回，我都是按照成本价，不为别的，就是因为我觉得你这个人心善，是个好人。”她追着把我刚才留下的钱塞进我的臂弯，又加上这么一句。

这下轮到我大大地感动了，眼一热，几欲悼下泪来。我本想追问她如何认得我姐姐，或许是姐姐每天黄昏牵着女儿放学时经过被认出，但我没有再究问。我只知道，“你是好人”短短几个字，是一个多好的赞誉，简直赛过世上所有美丽的语言，就像一个散射着艳丽夺目的光环罩在我的头上，而这，却是仅仅因为我在一个夏日午后，给了一个小女孩五毛钱的“施舍”。五毛钱，试问能够买什么？有时掉下地都懒得去拾起，却得到一个如此崇高的赞美！

我提着苹果牵着孩子往家走，心却翻腾不已。有时候，我们不经意给予别人一丁点的善心，会在他们的心里激起多大的触动与感恩啊！没有谁无缘无故地接受别人的关爱而心安理得，不放心上。只要他是个正直的人，有良知的人，他无时不在为接受了你的奉献而激动、流泪、怀念，惦记着你的爱心。

让我们敞开仁慈的心灵，向不幸的人或正遭遇困境的人伸出你的手吧。请相信你爱的投入不会落空，尽管你奉献时没有想过回报，但你的善心上苍知道。纵然你暂时感觉不到，但在世界的某一角落，一定会有一颗火热的心为你祷祝，一定会在不久的未来，你的这份善举会得到更美好的回应。

37 山里人家

因为要写一篇游记，便邀了几个朋友，去了当地一座名不见经传的小山。

我们到的时候是上午八点多钟，虽说日头已升起一竿高，但迤逦入了进去，站在山脚下，却陡然有了一种“山雨欲来风满楼”的感觉。整座山被一层淡淡的雾气笼罩着，如轻纱曼舞，又如云烟袅绕，很有几分蓬莱仙镜的空灵与飘忽，无风拂面，你仍会感到那种细微的雨星吻上腮颊时的惬意与清爽。因为是初冬，周遭便现出一派萧索和凄清，遍地的枯草，像一块块未经修剪打磨的地毯，在视觉能及处铺陈、延展。山上的林木，全没了往日盛装时的烂漫和蓊郁，如一群被风遗弃的孩子，光秃秃的手臂伸向苍穹，像在发出无望的呼唤。驻足细听，可以听见林子深处传出的几声鸟鸣，让寂静的山林显得愈加清幽和空旷，循声音望去，却见一片片的碑林，掩遮在荆棘后面，露出圆圆的坟顶……

“悲哉，秋之为气也！”秋之肃杀、萧瑟尚且让古人如此悲叹，更况于冬乎？

我于是深深地后悔不该盲从地选了这么个时候来游览这么一个山丘了。

往前走走吧，那氤氲的山气或许会冲淡心头的一点沮丧？

我于是撇开他们，一个人沿着一侧的一条山路向上走去。上行百余步，在一山坳底下，我眼前正对着几十米远的地方，坐落着七八户人家，没有多，如蒙古包一样散落着的七八户人家，一下子让我的耳目为之清新起来——

砖石垒成的屋脊，黑色的瓦片不堪风雨的蚀侵，已呈现出一片铅灰色。房屋低矮，又比较陋落，屋后是一小片碗口粗的槐树，由于我站的地势高，所以伸手就可以触到枝条。每家的院子里都挺立着一棵大树，树杈上挂满了金黄的玉米棒，院子里高高的平台上晒着切开的红薯片。一条小溪，从山背绕出，经过前面几户人家的门前，沿着太阳升起的方向绵延而去，在熹微的日光里，像一条闪亮的银带子缓缓飘动。几只鸭子，在水里扎猛儿觅食，发出嘎嘎的叫声。一位围着灰色头帕的老妪，臂挎一个竹篓，迈动着蹒跚的小脚，向大门走去，随着吱哟的一声响，一条黄毛狗便撒欢儿蹿了出去，接着，几只鸡也随在她的身后咕咕叫着跑出去了。

我站立在那儿，一时竟看得呆了。这是一幅多么恬静、祥和的田园风景画，真的如陶渊明的《桃花源记》里描述的那样闲适和清幽啊！他们从哪儿来的又为什么要在这儿居住我不知道，重要的是这幅画面里透出的独特的乡村气息已如此强烈地吸引了我，使我几欲要引吭高呼了：他们赖以生存的只有山坡上的几亩薄田，他们有的也许还没有走出这个小山，可是他们过得多么地自在和幸福啊！这里没有汽车的轰鸣，没有都市的喧嚣，没有人与人的倾轧和纷争，有的只是生活的平和与无忧。想一下，当三月的春风将山坡上的草吹绿，你挎上一个竹篓儿，一边挖着野菜，一边哼着小调，你可爱的孩子，迈着稚嫩的小脚跟在你的身后，你的心里漾起的是怎样的快慰与清爽？夏日的午后，凉风习习，槐林里投下大片的绿荫，沏一壶茶儿，三五个伙伴围在一起，或饮或弈，或侃或笑，岂不快哉？秋天，漫山的野果熟了，可以采摘回来制成酒和干果；这儿，你不必为风雪的肆虐担心，随便到山上捡拾一捆干柴就可以燃起熊熊的烈火，一家人围着火炉一边吃着烤红薯一边说着闲话，人生如此，再复何求呢？

还记得前几年到南方，看见那些常年生活在船上的“水上人家”，很是欣羡于他们那份无拘无束的悠闲，现在看来，可真是有些太“小心眼”了。水上生活虽说逍遥，可毕竟有些单调，不像这里，有山有林，有蝉噪有鸟鸣，还有清清的泉流，要是再植几竿翠竹于窗外，春日的晚上听听雨，那简直就是神仙的居处了。

真的没有想到，在我穴居的都市里，还有着这么一方静美的所在，供我们留恋和驻足，真是“踏破铁鞋无觅处，得来全不费功夫”。站在那儿，先前的一切悔意顿然全消，我倒真的庆幸自己来到这里了。我想，有机会的话，我一定得到这儿住上几天，听听鸟啼和夜鹰的鸣唱，仿佛惟有这样，人生才不至于虚度。

38 心似画卷纤纤叠

收到远方相托而来的一幅画卷，不禁令我百感交集。深夜手执长书，仿若万般深重，凝视许久许久……

认识梓是在五年前的一个宴会上。梓是成都人，与我知交平儿是同乡，在政府部门担任一个不小的职位。平儿的高中同学范子是梓的部下，此番公差来厦，一行近十人，平儿宴请同学及其随行。我在酒会与歌会上的表现出乎众人意外，一杯啤酒下腹已是满面绯红，一曲四步跳下来把对方踩痛，怎么也想不到，一个外表堪称时尚先锋的人，居然如此地不善酬交。我只好悄悄地退缩旁坐。梓举着一杯果汁温和的递给我，随后静静地坐在我身边。没多少言语，任众人尽情地欢歌腾舞。

第二次见面是在成都。我跟着平儿返乡省亲，梓驱车带着范子来双流机场接我们。那晚到达已是夜里十点，梓知我酷喜辣，径自带往一家盛名的火锅店，那热气腾空辣味穿鼻的火锅，看得出他兴致颇高，频频豪饮，至今依然回旋在我脑海。私下得知梓正服药中，病体根本不能饮酒与吃辣，这让我分外感动。由于梓次日便要公差，当晚安排了我们的住宿与峨嵋之旅，彼时已是午夜两点，握手告辞。

两次皆是聚也匆匆，别也匆匆。此后千里相望而相念！

一晃五年过去了，大凡节日均彼此问候，始未与会面机会。纵使期间有2次赴厦，其中一次巧合的是，我在高崎机场3点半的飞机，而梓亦是同时下机。同一在机场，却是失之交臂，另外一次他来厦时我则在京城。他还特意吩咐在京城的弟弟接待于我，其弟频频相邀，我未允。感知他的盛情，让我时刻沁浴着温暖。

手里这幅长卷，看得出来，完全是梓亲自手工精作。灰白色的纱布，封面是他用毛笔描绘的八个大字：追风岁月万紫千红。那无疑是用我的第一本拙著《岁月追风人》所题专写。而万紫千红的涵义则更加鲜明，寄予我的未来，能够如花般的盛放着芬芳。

我小心翼翼地打开，一节节竹枝伴着一叶叶竹叶跳跃在纸面，上面还附上了当年我在游玩峨嵋山与万年寺时的打油诗。另外又配上亭台楼阁，以及他自己的配文。其中一则犹为欢喜：寺非寺，亭非亭。想寺亦寺，想亭亦亭。我心里一直纳闷：他如何知道我此生最喜爱的是竹子？且寺与寺谐音，亭与婷谐音：是非是，婷非婷。想是亦是，想婷亦婷。多么的巧妙啊！

整卷足足3丈长，可见他所裁剪时需要多么大的工程，又需费多大的工程将此卷描绘完整。在这寒冷的冬夜，如同送给我一鼎火炉，将我冰冷的心融化……

39 感激生活

你有过这样的早晨吗？清风拂面，鸟儿啁啾，绿荫如毯，在你的脚下伸展到穷远，你甩动着臂膀在其间悠闲地走着，心儿是那么地清新和明朗。你一定有过这样的夜晚，所有的灯光都熄灭了，没有一点声响踩在玻璃窗上，将你心中最为敏感的那根神经拨动，使你再也不忍睡了，一直静静地沉思到天亮。这样的时候，你都想了些什么？

你是否感谢上帝今生赐你为人，而非禽虫，使你有暇品味人生诸多美妙的乐趣。你是否向大自然真诚地道了一声感谢。感谢它赐予了你如此美丽的晨景、如此美妙的天籁，使你消享，供你倾听？你走路，有没有碰到不相识的老农向你友好地点头微笑？你驾车，有没有人用轻淡的声音提示你忘了关前灯？你抱着小孩乘车，有没有人自觉地站起来给你让座连一声谢谢都不奢求？你离乡背井，有没有人给你致一通电话关心你的衣食冷暖？你迷路了，随口问了几个街头玩耍的儿童，他们竟然争相奔跑着为你带路……

世界并不灰暗，在我们周围，原本潜藏着许多让我们感动或流泪的事情，就像那些散落在沙土上的玻璃片，阳光照射，微风吹拂，你由此间走，将你的眼睛点亮，予你刹那间的激动和欢欣。又如广袤的沙漠，天空倏忽飘落的几滴雨珠，给你最初的鼓舞和惬意。不要漠视它们的弱小或微乎其微，那是一个人心灵美丽无暇的最自然流露，是不掺杂丝毫功利与索取的奉献和给予，你要真诚的接受下来，用同样真诚的心灵给予他们以感谢或回报。你这样做了，会藉此体味到人间最为可贵的真情，并更加热爱你的生命，你生活的这个世界，你会在不知不觉中将爱心升华，散撒给那些同样需要关怀的人。要是你面对清风明月感觉不出大自然的博大慷慨，享之坦然而不生发激奋拼搏之心，要是你对一声善意的提醒或一个友好的眼神置若罔闻，视之漠然，我敢说，在你的周围怕是再也没有什么东西会感动你了，阳光让你刺眼，鲜花惹你厌烦，你的心冰冷如铁，世界在你眼里一片灰暗，谁还敢靠近你呢？

带着一颗感激之心生活，人情变得亲近，世界变得美丽。带着一颗感激之心生活，你的内心溢满温情，时刻鸟语花香。带着一颗感激之心生活，将使你赢得许多人的尊敬，并使你终身受益。

40 新牙，新宠

小女到了换牙的年龄，陆续有牙齿摇动，吃东西时往往痛得哀哀叫。于是梨花带雨的恳求：妈妈，我不想换牙了，我的牙齿明明好好的，又何必换。我真是哭笑不得，只好婉言力呈，告诉女儿，换牙不是你想不想的事，自己没有选择的余地，世界上每一个人都必须经历的事，无论精英愚公，无论皇帝车夫。

换牙是代表人一生中一个阶段的告别与上升，原先是母牙，起初在母亲的乳汁中汲取的营养渐至茁壮，舍开乳汁经过自己几年的努力吸收。如每年春来，除旧迎新，直至有了更坚固的力量，方能挑战各种磨难。尽管母牙还在贪恋于我们的温润柔软的齿床上，享受各种美味佳肴，人间珍品。可是终有一日要面临退休，你不是终生合同制，因此便会有更年轻更英勇的士兵来换替。即使你不介意主人任意将酸甜苦辣各种滋味要你细碎咀嚼，你也得接受新人换旧人的无奈。并非你忠实、厚道、不渝便可侍随主人一生。

当你再厚脸皮也无法立足主人给予的环境时，你日渐力不从心，摇摇摆摆的不甘姿态离开。倘若主人尚能知恩，感念你多年来曾经为他力尽职责，赴汤蹈火，那么姑且将你摆置一个安稳的地方，偶时闲来回想，你便是光宗耀祖了。假如主人认为你原是天经地义，不觉你有恩德，那么随手将你丢弃，或是街头，任万人踩踏，或随清洁工的帚把将你带入焚化池，碾为尘沫飞灰。或是丢弃公园角落，任蚁鼠叮咬，尸骨未寒便入果腹。或有幸徜徉芸花香丛，尚能享受临终前的艳芳，便足慰前尘辛劳也。

曾经主人为你朝洗晚漱，宠如珍宝，却始终逃不过天命，呜呼化了！何曾见为旧人啼，仅有新人笑。主人面对新生壮牙欣喜若狂，比之前洗漱更为勤快，牙刷用得更柔绵，牙膏用得更高档，因为新生，将陪付一生，效力一生。

41 胸中藏烈火

去年一个冬季在老家，正赶上寒雨，凛冽的朔风夹着冰冷的霰粒吹在脸上，刀割似地难受。我刚发动汽车，碰见一个邻村人骑着单车从远处过来，我摇下车窗与他寒暄。得知他要赶回三十公里的乡下去，我不禁倒吸了口凉气：非得现在回去呀？还不把你冻僵？他微微一笑，不好意思地嗫嚅道：我家那个刚从常州回来，能不回去看看吗？他爱人远赴常州在亲戚超市里打工，一年难得回来几次，夫妻俩长年分别，顿时可以想象他盼望相聚的焦急之心了。

是啊！与心上人相见，那是一件多么让人神往和欣慰的美事！畅想着一起围在热气腾腾的厨房，品着两人忙乎烹成的小菜，互叙着分手后的朝朝暮暮，心里就好象燃起了一盆熊熊烈火，无量的温暖和亲情在小屋里萦回、荡漾，纵使风雪再急，路途再远，又怎能阻止他归聚的欲念呢？

这让我想起很多年前的一个黄昏，我到一个偏远的山村找一位久违的朋友。因是冬日。地上还铺着白茫茫的积雪，路人很少。正在犹豫着找个人打听时，北面山坡下有一个隐隐约约的人影攫住了我的视线。他隔我得有半里多的距离。肩上挑着一副担子正晃悠着往回走。他整个的身影在广袤的天空底下以及四围一览无余的白雪显得那么地茕然、矮小甚至可以说是猥琐，以至于竟让我生出些许的哀怜和感慨：此时此地，有一颗火热的心和我一起跳动，可是，它是多么地凄清、无味、平庸啊！

不知怎的，我决定停下来见一见他。

这是一个六十开外的老头，肩上挑着一担粪桶，弯腰低头走着。近了，我才听见他正悠然地哼着一段越剧，两眼微阖，头儿随着曲调左右摇摆，活脱脱一副陶潜荷锄归来的闲适、悠哉之相。我不禁叫住他：大爷，看你这么快乐，今年一定好收成吧！”“那当然，你没听说瑞雪兆丰年吗？明年收麦还不等于收银子？”说完他自己先哈哈大笑，我不由地为他如此乐观与知足也开怀畅笑起来。原来，农人爷爷的快乐如此简单，我为何还要徒生感伤与怜悯呢？

我们吃着山珍海味，住着洋房豪宅，开着名车游玩，穿戴光鲜体面，却远远不及肩挑粪便的爷爷来得知足啊！心中燃着一团火，世上就没有灰暗，再辛苦也是畅快。你尽可以荡起双桨去追逐心中美丽的梦想，心中燃着一团火，对待生活才有美好的向往与热爱，你的生命才会激情澎湃，从而倍加珍惜你所拥有的！

42 遗失的珍贵

一个少年时日，不慎丢了棉衣上的一粒纽扣，奶奶戴上老花镜，在她那个用纸浆糊成的方盒里找针线，找不着，就将里面的小布条、纽扣什么的都倒了出来。我凑上前，蓦地看见盒底粘贴着一张用铅笔字体的纸文。字迹稚拙可爱，又是铅笔写就，可以想象当年正是十来岁时期的模样。

那短短数行"我要做个对建设祖国有贡献的人"，是多么的豪情壮志。那是一个个方块里的字，仿佛是我幼小的脚踩出的足迹。而它，虽说只有一页信笺，却真实记录了我童年生活的一个片段，有形体、有活的思想，读着，真真的自己便从里面走出来了。当时我想，倘若积之成册，耄耋老年将至时，于灯下翻阅，那将会予我怎样的欣喜与触动啊！回想自己曾经几度坎坷几度低迷，我轻轻捧起盒底，读了又读，不觉双目盈眶。

也有那么一回，母亲翻弄阁楼压瓷坛的一本书，那居然是一本三年级语文课本，无意间一张照片掉了出来。那是我坐在一只木盆里，穿着肚兜，颈上环着个银项圈，畅笑着露出嫩红的牙床。这是一张多么珍贵的照片啊！不知当时母亲何以舍得破费让人拍下这帧动容的一刻！那或许就是我生命中的第一次留影，以致于我带去学校揣在书包。索来一些照片是压在桌子的玻璃底下，而它或许伴了我整整几年的光阴。

遗憾的是，恍惚二十载，我竟未能留下一本童年习作的簿子。它们是被虫子吞噬了，或是被大人们当作碍脚的废纸烧了，我无从得知。坦白地说，这些年，我没有将它们的得失放在心上，在繁琐的时日与匆忙的事务中遗忘了它们。

有些东西就是这样，觉其平淡微小随手弃之，及至发觉可贵，却再也不能得以修复。生命的组成——时间，不正是如此吗？

43 与伤痛为友

人生在世，很难尽是花香鸟语，春风怡人。伤痛如一个盗匪潜在其中，随时准备窃取你生命中的一部分欢笑。其实，细思来，伤痛是一种颇为自然的客观存在，就像有春必有冬，有水必有火一样顺理成章，虽如此，与之为友者少，防之不及怨天尤人者居多。

我欣赏的固然是前者：伤痛既然与欢笑一样平分了我们生命的组成，我们为何不可以平等地善待而要一味地逐舍呢？我们追逐欢笑，是因为它给予我们心境上的愉悦；我们逃避伤痛，是因为它要夺走我们的愉悦，这好比是两军对峙，既是实力相当，没人放下武器，唯求和为上。

一位年届不惑的朋友，就因为感情上的事情一直愁眉苦脸，不忍丈夫婚外另情，故而几度自杀未成，继而甚至幻想与之共亡。爱从来没有正比一说，你付出多少，未必就可以收获多少。爱是相互之间的心灵依附，假如对方确实已经将你淡漠，一味的强求只会令对方更加鄙视与烦厌。伤痛难免纠葛，但是，任何东西都有放下的时候，只不过时间提早了，何不从从容容笑对，开辟其他的空间呢？

是否可以如此一说，伤痛威力无边，但它终究是一团虚无的东西，无实亦无形。它非石块，可以直接给予我们肉体上以痛疼。我们有时为之所击，并抑郁、感伤、愁思以致染疾，可以说是一种接力的作用。因为它首先对准的是我们的大脑，其次反馈于肉体。如此说来，我们的生命的美丽与虚度直接取决于我们大脑对之的接收与反应。

伤痛反同于人：亲则为敌，疏则为友。与之为友，即是通过思维的豁达与冷静将之容纳或转化，或谴开，不为之所咎，不为之所扰。

居幽室，闭门堵户，任之缠绕，浸淫其中，不驱不赶，非为友也，乃是等于把自己慷慨地交付于它，由它一点一点地吞噬掉；唤之来，携之至一丛幽林，听鸟鸣，沐和风，是为友的一种高雅方式，因为美好的自然中没有它的栖息地，他自然不敢将你占据；也可冲香茗一杯，作一淡淡的沉思，感悟些许跌绊的根由，而后潇洒地挥挥手，步出屋外，是为友的高层次深化。

愚异常佩服一位哲人高言：伤痛栖在我的左肩，就从右肩摔过去；栖在右肩，就从左肩摔过去，这是一件很轻松的事情。

人生苦短，属于我们的欢乐原本不多，我们何必非得让一些繁琐微事被窃取而终受困扰？我们为何不能将原本平凡的生命推向壮美？

一旦与伤痛为友，你会惊奇的发现：生命还是可爱的，这个世界的事物多么奇妙，只要你心存美念，视伤痛为友，时时刻刻会有意想不到的转变。

44 童画有记

今天，孩子为了教训万誓不改吸烟的父亲，特为此制作了一幅图画。只见淡绿色的便签纸上工工整整地写着禁烟两个特粗特大的红色中文字，显然是用了她颜料笔写成，其他则是钢笔，上边注了禁烟二字的拼音及声调，下边又注了英文，中间是个圆圈，圆圈内是一横。并且复制了多张，将餐桌墙边，床头，电视机上，门的背后，厨房消毒柜上，电脑台上，均用双面胶贴了个遍。因此在家里无论哪个角落都能一目了然、大有触画生威之感。她站在沙发上言正面凛地对父亲说：以后只要有人吸烟，必须走出家门，否则别怪我不客气，我绝不允许家中乌烟瘴气，影响大家。

真是语出惊人啊！自问还是一名文学爱好者，却不由地对七岁的孩子能够恰如其分的运用词语而五体投地。这孩子是有天生的语言表达能力，可以从漳州到厦门的路上编故事不重复。记得两年前有一回我不在家时，她与表哥玩玩不知何事生气了，任何人劝阻都无济于事，直哭得大珠小珠落玉盘。晚上我回家时，她拿着一张纸悄悄地递给我，我打开一看，居然是图画，尽管没有一个字，但我还是清晰地读懂了含意，这让我惊讶得久久说不出话来。原来画面是一对大大的眼睛，两眼挂着串泪珠，中间一只椭圆形盆子上，水平面已将水溢出来。再下面是一颗分裂成两半的心，心上却有闪电图案。彼时彼刻，我除了拥紧怀中的她，不知该说什么。我既为孩子有如此的创意而敬服，又为她将事由刻画成如此委屈状而担忧。在她小小的心灵，她却将表哥看成是闪电，击裂了她的心。她的滔滔泪水居然盆子都已盛不下，这形容是多么生动又多么阴疾。这是一个年仅五岁的孩子，她不能用文字表达出她的感受，却用图案刻画出她的真实思想。

事后我得知，是因为女儿一直占用电脑看芭拉芭拉小魔仙，看得废寝忘食，表哥逼她吃饭逼她早点休息故闹腾。

美国教育家辛西娅·汤伯斯认为：人和人从根本上是不同的，每一个人都有自己的兴趣、天赋与爱好，并将个人的这些天赋与兴趣爱好叫做“学习模式”。

45 爱是不能共享的

他和她吵架了，吵得很凶，一气之下，他甩门走了。

走在路上，吹着清凉的风，气还是没消。他拿出手机，啪啪按了一串号码，里面立时传出一个女孩甜甜的声音。

他告诉了她事情的原委，然后，一迭声地向她诉说妻子的暴戾和任性。他说了许多，电话那头的她却一声不响，等他说完了，她才颓然地叹了口气，轻声却很干脆地说："我都知道了，别的不想说，只说一句，你想听吗？"

他不明白她为什么如此低调，就嗯了一声，让她说。

"记住：她永远是对的！只有我们对不起她的份儿，跟她认错吧。"说完，她就啪地一声挂了机。

他木然地呆立在那儿，嘴张得大大的：他原本想向她倾诉来着，他本想听她顺着自己说几句指责妻子的话的，谁知……

"她永远是对的……"他一遍遍地品嚼着她的话，心里的气团便慢慢地消散，取而代之的是一阵深深的唏嘘和愧疚了：妻子纵然对他做得有点过火，可是比起他跟她背着妻子做过的那些“恩爱”和缠绵来说，又算得了什么呢？他怎么就没有想到那是对她的最大亵渎和背叛呢？

仿佛惟有这时，他才真切地意识到自己灵魂深处的粗鄙与污秽：自己竟然真的比不上一个偷爱着的女人，她话里的“我们”两个字不是已经表明了自己也有一份责任换罪过吗？

爱的迷离竟能骤然使人变得这样地自私和冷酷，他自己都感到吃惊：那毕竟是一个跟自己相濡以沫了若干年的女人啊，她没有跟自己索取过什么，也没有过多地要求过什么，她只是像一朵深谷里的幽兰，默默地向他向这个家庭绽放着一个女人的芬芳与温情。

一个女人在这个时候能想起她对另一个女人的歉疚，说明她还有可爱的一面，至少她以一颗柔弱的心设身处地去思想了别人的感受，可惜爱不能“两全”，不能“共享”——为了这份独特的情感，他也不能再做让她“两难”的事了。女人的心性是相通的，她虽没明说，但话里却已清醒地表明了那份爱的疲惫与终结，他不会再说打扰她，正如他不会再去推开一扇午夜轻轻关闭的门。

他的心里只有一个念头，赶快回家，伏在床角，将妻子脸上的泪揩干，把自己所有的歉疚和“负债”偿还给她。

46 爱是无法补偿的

他们两个曾经相爱着的。

可是，有一天，一个更美丽的女孩走进了他的心田，他爱的天平便开始向她倾斜了。

他决定向她摊牌。

那是一个深秋的晚上，风儿吹着一地的落英，在他们初次相识的那条甬路上飞舞。她不说话，只是哭，泪水像小溪，在脸上汩汩地流淌。

他跟在她的身后，心慌慌的；她的那头长发，柔柔地垂挂在肩头，他却怯怯地不敢张眼看——那是她特意为他蓄的，认识她的时候，她还梳着短短的娃娃头，而现在长发飘飘，他却要离她走了。

他走到她的身边，轻声说："对不起，有一天我会补偿的，一定！"一阵风吹来，他的话游丝般浮动，显得那么无力。她没有丝毫的表情，或许原本就没有听到，依旧流着泪慢慢地走着。

五年过去了。

他富了，成了当地的显贵。她却过得不太好，丈夫是一家机关的小职员，他们至今仍借住在朋友的房子里。他决定找到她，向她兑现当年那个许诺。

她还是那样地温柔漂亮，只是一头乌丝般的长发早已被初始的短发所取代。简单的几句客套话后，他打开了密码箱，取出一沓崭新的美元，递到她跟前，饱含真诚和歉意地说："别嫌弃，去买一幢房子，算是我对你的补偿吧。"

她接过来，托在掌心，神色凝重地看着，良久，脸上才显出一抹苦笑，凄迷着眼对他说道："你以为钱真的就那么好用吗？这些年，我所遭受的折磨、我熬过的那些比死亡还苦痛的日子，你都能补偿吗？"说完，不等他回答，她就冷笑一声，把钱向他的怀里一拍，头也没回就走了。

像陡然挨了一记闷棍，他的大脑霎时变得清醒无比：原来，爱的创伤是无法用任何东西补偿的！唯一的办法是摆正你的心灵，在爱的最初不让它偏离。一旦背叛，你在别人心坎上刻下的那道伤口便再也无法愈合，它永远在滴着血，敞着新鲜的创面，向人们诉说着你的无情，昭示你的卑劣和罪恶。

47 父爱永恒

有一个老中医，八十多岁了，想安享一下晚年，就把开了几十年的药铺转卖了。

没了摇钱树，加上老来脾气有些乖戾，儿媳们待他的脸色便不如从前，先是为了家产和他争，吵，再就是为了鸡毛蒜皮的小事责怨他，到后来，最疼爱的小儿子也和他反目了。老人一气之下，卷起铺盖到了城里的大儿子家。

老人伤心欲绝，晚上跪在院子里，对着上天起誓："我要是有一点对不住子女的地方，让我今晚就死了，要是哪个孩子对不起我，让他磕断腿吧！"

事情就是这样地灵验。没几天，小儿子外出送货，好端端的平直大道，车却翻进了沟里，人救出来的时候，身上毫发未损，一条腿却生生被压折了。

老人听说后，咬着牙不发一声。老大劝他："爹，回去看看吧，说不准老小现在正在医院里后悔呢，只是他的腿断了，不能来看您就是了。”

老人依然不松口：“他把我撵出来了，不来看我，反让我去看他，天下哪有这样的情理?”老大于是没再劝，他知道老人的脾性。

老人谁也没声张，找了一家诊所，为人把脉，治好了不少人的病，找他看病的人越来越多。小儿子的腿也慢慢好了，不知是因为对老人的“成见”太深还是自觉羞愧没脸见人，他终是没有来看望老人。

日子就这么一天天地过去，而老人竟也渐渐地老了。

一个早晨，太阳暖暖地从窗里照进来，老人预感到自己大限已至，就对大儿子说：“把老小叫来吧，跟他说，是我对不住他，我想看看他。”

老大预料到了什么，依照老人的性情，平常好好的是绝不会说这样的话的，他于是打了一辆车，急急地赶往老家把老小和老二“擒”了过来。

老人躺在床上，虚弱至极，听到三个儿子和儿媳们的脚步走上楼梯，他的手就哆嗦不停了。小儿子进门连看都不敢看老人一眼，只在嗓子眼里喊了一声“爹”，但老人却已是老泪纵横了。

三个儿子围在床前，老人从铺底下拿出一个布包，抖颤着拆开，是他多年的积累。“我干了一辈子中医，给你们盖了房，娶了媳妇，现在就剩这么一点积蓄了，我把它分开了，你们拿回去，置办点东西吧。”

“这一个药方，”老人微弱地说着，用指示意小儿子向前一点，抖索着把手里的一张纸条给了他，“我治过百病，就是不能接骨，不过，骨头折了，愈合得再好，伤处以后还是要痛的，用这个药方配成药撵成末敷在周围，疼痛就会自行消失的。爹万不该千不该，不该咒你，要不，你的腿不会断的。”老人说完又从身边摸出一叠钱，“这是爹在这儿把脉挣的钱，你拿着吧，算是爹对你的补偿吧。”

老人言讫，缓缓吐出一口气，阖目而终。

48 久远的清香

八月的一个下午，日光朗朗地照着大地，我从屋子里出来，想到不远处的大海边上走走。

我客居的旅店后面有一个小小的方形院子，平日里用作停车场的。沿着石阶下来，走不上两步，便有一股新鲜的青草气息扑面而来，湿润又带着那么一种独特的甜香。我先是一愣，接着便睁大了眼睛，看见了，在我身右那片茂密的杂树掩映下，原来有着一片四方形的小草坪。草坪不很规则，或者严格说不能称为草坪，只能算是一片雨后疯长的青草地。草坪也好，草地也罢，刚刚修剪过，显得很零乱。一把把割下的草歪东斜西地躺着，有的粗有的细，粗的像麦管，细的像锥尖，还有一些细柔得像刚出土的麦苗，也割了一抔一抔地堆放着，那种独特的清香便是从这里发出的了。

我轻轻地拨开枝条跨进去，蹲下身，掬起一把青草嗅着，深深地陶醉在那种清爽而又久违的清香里去了。

很久远了，是七八岁的时候，割草砍柴。那时几乎每家都养着鸡鸭猪兔羊等家畜，放了学，割草的任务自然就落在了我们这些孩子身上。好的草长在村后河岸边的小树林里，林子不大，土质松软肥沃，久经水的滋润，所以草长得特别地柔嫩、细长，攥在手里，像一条条皮筋般柔滑。林子四围是大片密集的苞谷林，微风过处，叶子发出细微的蟋蟀声，像在跟我们亲切地打着招呼。草割着的时候，会有小巧的蚂蚱在草尖上跳跃，有粉白色的蝴蝶飞来飞去，常常吸引了我们撂下手里的镰刀去追逐；不远处，鸟儿啁啾，蜻蜓飞舞，牛儿悠闲地甩动着尾巴，不时地发出一两声长长的哞叫。草割完了，就用绳子打成捆，掮在肩上，吆五喝六地唱着歌往后走。到了河岸，就放下来，鸭子般钻进水里，冲去身上的泥土和灰尘，有时候也打水仗，一直到红红的夕阳落下山头，这才恋恋不舍地背上草回家，一路上都闻着它新新的带着淡淡麦秆甜的气息。

遗憾的是，恍惚二十多个年头过去了，我竟然再也没有闲暇去忆起童年的这些趣事。它们就像落叶一样沉积在我的脑海，随着时日的递增或风化或枯萎了，要不是不经意间被人提起，我恐怕永不会在清凉的午后在有香茗和声乐相伴的雨夜里去细细地品味，当然也就根本不能体味到那种从心底深处翻涌上来的欣悦与幸福了。

“人生最美的风景永远都在记忆深处”，这是一种多么悲凉的咏叹！那蝉的鸣噪，那拂过乡野的暖风，那涤过你双足的溪流的歌唱，都曾给予我们多少欢笑和童真的遐思，我们怎么能让它像风一样远去了，轻轻的，再也没有丝毫的声息？

真该细细地打捞一些童年的时光了，那些因为岁月的沉积而重新浮现上来的记忆，才是真正的香醇和甘甜啊！所谓生命的丰盈和充实，不就是常有这样一些美的东西在身边闪现，让我们流泪、感动以至于久久地浸润在幸福和温情之中？生命中没有了让我们激动的东西，心如一团死水，跟动物有什么两样呢？

感谢这片小小的草坪，让我的心灵重新开启了一扇明窗，为未来迎进许多的甜美和幸福。

49 独眼的完美

宋朝词人秦观讲了一个故事：一个瞎了一只眼睛的青楼女子，贫困得不能养活自己，就向西到京城去，有个青年带着随从从那儿走，遇见，喜欢上了他，于是大加宠爱，把她安置到他家另一所宅院，小心地侍奉，惟恐不称她的心。有个书生嘲笑他，青年生气地说："我自从得到这个女子，再看世间的其他女子，无不是多长了一双眼睛，美丽的眼睛能得到一只就足够了，为什么要多生呢？"

这个青年真可谓愚痴又可爱，我喜欢！

爱恋中的男女，哪个不带这么一点点的"愚痴"呢？他不一定风流倜傥、才华横溢，但他至少有一点让你喜欢，让你欣赏。比如，他走路的姿势、他说话的声音、他看你的眼神，在你看来都是那样地独特富有韵味；同样的，她也不一定貌若天仙，琴棋书画样样皆通，"朱唇轻启，绽露樱颗兮"，"莲步乍移，衣袂飘香兮"，在你的眼里，都足以成为一幅最最美妙的图画，牵你回想、留恋。

有个女孩，跟我说起她和老公的相识经历：起初的时候，她看他跟别的男孩没什么不同，平淡而又无奇。一个偶然的机会，他们单位举行军训，她从来没看见他穿军装的样子，可是这一次，她却不能不对他侧目而视了：高高的个子，白而棱角分明的脸，衬着灿灿的阳光，显得那样地威武、刚毅，尤其是他跨上摩托车的刹那，更是多了几分潇洒，几分英俊。她说："那一刻，我觉得他特帅！没有任何一个男子可以跟他相媲美。"

奇怪吗？不奇怪，爱的产生不需要理由，如果硬要说有，也就是那么一点点——一点点让你喜欢，就足够了。

50 魔鬼吃人

那是一个美丽的晚上，没有星星也没有月亮，只有一道道闪电。他立在窗前，轻轻拥着她，眼里流露出不能自抑的欲望和渴求。

她还是一个清纯如水的女孩儿，她自己也说不清为什么会和他一起站在这么一间陌生而又透着温馨的小屋。她只知道她爱他，喜欢他，但是那份爱却注定了只能飘浮，不能着陆。看着他眼里闪现出的急切与热望，她隐隐地感到了一丝担忧与不安，就对他说："书上说每个男人的心里都住着一个魔鬼和天使，我不想看见魔鬼，只想看见天使，你能答应我吗？"

他怔住了，立即明白了她的意思，就懵懵地点了点头。但不多会儿，潮涌上来的激情又将他的腮颊灼红，他终于不顾她的恼怒与反抗，掠走了她身上所有的温柔。

后来的事情，就再自然不过了。先是她哭哭啼啼地捶打他，再就是她好言相劝、装出可怜的样子骂自己，掴自己的耳光。可是，她不能仅仅满足于那些表面的抚慰，她要跟他索取一些更实际的东西，尤其是随着两人“关系”的进一步密切，她的这种欲望就更强烈了。她开始纠缠开始威逼——她要一个完整的他，因为她“给予”他的就是一个完整的自己。

他无法安置这枚他亲手掐下的带刺的青果，终于带着无限的感伤和疼痛离开了妻子和女儿。看着娇小的女儿那双可怜、陌生而又饱含了无助和迷惑的大眼睛，他的整颗心都在滴血，他不住地喃喃着：等着我，我一定会回来的，你们才是我心中真真的所爱啊！

然而，他没有回来。一天晚上，神思恍惚的他看着身边那个静静熟睡的给自己带来深重“灾难”的她，将双手狠狠地捺向了她的颈项……

她没死，但他却为此付出了三年铁窗的生涯。晚上对着冰冷的墙壁，他常常想起那个有着闪电的晚上，想起她说的那句关于魔鬼和天使的话，并且真切地相信了：男人的心里真的有一个魔鬼，不看好放它出来，它是会吃人的。

51 刨去的光阴

人有时候是想跳过一些光阴的，或者说，宁可在有限的生命里刨去一截。

比如生病，遭着罪花着钱，却又不知结果是喜是忧。躺在病床上，最大的奢望是能有一种药物将自己催眠过去，而后任由医生去整治，“梦”醒之后一切均已痊愈。那时，不管你“睡”去多少时间，也不管耗资多少，只要你能承受得起，你都会在心里叩谢上苍对你的厚爱。没罹遭病痛之苦的人，是难解其中味的。

除去病痛，就是失意和磨难了。人处逆境和困顿之中，精神压抑，肉体受苦，其难可想而知。日子本是流水般轻快地过的，如今茶不香、饭不甘，日光穿户而不觉其暖，又有什么意思？打个比方，你做生意失策，欠下一笔巨债，整日里索款的人不断，听见电话铃声就心跳。这个时候，你就会特别地留恋那些无债一身轻的日子，恨不得时光忽忽如飞，瞬间跳过个三五载，那时纵然须发皆白，所有的家当都搭空，只要不再有纷扰有累赘，你依然会长舒一口气，骤感生活又有了光彩。你没做过生意，没欠过债，个中滋味也是体味不到的。

今天早晨，我站在冷冷的风中，目送我的女儿走向上学的路，不知怎的，心里突然也有了这种怪异的念头。我想，如果时光突然跳过三两年，她长大了，不用我再牵着手接送了，该有多好。但是，只那么一刻，我的脸就有些臊热起来，仿佛灵魂中最卑狭的一角探露出来，让我不仅羞愧，而且可耻了。

52 善行随风

一个朋友借了我几千元钱，按照一般的借钱规则，说好几天后就还，几天过去了，他打来电话，说临时有点急事，能不能再宽几天。我说没事，你先用着。结果，一年过去了，还是没见他来。

其间，与这个朋友倒是见过几面，他不提，我也就不好开口。一来不是什么大数目，有也可，没有我照样过日子；二呢，总觉得开口比当初他向我借时还难为情，生怕这么一点小事记在心上，让他觉得我真是小肚鸡肠。

前些天，因为一点事手头有些紧，就想起了这个朋友，电话都拿起来了，但最终我还是放下了。我终是不能说服自己一开金口。

我的一个学禅的朋友，写过一篇短文，也谈及借钱。他说，自己对于借出去的钱从来不记在心上，出了你的手，那钱就不是你的了。对方还你就还，不还算完，就当没有这回事，就当你做了一回无私奉献。因为你有钱借给他，说明你当时比他富有，而你能借给他，说明你有借给他的理由。

这真是难得的慷慨和大度。

我的这个朋友还说，人的本性都是善良的，借了钱很少有转身花掉以后没有这回事的。他一定还在心里记着，他不还你，说明他目前没有这个能力，或者还很窘迫。你做不到忘记，至少不要催他，催他你就显得不慈悲了。

什么是慈悲？慧律禅师说："凡事如果都能站在别人的角度上想，那就是慈悲了。"我的这个朋友，就是因为过多地为别人考虑，才有这番感慨吧。

慈悲之心，可以上达天听，这一点我有亲身体会。

前几天，跟几个朋友到泰山游玩，下来的时候，误搭了黑车，结果，同行的一班人——六大四小被抛在一条既不通车又人烟稀少的山道上。后来，幸亏我在半山腰巧遇的一个朋友——我打电话的时候他已经出了收费站口，但听说了我们的境况，二话没说就驱车返回，分两次把我们拉了出去。

十年前，就是我的这位朋友，因为生意上的困境，来到家里借走了几千。几年后，他在街上遇到我，把加倍的钱塞进我的口袋，搂着我的肩，动情地说："兄弟，我借了很多人的钱，可是唯独你没有跟我开口要过。"

有了这次经历，以后我决定，对于借出去的钱，我是绝对不会要了，你给就给，不给我照样过日子。因为我能借给你，说明我暂时比你强，你不还给我，那是因为你还不宽裕，还是不如我，我又怎么好跟你要呢？所以，就当没有这回事好了。

善行，天知道。

53 神也欺善人

有一种百足虫，走得好好的，有一天遇到一只螳螂，说你这样走路多慢呀，你应该先迈前面的十只脚，再迈后面的十只，再迈中间的……才能走得更快。百足虫听了，整天揣摩着百只脚怎么迈，结果摔了很多跟斗，到最后，居然连走路都不会了。

可怜的百足虫！生活中也有这样的人，他们对自己缺乏信心，愿意听凭别人怎么说，结果，不仅走了许多弯路，还把自己搞得很疲惫。

我有两个朋友，可以为此做个注脚。先说朋友甲，一天在酒桌上，遇一“高人”，据说此人能卜会算，十分灵验。甲跃跃欲试，在走廊里给老爸打电话，问自己的生辰八字，老爸有些蹊跷，问他做什么，他就把事情简短地说了，不想老爸在电话那头一声动喝，说日子过得好好的，找人算什么？你不是没事找事吗！甲唯唯，急忙找个借口离开了。几年过去，甲的生意做得很好，既无大风，也无大浪。而朋友乙就不是这样了，也是这位高人先生，预言他某年运程不济，有血光之灾，乙当场唬得脸色惨白。为了祛灾，他花了数不清的钱财，不是这山拜佛，就是那山烧香，处处谨小慎微，畏首畏尾。几年下来，此君精神恍惚，光景惨淡，几乎成了废人一个。

人是一种感性动物，本能上，人都愿意知道一些未来未发生的事，好的安然享受，坏的提前躲避。其实，如果能理性地思考一下，无论别人告诉你的结果是好是坏，都毫无益处。说你好，你欣然开怀，以为锦绣前程摆那儿等着你，一切都是命中注定，无形中便增长了懈怠情绪；说你不好，自然平添许多烦恼，精神套上枷锁，甚至一蹶不振。

有个故事，说天降大雨，土地庙被淹，土地爷的泥塑像冲进了河里，一个屠夫路过，踩着塑像的头跳上了岸，后面一个樵夫看见了，跳进河把塑像搬了上来，恭恭敬敬放回原位。晚上，樵夫梦见土地爷来找他，厉声斥责，说你为什么不早点来，偏偏让那个家伙踩着我的头过去？樵夫吓坏了，跪下求饶。晚上，土地婆问土地爷，说樵夫救了你，为什么还要吓唬他呢？土地爷说，这你就不懂了，那个杀猪的家伙根本不信我，吓唬他也没用。

神也欺善人，这“善”就是迷信和痴迷。很多愚蠢，恰恰是因为过分痴迷造成的。

中国有句谚语：“但行好事，莫问前程”，说的也是这个意思。我们该做的，就是拿出我们的爱心，关爱身边的每一个人，至于前面等待我们的是什么，又何必知道？该来的让它来吧！

54 心灵赤贫

随电视台朋友下乡采访，在一农户家里，我看见这样一幅画面：

房屋三间，两间没有门窗，一家人挤在一张床上。被褥散发怪味，衣服成堆放在墙角，最是那张饭桌，我一挨着坐下，心就凉了半截。

饭桌呈方形，下面两根X形铁条支撑着，表面粘着一层黑色的油污，看上去多年没有抹过。桌面一半的表皮卷起，露出了木粉茬子，茬缝里满是污垢。

你难以想象，守着这样一张饭桌，居然会咽下饭去。

与饭桌很不相称的是一块21英吋彩电，正吱吱响着，男主人有些得意地说儿子愿意看动画片，所以就把卖粮食的钱一股脑花了。

他沏了茶，欠着身给我们逐个倒满，又随手从饭桌上一个圆形铁盒里拈过烟叶，卷起来吸。

他早已习惯了饭桌的肮脏、邋遢。

他贤惠的妻子，坐在一旁，陪我们嗑着瓜子，拉家常。

我的一个朋友去朝鲜，带回一些照片：石子铺成的公路，即使在人烟稀少的地方，石头也一块一块垒得很齐整，侧面刷上白色石灰。朋友说，朝鲜很多地方的贫穷已超出我们的想象，涂上白色石灰，不仅看上去美观，而且显得不那样寒酸。朝鲜人要面子，不愿意让人看见他们的贫穷，他们也正努力改变着贫穷。

贫穷不可怕，可怕的是你安于贫穷，麻木于贫穷。从那张饭桌上，我看不到一丝希望，只有绝望。

我宁愿不要电视，也要买一张饭桌。我会在饭桌上铺上干净的桌布，让我的孩子每天端起碗的时候，看见鲜亮，看见希望。

临走，我收回了裤兜里的手。对于心灵赤贫的人来说，物质上的帮助是远远不够。

55 善意的曲解

那年乘火车从金华到杭州，由车厢往出口迈开，我看见一位女士拖着一只大大的旅行箱及身挎大包还拎着一只火腿。由于人挤，加之有斜坡不好走，便走过去示意帮她提，她也果然响应。于是，我帮她将那沉重的大包与火腿拎到她指定的公交车上，正准备去找自己要乘的线路。岂料女士从精致的蝴蝶手袋里捏出一枚一元的硬币。冲我："够吗？"我顿时目瞪口呆！天，她在做这件事情时整个公交车上满是人，就这么在众目睽睽下对我原是无私的帮助当成一种交易，我羞得满脸通红，仓皇而逃。

是的，我是很穷，那年我不过十六岁，我穿着简旧却整洁利落，我携着村俗乡气却思想高贵。我不能视而不见，在自己完全可以力所能及中堂皇从她身边高昂着走过去。或许那一元钱对我而言真的很重要，可以解决几个早餐，买到好几只馒头填腹，可以在国营饭馆吃到 2 碗香喷喷的馄饨，甚至可以买好几张公交车票，那时从火车站到武林门才 1 毛钱。纵然一番善举被人亵渎，可是我无悔。

还有一次，朋友很喜欢我的一套连衣裙，于是委托按我的款式照做一套，因为我的裙子是一个远房亲戚做的，便拿着布料再请亲戚。十天过去了，没做，二十天过去了，还没做好。及至做好后，天气早已秋风瑟瑟寒雨霏霏，只得待到明年开夏才穿了。我择了个日子去亲戚家送钱，可对方怎也不肯收，我这才恍然大悟：对方原来是抱定了我到这儿纯粹是为了拣个便宜，是故才耐着性子一味先做别人的，以至于将我朋友的裙子一压再压。岂不知，对方纵不收钱，也抵偿不了我向朋友许诺而失信的歉疚。

人生难免尴尬，遇到时莫恼火，想开点儿，生活无非就是这样：人人都有自己的一个小圈子：这个圈子因其道德标准、处世态度及本性的事差异而各具形态。世上没有两颗完全一样的心，就像没有两片完全一样的树叶。是故，心灵的重合永远只能是人类一个美好的幻想。想到这里，你又何必为自己一些善意的念头、行为被曲解被排斥而耿耿于怀呢？只要你认为正确的、坦荡的、无愧于心的，尽管去做好了，重要的是不要过多的听信别人、从而失去自我，不辨是非善恶。

逐步

Chasing Dreams

56 奔向竹的缠绵(外一章)

鲁15师生贵川之行,首先到达的是贵州与重庆交界的城市赤水。承蒙赤水市阮市长的热情接待和关照,我们度过了短暂而愉快的美好时光。

赤水风情尽在竹。“宁可食无肉,不可居无竹。”这是苏东坡的名句,它让我们知道了东坡酷爱竹子的程度。自古如此,竹子向有高风亮节步步升空的身姿,世人爱竹便是天经地义。此刻,风平浪静的竹海,静谧得出奇,听不见人喧车鸣和建筑工地的噪声。

放眼一座座山峰,到处是手腕般粗细的竹子,估摸有三四十米之高,是我迄今为止见过的最有高度的竹林。她挺立着傲视着,面对雷雨冰霜、风刀雪剑,却依然蕤茂,依然清幽婆娑。若是没有对生命的爱、对大自然的爱,它何以生存繁衍,何以昂首世间,令来来往往的游人敬仰赞叹。

几十根竹子紧密地围成一簇,恰似军人集训般同心协力,将挺拔的身姿伸向天际。它们不蔓不枝,团结向上,步步高升。它们奋力进取，勇往直前，不献媚、不阿谀，始终保持着清廉骨风。它们怒视世间的冷漠、无情、争权夺势与笑里藏刀。它们以自己独有的生存方式和成长力量，执著地坚守在深山，不与世俗相染。

竹子离不开赤土的滋养与呵护，赤土离不开竹子的依恋与柔情。我是竹，我是竹姑，此生允我与赤土相恋相爱。赤土，你是我永生的相公，我是你永世的娘子，你是我一生的托付，唯一的爱情，此生许我与你相依相守，在这无际的山野，沐浴清风，翩翩起舞，燃烧炽爱。在悠悠的岁月长河，让我们放任自己潇洒的风姿，用你此生的情，我今生的爱，繁衍如同竹林一样生生不息的子子孙孙、世世代代。我宁愿相信自己的前生是竹妖，今生才变成竹姑，让我忠贞不渝的竹魂依附在你身上，无论我在天南海北，都与你形影不离。你是那方柔软肥沃的赤土，让你的今生滋养出我墨绿的英姿，装点峰峦叠嶂气势磅礴的群山。

我们在风中相拥，在雨中缠绵。只要这地不死，水不枯，我们就是永远的活化石。我们就那样伫立着，不管今世来生，我们就那样坚定地伫立着，不知几生几世，直到地老天荒，我们证明着万古不朽的爱情。今生，我为青竹，与你相顾相伴，执子之手，不弃不离。挺拔修长的翠竹，你是那么端庄淑雅，又是那么风华绝代，我早已为你神魂颠倒，愿意为你修炼自我，我愿意为你静守山峦。

前生，是你的笋尖扎在了我的心上，今生我才长成了漫山遍野的翠竹！如今，人们只要走近了竹，就能嗅到我生命的芬芳。我一生简单，从无奢求，固执地痴心地守候。无论是风雷的摧折还是霜雪的欺凌，无论是经年的干旱还是累月的洪灾，我都面不改色，生也青翠、死也青翠，从生至死，无怨无悔。

蓦然回首

那不是天坑，也不是地缝，而是我们前生在这相拥得太久，我们的脚印成了后人的风景。那就是天坑，那就是地缝，因为我们前生的相爱得罪了天神，它的惩罚让我们今生在此幽谷守候，让我们坚守诺言，朝朝暮暮、日日夜夜、岁岁年年，直到山谷平，天地合，乃敢与君绝。蓦然回首，那不是天坑，又是天坑。

我就是为你而来的，几经跋涉，攀过千峰与万岭，趟过泥沼与荆棘。我就是如此义无反顾，如此风雨无阻地奔向你。我知道，你早已对我望眼欲穿，我早已为你望断秋水。我知道，你早已为我魂牵梦绕，而我早已为你失魂丢魄。我愿意抛舍所有的富贵荣华、无视任何的蜚语传言，为的只是与你朝夕痴守。

那潸潸而下的晶莹剔透，是你相思的泪珠。你用亘古不变的痴情，守望着日月星辰。你不是利剑，却穿透我的心窝，你不是锋刀，却刺破我肺腑。

独卧异乡听雨声，雨也缠绵，人也缠绵。雨水滴答滴答地敲打着我的心房，莫非天空也如我这般孤寂么？莫非她不知不觉地抽泣，把泪水洒向了茫茫的大地，倾诉分离之苦、相思之切？其实，相思是酸是甜是苦是辣的调味品，是喜是忧是哀是乐的融合剂。

其实，离别而生的相思是婉约缠绵的诗赋，是剪不断理还乱的愁绪，它蓄积成堆，让人在独居中体味，品思，然后在相聚时做一番洋洋洒洒、荡气回肠的倾诉。都说喜爱雨的人多情。我常常想让自己幻化成雨，或雨滴、或雨点、或雨丝、或雨线、或雨珠、或雨露，滋润你干枯的心田，让它生长芳草繁花，收获硕果美食。让我心中的细雨、绵绵的情意，伴你走过春的盎然、夏的热烈、秋的饱满、冬的恬淡，随四季的轮回，走向美好的永远。

57 脉脉仙岳山

晚秋的一个午后，正昏昏欲睡，朋友突生去登山的想法，于是就近选择了重登仙岳山。驱车停在半山腰，我们步行拾级而上。记得早些年曾经陪同朋友登过一回，还拜会了山上的主持。那时山上尚未开发建设，寺庙陋小，游人很少。这回重游给了我意外的惊喜和浪漫之感，这是我始料未及的。

厦门仙岳山位于湖里和思明区交界，山脉东西走向，山顶景色迷人，是厦门仅存的能多视角近距离地鸟瞰湖里和思明两区的景点，在岛内具有得天独厚的地理位置。仙岳山也叫仙岳公园。只是仙岳公园范围更广，包括仙洞山、松柏山、西廓山、马蜂山等。仙岳山主峰海拔 212.12 米，是本岛中部“第一制高点”。

带着旧的记忆，原以为山上会很冷清，没料到却是人山人海，游人仿佛穿云踏雾而来。新修建的仙岳山公园的设计者们匠心独运，造出不少颇具现代感的浪漫景点。最引人注目的是一个叫做“情人眼里”的象形雕塑，不少年轻人在此拍照，留下永久的回忆。我也忍不住把头整个钻进“情人眼里”，幻想自己能够真正进入情人的眼心。情人的眼里只能容下我，让我感到我会永远被呵护。此时此刻，我不免情思荡漾，久久不能平复。

山上有座观音寺还有座土地庙，香火旺盛，诸多善男信女前来烧香点蜡，求安祈福。听说寺庙里的观音菩萨和土地公公很灵，尤其是求婚求子更灵，是否果真如此不得而知。据传，仙岳山土地公宫，始建于宋代，俗称“岩仔内土地公宫”，乃塘边社及四周百姓所立。至明正德年间，年久失修，山忽生虎患，塘边诸社，户捐缘银，重修土地公宫。从此，仙岳山四周乡邻莫不争相膜拜，香火鼎盛，人声喧哗，恶虎惊恐弃山而逃，顶禾泅海而渡。由此可见，周围百姓对山上神明之敬畏和信仰。

仙岳山景点尚有：仙岳大观、琼华仙境、林海斜阳、翠峰揽月、天街餐霞、福寿洞天、松柏烟树、天竺岩寺等，仅从这些景点的名称即可看出其独特性。从仙岳公园东门而入，即可见一座高耸宝塔，那便是观音寺里的镇寺宝塔。该塔在青山白云的衬托之下，显得巍峨雄伟，塔内塑像金碧辉煌，栩栩如生。宝塔旁边，一条通往山上的步游道，由青石板铺成，宽约两米，沿山脊线由东向西延伸，一路走来则可达仙岳山的天竺岩寺。比邻即是香火旺盛的土地公宫。

缓缓前行，路旁有凉亭赫然，不由加紧了脚步。惊讶该亭起名“望金亭”，和我居住的金山小区的一个亭子同名，其中的“亭”又恰巧与我名字中的“婷”字谐音，莫非此山真与我有着某种奇缘？当我环顾四周时，心里油然而生出辛弃疾的名句：“蓦然回首，那人却在，灯火阑珊处。”情思在瞬间进入了诗意的空间。

山顶上那条“天街”值得一逛。它位于仙岳山的山脊线上，西临在建的天竺岩寺，东北坡为土地公庙，南北长约 48 米，东西长约 165 米，总占地面积约 12143 平方米，总建筑面积约 2777 平方米。走在“天街”上，你不仅体会到闽南建筑固有的特色——屋面取闽南民居中的曲面，从屋脊到檐口成弧形而下，造型优美。游客还可以在茶楼上边饮茶边欣赏戏剧。景区设计者们绞尽脑汁，增加景观纵深效果，让各部分由长廊连接起来。其中，茶楼是一个四合院，有敞厅也有隔间小室，正对面是戏台，可谓恰到好处。

我从来不知，晚秋午后的知了叫得如此欢快，如此响亮，如此浩荡。是我过往不懂得珍惜时光吗？还是疏忽了平常生活的美？仰卧在林木丛中幽径边的木椅上，仰望晴空，只见秋阳高悬，浮云漂游。一束束松针与一颗颗松果簇拥在松树枝头，阳光穿透茂密的松叶偷吻我的脸庞。我沉寂经年的心房，像是久违的雷声轰鸣山谷，回旋着，跳跃着，激荡着。林道上铺满松针和松果，只要用手轻轻地稍稍掀起，就如翻开一张柔软的毡子，下面就露出湿润的泥土。

偶尔听说，仙岳山乃厦门之“肺”。没有来过仙岳山的人可能无法相信，在如此繁华的鹭岛上，一座看似低矮的山，当你踏上山顶时却又觉得它好像高耸入云。仙岳山以山林野趣为特色，周围树木繁茂，野藤缠绕，山花烂漫，鸟语叽叽，别是一番天地。医书上说，肺主木，木旺则肺气旺。

不过，我似乎更钟情于景点之外的韵味，譬如辉煌的日落和袅袅的云烟，还有翠峰揽月，等等。据了解，整个公园生态良好，森林覆盖率达 90%以上，植被主要以马尾松纯林和马尾松与相思树混交人工林为主。此外还有芒果、龙眼、竹子、柠檬桉、木麻黄、苦楝以及棕榈科植物。园中有蛇、野兔等野生动物，还有蝴蝶、蜜蜂等昆虫和一些鸟类。倘若运气好，你还可以在林子里看到几只山鸡。这样的自然生态令人放心，也能够让人享受到仿佛置身世外的轻松、恬静和舒适。

更让人意外和惊喜的是，如此一座低矮的山峰却是看日落的绝妙去处。正当日落之时，我站在寺庙门口，正对着观音寺和土地庙，看艳阳辉映如佛光普照一般，顿觉心情格外开朗。我想，上苍真的很会造景并满足于人类美好的愿望。当然，真正灵验的应该是人心，所谓佛光普照，不过是人心的镜像而已。即便放下其它一切不说，仙岳山也是一个很好的休闲场所。

斜阳脉脉，照着纯白色的“情人眼里”。那只“情眼”也对我脉脉凝视，又频传盈盈笑意。我虔诚地双手合十，祝愿天底下所有“情人眼里”看到的都是最美好的。

58 鹭岛、路

不知多少年以前，在中国的南方一角，有一个荒无人烟的小岛。据说这个小岛曾经寸草不生，一群白鹭南归，路过小岛时停在岸边休息，领头的白鹭看见小岛上土壤肥沃、四周鱼虾成群，不失为一处美丽的家园，便决定留了下来。他们用嘴凿开了泉眼，并从大陆衔来了各种花草的籽撒播在小岛上，不久之后岛上便是一幅绿草葱葱、百花盛开、山清水秀的景色，慢慢地人们称这个岛为鹭岛。鹭岛也就是今天的厦门。

我第一次知道厦门，是在许多年以前，一个朋友约我去厦门看白鹭，我欣喜不已，因为我早就从杜甫的诗中读过“一行白鹭上青天”的诗句了。那厦门真会有白鹭吗？心驰神往的我跟着朋友踏上了去厦门的征途。

厦门与我的家乡其实相隔不甚远，在我去厦门的路上，我幻想过各种各样的厦门，可是当我的双脚真正踏上厦门的土地时，我还是被眼前的景色所震撼。只见蓝蓝的天空一尘不染，蓝蓝的海水清澈透明，它们就像是两只巨长的手臂伸在天地间，而厦门仿佛就是它们的孩子，它们的手正要紧紧抱住这个孩子。远处几只白鹭在展翅高飞，时而盘旋于天空，时而低低掠过海面，时而急速冲向远方，时而又折身回旋……

我一直都不太喜欢蓝色，因为我觉得蓝色充满着太多的忧郁。可是厦门的蓝色却给了我愉悦的心情，无论是海水的深蓝，还是天空的深蓝，都让我有一种亲近自然的感觉。于是我毅然决定留在了鹭岛，留在了厦门。

为了让自己更快地融入这座城市，我喜欢每天骑着单车穿梭于大街小巷。那个时候厦门的街道没有现在这么宽阔，但窄窄的道路两边却是绿树成荫，走在任何地方你都能闻到海风咸咸的气息。

那时我住的地方在湖里区，离我家不远就是厦门机场，每天出门或是回家都能听见飞机的声音。厦门机场算是厦门的一个标志，可是在90年代之前，若想从市区去机场，没有一辆公共汽车是直达的。

当年的厦门就像是一个藏在土里的金矿，尚未被人发掘。环海的城市仅仅只有中山路、金尚路、厦禾路和嘉禾路几条十来米宽的主要道路而已，道路的两旁矗立着一些老旧的楼房，说是楼房其实最高的也不过只有三四层。当时，一些老人告诉我说，解放前的厦门很残破，现在的厦门在他们的眼中已经很美了。正当我与老人们一样沉浸于厦门的“很美”之中时，一阵改革的春风吹来，把厦门人吹上了对自己家园重新建设的道路。原本二十余万的人口，现今已整整增长了十倍，这意味着厦门是个物产丰厚、安居乐业的好地方。

厦门人民在城市的空中架起了一条“成功大道”，这是一条名副其实、果然通向成功的大路。现在若是去机场，只需几分钟就可到达，再也不用像以前那样，经过许多条路，绕过许多个弯了。

如果说成功大道是一条彩虹的话，那么环岛路就是这条彩虹上的七彩色。曾经有个朋友来南方出差，顺道来厦门看我。当我开车带她行驶在畅通无阻的成功大道上时，她问我成功大道是不是厦门最漂亮的路。我告诉她这是厦门比较独特的一条路，然后我就载着她直接去了环岛路。当沿着十余公里的环岛路一路欣赏时，她惊讶得目瞪口呆，因为她看见的不仅仅是一条宽畅优美的道路，而是看见了厦门人是如何把路建在海上、让海躺在树边、树又栽在海上的奇迹……

对于厦门人来说，环岛路不只是他们的骄傲，更是这个城市的一张名片。如果你能有幸从空中俯瞰鹭岛，你会发现环岛路更像是一条戴在美人脖子上的项链，而海沧大桥就是这条项链的吊坠，它们缺一不可。

海沧大桥在把环岛路衬托得更加美丽的同时，又像人体的一根大动脉一样连接着岛内和岛外。有了海沧大桥，岛内的天空更广阔；有了海沧大桥，岛外的脚步走得更坚实更快捷。没有人可以否认海沧大桥对于厦门人的重要性，厦门人爱海沧大桥、爱环岛路，就跟珍爱自己的生命一样无微不至。

与气势壮观的海沧大桥相比，旧的集美大桥就像一位老人，体态龙钟，但却承载着厦门的历史和岁月；新的集美大桥和杏林大桥则仿佛是身强体壮的青年，担负的是厦门的未来和希望。

当很多人都说雄伟的海沧大桥代表着厦门人的步伐，豪放的集美大桥代表着厦门人的个性时，演武大桥却在另一边展现出了厦门人的灵气。2200 米长的演武大桥盘旋在大海上空，上下交错叠加，犹如嫦娥身上的飘带，精彩纷呈。走在演武大桥上，你会有一种海在脚下、人在空中的感觉。

演武大桥的下面就是富有闽南特色、以骑楼为建筑风格的中山路步行街，对面则是号称“音乐之岛”的鼓浪屿。鼓浪屿中西合璧，具有复杂的历史蕴涵和诸多国家的风格情趣，堪称绝无仅有的“万国建筑博览会”。

生活在厦门的人，空闲的时候总会去中山路逛逛、去海边走走，或者去白鹭洲公园看看白鹭，有时也会去鼓浪屿转上一圈。每当人们爬上高高的日光岩，看见郑成功挥手台湾的塑像时，就会从心里明白，原来厦门的历史也可以追溯到太康三年那么遥远。

与中国的四大古都相比，厦门自然是座年轻的城市，但是它也因此有一种属于自己的活力和动力。厦门还是一座具有包容性的城市，厦门人拥有一颗包容的心，无论你来自哪里，只要到了厦门，厦门人就会把你当作是贵客一样来款待。厦门人从不喜欢急功近利，他们总是用他们的智慧和他们的勤劳，一块砖一片瓦地建设自己的家园，哪怕速度慢一点他们也不在意。厦门人知道，厦门是世界的厦门、中国的厦门、厦门人自己的厦门。

厦门，一座闪耀在天海之间的美丽城市，正在用它自己的翅膀骄傲地飞翔。昨天的厦门从中国的地平线上起飞，今天的厦门在祖国的碧海蓝天间飞翔，明天的厦门将会在世界民族之林的上空高高飞翔。

59 南国明珠

我还是没有能够从桂林的山水中走出来，如同饮着一杯芳香无比的醇酒似的，时时处在忘我的微醺之中，心里充满了惊叹和赞美，一串串感叹号从我肺腑里不断往上冒。没有去过桂林的人，无论如何也想象不出她是如此的壮丽。

桂林的山不是高大雄伟，连绵起伏，而是突兀峥嵘，拔地而起，旁无延缘，属于山家族的另一支派。君不见，那被称为“南天一柱”的独秀峰，崛然独立，直插云霄。倘是早晨看她，峰顶披满绚丽的朝晖，簇拥着红霞朵朵，颇似一个手捧鲜花的战士雄姿。叠彩山那层层横断的石山，在阳光照射下，就像一匹匹闪光的彩缎。倘从山脚下望去，就如一幅幅从天上垂下来的七彩画卷；而生长在那悬崖中间、破土而出的奇株古树，又给这画卷添上了无限的生机。如果你登上桂林城中的伏波山，蔚蓝的天宇下，整个桂林连同她的大街小巷、路柳庭花都会呈现在眼底。纵目远眺，千山万壑就像海浪一般从远处奔涌而来，远山淡得像云，有的为薄雾所缭绕，让人分不清哪些是山，哪些是云，以致错觉山似云、云又似山。环顾近山，则出现千姿万态的形状：七星善，恰像天上的星星撒落人间，永放光芒；老人山，那神态，则像一位长者在眺望桂林仙境；象鼻山，好比一头大象，饱饮江水，正欲浮渡漓江；骆驼山，则又像只如负重任，在一片绿海中遨游的骆驼；斗鸡山，则似摆出欲斗的架势，展开一场永无休止的争斗……

桂林的美一半在诸峰的秀丽奇绝，一半在漓江的晶莹碧绿。“云似山城似水城，水绕山环桂林城”。如果你登叠彩山的明月峰，居高临下看去，一湾碧绿的漓水，从东北无边的群峰中闪出，刚刚露出她绰约的身影，又被一座青峰遮住了，然后，几经弯曲，好似在摇动着来到明月峰下，尔后向东一转，夹萝卜洲，穿越桂林市的中心，兜着伏波山、象鼻山、向东南而去，正像一条青丝罗带，随风飘动。这罗带在阳光的照映下她时而闪着金光，时而镀上银彩，在阳光明月照到的一段，又澄清得似一块透明的绿玻璃，江底的世界看得清清楚楚。片片红帆，像是镶在上面的一颗颗红宝石。倘若你乘船从桂林顺漓江漫游，随着江水的萦回，阳朔，会把你引入一个又一个胜境。两岸青山，在阳光的照映下，绿的碧绿，蓝的翠蓝，灰的银灰，各个浓淡有致，层次分明，好比美人头上的装饰，清秀淡雅。而且，许许多多的山都是不同种类的造型艺术品，她们的样子像鱼、像龙、像鸟、像马、像蚌、像珠璎、像翠盖，像笔架、像珊瑚，像书童、像牛郎，像织女、像老农、像将军，像人的某一状态，或坐或立或迢望或期待或相逢……又无不带着一种随时可以飞离而去的逸脱的神气。从桂林到阳朔这整整一百六十华里的风景长廊，看不尽奇峰异石，飞瀑流泉，赏不完烟岚雨雾，美景丽色。

桂林山水构成了甲天下的仙境，是大自然的万古杰作。大约在三亿二千五百万年以前，现在的桂林还是汪洋大海。此后，经过多次地壳运动，大约在两亿至一亿八千万年前，桂林才脱离海水侵蚀。桂林的石灰岩，原是海洋中生物化学沉积物。在漫长的岁月中，经受日晒雨淋，风化剥蚀，石灰岩出现了裂隙，含有二氧化碳的水流，沁入岩隙，逐渐溶解，破坏了原来的地貌，水流越往下渗，溶蚀的部分就越大，开始出现连座的峰从，继而受到水流的切割变成峰林、峰丛和孤峰，形成现在这千姿万态、奇特壮观的景象。同一道理，桂林许多岩洞的奇景，也是由水这位雕塑家，经过千万年，甚至几十万年创作的结果。如果你步入“艺术之宫”的七星岩、芦笛岩，就可以看到这位雕塑家的神工了。这里，一洞琼瑶，万千景象：有的似玉液琼浆，有的似绫罗绸缎，有的似琥珀玛瑙，有的似擎天高柱，有的似广宇层楼，还有许许多多如狮、如虎、如龙、如瓜、如果、如容、如鼓、如琴、如钟、如女、如翁、如童……

浏览桂林，无处不奇，无处不美，到处是诗，四处是画。而且，处处都有她美丽的传说和神奇的来历，这些传说和来历，凝结着劳动人民的思想感情和生活足迹，充满着劳动人民的智慧想象和对美好的期待与追求。

“桂林山水甲天下”的美誉，绝不是人们随便就能慷慨赠与的。高山大河哪没有，岩石洞穴，更是随处可见。然而，像桂林这样的水和山，分开来看，其本身就已很有特色，经大自然将这样的山和水组合在一起，就达到了一个更高等复杂的境界，好似音乐由独奏变成了交响曲。

60 仙境双龙洞

瑰丽、幽深、幻化、美妙的双龙洞宛若仙境，使任何天才神话作家的勾画都显得黯然失色。在入口处的石壁上，刻着著名书法家姜东舒苍劲有力的“桃源洞”三个大字。

记得小学曾读《记金华双龙洞》一文，虽知它和我的家乡同属一个地级市，但那时感觉距离非常遥远，以致今日我从柳城驱车到达金华时用了七十分钟时间我似乎仍然未缓过神来。这时代与科学的跨越常常使我处在梦中，不知是科学造就了时代还是时代成全了科学。

洞口两侧分悬钟乳石，形如龙头，栩栩如生，故名双龙洞。西壁“双龙洞”三字，似为唐人手迹；东壁“洞天”二字，为宋代书法家吴琳的手迹；“三十六洞天”五个大字，则为国民党元老、近代杰出书法家于右任之手笔。如果说双龙的内洞是“龙宫”的话，那么外洞仿佛似“龙厅”。

以躺卧的姿势从洞口乘船而入，须臾便豁然开朗。气势雄浑的岩洞在灯光的映耀下，四处祥云缭绕、霞光万道，犹如浩瀚的天空。

稍进，石笋石柱林立，石钟乳缨络悬挂，有的像云盆灵芝，有的像滴玉凝脂，有的像擎天巨柱，也有的像跃跃跳跳的小白兔、正在爬行的大蛤蚧、伸头戏水的乌龙、攀崖摘桃的猴子、以及展翅飞扑的蝙蝠、凌空高翔的雄鹰、长途跋涉的骆驼、昂首欲吼的狮子，还有的像香烛檐台、莲花鱼网……真是维妙维肖，引人入胜。

接着就是“骆驼昂首”石壁洁白晶莹，好似汉白玉砌成，地面上石钟乳像飘浮着的朵朵彩云，岩顶交洁平坦。出“石蛙窥穴”忽见洞室高阔，顿觉心胸旷达，思绪明远。在这洞天里，有着许多高大的景物，在不断变化的彩色灯光下，时而出现汪洋大海，海上若有船，船上隐约有人；时而又出现苍山、云海、夕照。在烟雾迷茫处，有若远若近的仙岛，似有似无的神仙鬼怪。最好看的莫过于“雄狮迈步”“ 金鹞展翅”，就像由无数珍珠、宝石、玛瑙堆成的，璀璨夺目。她四周的乳石像一串串谷穗、麦穗、高粱穗和玉米棒。“石蛙窥穴”俨然如大石压身，“雄狮迈步”则酷似白玉石柱上雕着神态生动的雄鹰。这一带的乳石奇瑭，景点密集、出神入化、姿态万千。

最里边石壁上还有“水石奇观”石刻和清代名人探洞游记碑刻。近代合肥游人的“双龙洞”三字石刻，很有趣味，他将“龙”字反刻，寓意双龙洞的两龙头，要站在洞厅内往外反过来看，才能看到他们的真面貌。外洞厅北有一挂黄色“石瀑”，俨然是古人衣袍，这就是传说的“吕先生藏身”景点，相传八仙之一的吕洞宾曾隐身于此。另一个传说是，有个村姑誓不嫁给抢她的财主，被锁困在洞中，吕洞宾就是从这里去营救洞中村姑的。

脚步不断移动，美景不断变幻，眼睛忙得不可开交。随着一步步登上高坡，恰如踏着朦朦的青雾，恍如插上神奇的翅膀，“飞”上了碧落虚空、幻象无穷的第四洞天。这是双龙洞所有岩厅中最大的厅堂，也是景色最奇幻玲珑、最怪异神妙的地方。在彩灯映射下，向后望，烟波云海、峰峦重迭、若隐若现、若有若无，有的如剑戟林立，有的似参天古木，有的像锤子倒立，真是令人有千山万壑、奇险独绝之感；向前望，但见蓝天之下，雾海茫茫，云山千里。再一端详，仿佛那金碧辉煌的秦宫汉苑，琼楼玉宇，殿阁亭台，尽在其中。宫殿之前，还有高耸的“彩云遮月”、精巧的“龟蛇共生”令人解除一切羁绊，想象犹如奔驰的野马：你说是山，那便是奇形怪状的山，或是气势磅礴的摩天岭，或是蜿蜒起伏的群峰；你说那是水，那便是奔腾咆哮的海和静默流动的河；你说那是树，那便是挺拔参天莽莽无际的幽深茂林……你想有什么就是什么，人成了万物的创造主，并且和万物溶化在一起了。

明代的徐霞客根据双龙洞“外又二门，中悬重幄，水陆兼奇，幽明凑异”的独特景观特点和价值，把她列为“金华山八洞”的第一洞。而愚人非叶圣陶大师，写不出其真正的美感和价值，聊作游览笔记，供后人怀想。

61 神秘鱼谷洞

在一个春末夏初，应涞水朋友的盛情之邀，我与剑锋夫妇驱车前往野三坡。汽车盘旋在杳无人烟的崎岖山路，云就在头顶，似乎可以采一片随带身边。

鱼谷洞自然风景区是河北涞水野三坡七大风景区之一，是以奇泉怪洞为主体的自然风景区。它距北京 100 公里，我们因为开错国道，却走了 3 个多小时。鱼谷洞全长约 1800 米，共分 5 层，层层有景，景景奇特，洞中有洞，洞洞相连。大马踏下有个牛黄褡，底下就是鱼谷洞，今天的旅游胜地。东西马各庄村紧靠鱼谷洞，在抗日战争时期，人们间壁清野，把粮食藏在那里，并在鱼谷洞旁盘灶立锅做饭烧水喝。早年人们曾探险洞内，在洞壁上发现有条鱼像，解放后，经考古专家签定为至今几万年前的鱼骨化石，非常罕见。每逢春暖花开，布谷歌唱，耕牛劳作时的谷雨节，洞下的泉眼就会流出鱼来，鱼的眼睛很小，个头一般大，灰褐色，这就是洞名中“鱼”的由来。

野三坡鱼谷洞开在山口，穿山腹而过，纵深七百米。拾级而上，好一座宽敞明亮的洞厅，洞府正中，矗一座大石山，山上石钟乳密密层层，好像堆着一些桂圆、荔枝、菠萝、香蕉、莲藕形状之果品。从洞顶垂下的几条石钟乳，如倒挂的云龙，春夏时节看洞底池中倒影，活像群龙戏水。

洞顶遍布形形色色的钟乳石、有的像石花石笋、有的像鱼像虾、有的像犬像马，五光十色千姿百态的石幔令人目不暇接。我走向一根石柱旁，抬头望去，柱上龙盘凤绕、云涌花嵌，在灯光的照射下闪闪发亮，仿佛是一根巨大的银针。钟乳石多附石壁，组成各种奇丽有趣的图案。偏右侧有一小洞，幽暗昏黄。

我踏着珠玑铺镶的石路，继续向岩洞深处走去。经过一个半卷状拱门岩壁，见岩壁上有整片整片的石笋，因受水流冲刷，光滑如人工打磨。我跳起来想握一握，但终不及高度惟远而赏之。

再往前行，又至一洞，很是狭窄，大有“一夫当关万夫莫开”之势。我紧握岩栏，手拨石壁而入。洞口寒风习习，入洞更觉深邃，洞壁钟乳石触目皆是，形象万千，如百货大楼的陈列橱窗，像大自然的艺术宫。正所谓：霞光云影彩屏开，沧桑何处是蓬莱。水浅滩急岩如罩，穴中自有万花台。

洞内险象环生，忽深忽浅，忽阔忽窄，忽明忽暗，使人有凄神寒骨、悄然幽邃之感。过了一稍长明亮通道，随后又是需弓着身子行进，但见两侧积有水潭，岩顶光洁平整，像个圆拱大盖子，一圈凹壁，承托着拱顶，宛如家居大厅。沿着石壁的水面，岚气笼罩，由灯光折射呈现出一片弧形的蓝莹莹光幕。我禁不住用手掬起一汪水，打在自己脸上，顿时冰凉透心，皮紧骨酥。

缓缓行进，忽然间，头上出现了满天星斗，看看脚下，原来是站在一条鹊桥上了。这不是在渡银河么？这是牛郎与织女每年一度相会的地方，我不禁思绪激越，低吟起秦观《鹊桥仙》的词句来："金风玉露一相逢，便胜却人间无数……"是啊，这边石崖上站着一个人对面又有三个人，正是牛郎带着他们的两个孩子。莫非今天是七月七？好心的喜鹊这么早就把桥搭好了，牛郎和织女正款款从桥上走来呢！我想，若是我们能有隐身术，就附在桥底一听私语，他们见了面，准是商量如何返回人间吧？

过完鹊桥，便通向云气弥漫、如镂似画的另外一个洞府。这里的洞府岩道忽大忽小，时曲时直，景物亦疏密不一。洞中五彩缤纷，有高挂碧空的钟乳帐，有纵横的水渠，还有深潭碧水、高山深壑。游目四顾，峰回岭复，若岛若洲，使人疑假疑真。向远方望去，石林中阳光明丽，晴岚如烟，幽静深远。右侧数支石柱，排列有序，极像一朵含苞欲放的莲花，花瓣上的石乳，有圆形、柱形，有的曲，有的直，有的大，有的小。

岩洞忽上忽下，忽高忽低，灯光昏昏，隐风瑟瑟，恍若梦境。举步之间，正当眼花缭乱、应接不暇时，一股水晶般透明的河流汩汩流了过来——一条地下河向我们露出她俊俏的面影。这是鱼谷洞最神秘的水潭，一股清泉潺潺，银鳞闪闪，清澈见底。此泉经年不涸，当地一家酒厂就是用此泉制酒，醇香甘美。

行出洞口，似乎刚从天庭返回人间，阳光挥洒，暖暖的写意人生。凭栏眺望，峰峦、云影、水塘，山光水色，尽收眼底，令人心旷神怡。我携带着诗情画意，欣然而归。

62 锦绣牛头山

有“江南华清池，浙中桃花源”之美誉的牛头山仅距我故乡三十公里，是金华地区海拔最高峰。其东至金鸡山，南至溪水库大坝，西至邻县遂昌，北至东坑。牛头山自开发以来，特别是盛夏，湿润清新、凉爽怡人，引得无数游客流连忘返。

我是在一个晨光初露的时刻拜访牛头山的。走过一幢幢错落的土房，就看见一座飞檐翘瓦的门楼，形态美观，气派庄重，这就是牛头山的大门。入内，迎面是围着石栏的崎岖山道。

有关牛头山一名的来历说法很多，但我觉得最经典的还是放牛娃的故事。

老河口城东北角一座山下的村子里有一叫放牛娃的男孩，母子俩相依为命，家贫如洗，男孩为了养活老母，整年给财主放牛。有一天，放牛娃在回家的路上，突然狂风大作，下起了倾盆大雨，淋得他睁不开眼睛。他艰难地走着，忽听见有声音在唉叹，他走近一看，原来是一个白发老头，跌倒在路旁水沟里。放牛娃见此也顾不上许多，忙把老人搀起来。此时风雨小了些。放牛娃问老人:“老爷爷,你为何跌倒水沟啊?”老头咳嗽了几声便道:“好孩子,我是探亲路过此地,不幸遇上了这鬼天气,泥深路又滑,一阵风吹来,一不小心我就跌倒在水沟里。多亏了被你救起,我不知怎么感谢你才好。孩子,我亲戚就在山里,请你送送我好吗?”放牛娃犹豫了一 下说:“好,让我背你去。”当放牛娃把老人送去转回来后发现牛少了一头,便抱头大哭起来:“天啊! 这叫我怎么才好呀! 妈呀,都怪儿不好,给你闯祸了。”放牛娃想,回去也是被大财主打死,不如在此一死,免遭大财主的毒手。想到此,他正要寻死,只听得:“孩子! 万万不能这样!”话音落后,面前站的老人是他刚才背着送进山的老人,只见他慈祥地安慰自己:“有什么苦楚尽管对我说,不能寻死啊!”放牛娃眨了眨眼心想:“这老头一定不是凡人,是凡人,怎么会走这么快。”便说:“你不是凡人,不然的话,我刚背你进去,你老人家怎么又这么快出来了。”那老人捻着胡须慈祥地说:“好孩子,不瞒你,我是‘八仙’中的吕洞宾,今天出游到此,怜你母子苦寒,想帮你们过上好生活。有什么想法,尽管说吧。”放牛娃就一五一十的把家庭如何苦寒,怎样给大财主扛工,春夏秋冬,一年四季怎么吃不饱,穿不暖,刚才又少了一头牛,想着大财主一定会打死他,不如到这里死了干净,全给吕洞宾说了。

吕洞宾听后笑道:“好孩子,不要害怕,我送给你两头牛。”说着,一黄一青两头牛出现在放牛娃面前。吕洞宾吩咐道:“好孩子,这是你的报酬,回家后,一头还大财主,另一头留在家自己喂养吧。”

放牛娃回家就向母亲讲了路遇吕洞宾的事,母子二人喜出望外,按大仙的嘱咐,把一头牛还给了大财主,另外租几亩地,自耕自食,日子也一天天好起来。

后来这个村的大财主见放牛娃没在他家扛长工，就派人打听情况，得到的回话是放牛娃生活如何如何好。这个财主一听便怀疑是自家的牛犊被他养大了，便去要牛，要了几回，因有邻居帮放牛娃说话，没要到手。最终，这个大财主还是将放牛娃的牛杀掉，把牛头挂在自家大厅里示众。正当他兴高采烈之时，只见挂在大厅里的牛头晃动起来，突然“扑”的一声，从牛鼻子里喷出两道浓浓的烟火，只见一团火上了大门屋梁，一瞬间把大财主家产和家人全烧死烧光了。后来，放牛娃找到牛头，用布包好，埋在了山顶上，并在它的周围栽上了花果树木。因此，后来人们都称这座山叫“牛头山”

远处看牛头山时陡峭高峻，气势雄伟，越近山前，它的气势愈发庄严、磅礴。在山脚抬望，怪石嶙峋，危岩千仞，上接云端，仰之弥高，无法攀援，恰像是盘古氏用巨斧削来了周围的山峦，剩下了这座孤峰似的。那山石上斑驳的痕迹，仿佛是劈山时留下的斧痕。山的四周，有许多摩崖石刻。一弯清明的溪水给这里平添了许多生气，溪上有桥，溪畔有亭。水中映着桥、亭与游廊成倒影。一群群青年男女与童叟漫步在林荫道上，另有一群学生坐在溪流的鹅卵石上，大声朗诵白居易的《琵琶行》。此景此境，像童话一样迷人，像散文诗一样优美，如此独特，如此奇异又如此真实。

山顶岚烟翳翳，山腰薄雾袅袅，自身宛如已置于仙境之中。远处，一片碧野，翠峰环抱。近处，山花鲜丽、藤木缠绵。那山依着这山，这山傍着那山，而忽隐忽现的流云瀑与形影不离的鸳鸯瀑，像是天上垂下来的两匹白练。我游目四方，一股壮阔的自豪感涌上心头。

群峰披着红霞紫雾，夕阳悬挂山头，峰脚下清溪平流，五光十色。就在我漫步在牛头山村前，突然有如缕如丝的乐音从空中传来，一会儿明丽清晰，一会儿隐隐约约，宛如曼妙的天籁携着魔力，让我好像进了广寒宫一般……

63 微山湖晨晓

天还黑蒙蒙的时候，我就走上了去微山湖的路。一条曲曲弯弯的小径，被萋萋绿草半浸半掩着，在我的脚下，显得那般的幽远，那般的纤细。整个大地静极了，除了夏虫不时发出“唧唧”声外，什么也听不到。周围的一切都是模模糊糊的。可我并不觉得清寂、孤独，反而感到有一种说不出的自在、安然和舒心。

湖边到了，天稍稍有点儿熹微之色。我徘徊在湖畔，望着那还被黎明前的黑暗笼罩着的滃滃胧胧的湖面，万般情思油然而生。是首次来微山湖的激动，还是离别它的思念呢？

最先牵引起我的情思的，是电影《铁道游击队》中的主题歌：“西边的太阳快要落山了，微山湖上静悄悄，弹起我心爱的土琵琶，唱起那动人的歌谣……”

歌声是那么悠扬，那么婉转，充满着革命的激情，洋溢着生活的欢乐。正是这首歌，使童年的我对微山湖产生了强烈的爱。过去，每每唱起这首歌，对微山湖的神往之情总要不由从心底翻起；每每想起微山湖，又总是不由地击节唱起这首歌。现在，真的到了微山湖了，我能不唱吗！我唱了，为今年建党 90 周年，我为此自豪。这动人的歌谣，从我激动不已的心胸里飞了出来，飘向广阔的湖面，飘向芦苇荡，飘向莲花丛，飘向微山岛……

几十年前，在那夕阳西下的傍晚，在那风雨交加的黑夜，在那还是熹微的黎明，这个一千二百多平方公里的微山湖曾经发生过多少惊心动魄的故事。从 1929 年湖区建立第一个党组织起，到新中国诞生，这里的人民为了保卫它进行了连绵不断的悲壮斗争！当国民党反动派实行白色恐怖的时候，当日本帝国主义铁蹄践踏中华大地的时候，又有多少英烈为保卫它而英勇地献出了生命！

记得一本书上记载了这样一个故事：1942 年，日寇纠集了三万多人扫荡微山湖。微山湖游击队就把几丈长的鸭枪埋伏在芦苇荡里，单等鬼子的汽船靠到跟前，鸭枪一齐怒吼，敌人的汽船就立即变成了死乌龟，连同船上的鬼子一起沉进了湖底。女游击队员们驾着小船去采菱角，遇上鬼上装出害怕的样子，纷纷跳下水去四散隐蔽，把敌人引进了“鱼钩阵”，锋利的鱼钩深深刺入鬼子的皮肉，弄得他们逃不脱、滑不掉，求生不得，欲死不能，只好乖乖地缴械投降……

黑暗悄悄隐去，天空呈现鱼肚白色。啊！太美了，湖面上呈现的各种美景，把我的思绪拉回到现实中来。你瞧吧：一片片鸭群，一层层网箱，一缕缕炊烟，一声声渔歌；还有那滴溜着绿汁的荷叶，笼着梦幻般云翳的苇荡；但最能引动我的，是那湖面上忙碌的渔船，远远看去，风帆一片，辽阔的湖面布成了船的世界，船上的渔翁和姑娘们，有张钩的，有拉网的，有下篮的，鱼儿泼刺的声响清晰传来。他们都是半夜下湖的。这时他们边收鱼边互相吆喝着，大概是在问一夜的收获吧！

稍待一会儿，我登上了一条收完鱼的船儿，向微山岛游去。这会儿，东方亮出了两抹深黄色的波光。天色越来越明，那满湖的波光就很快扩展成一大片金色的朝霞，像一团团火焰在燃烧，像一匹匹野马在奔腾。一会儿，那通红透亮的火球，就从遥远的湖面爬起来了，水淋淋地，仿佛是从水底升起的。稍顷，火球变得光焰璀璨，望去使人心摇目眩，神往不已。

船儿轻轻地划，风儿轻轻地吹。夏日，微山湖的早晨非常清凉，而且空气还孕育着清香。早晨在湖上游玩，让人感到心胸舒展。就连湖里的鱼儿也是悠哉游哉。几十条几十条的结成一群，有的鱼儿好像是养鱼池中的鱼儿样，红中挂金，光彩夺目，它们像是与我相邀同来欣赏湖之清晨，舒舒畅畅地在水里游荡。忽地，不知是惊是喜，一下子纷纷逃散，没有跑多远，又慢慢地聚在一起，悠悠地转了一阵，一齐向深处游去，看不清鱼形了，只从那绿澄澄的深处，渍出一片隐隐的红色。

忽然，一条桂鱼浮上水面，后面追来一条细长的水蛇，三翻二绕，把桂鱼绕了起来。桂鱼不停地挣扎，蛇儿越绕越紧，终于动弹不得了。当水蛇张嘴要对桂鱼下毒招的时候，那桂鱼猛然一挺，背上硬鳍刷地竖起，一下把蛇斩成几段。蛇头慢慢地下沉了。桂鱼活跃起来，连连噏吞蛇段。呜呼，败则为寇，真是自然界生存竞争的奇观！

游目看湖观鱼的当儿，我问起微山湖的传说和来历。我刚开言，老艄公就滔滔不绝地讲了起来：古代有个人叫殷微子，名启，是殷纣王的庶兄，因纣王昏庸无道，数谏被拒见疑，卸甲为民来此隐居，死后葬在岛西端的凤凰台上。后人就在此处修建了微子墓。上面“殷微子墓”四个篆体大字为汉丞相匡衡所书。后来这一带被大水吞没，只剩这座小岛露出水面，微山湖、微山岛便因此得名。

稍顷，老艄公又说：“微山岛上还有张良墓”。“张良墓为什么在这里？”我问。他说：“春秋战国时期，这里正西三公里处是个极其繁华的中等城市——留城。汉高祖六年封张良为“留文成侯”，张良死后就葬于此地。那个时候，微山湖一带为汉高祖刘邦和他的大臣张良、周勃、樊哙、曹参、萧何等人的发迹之地。就在张良墓的西北角，至今还幸存着当年樊哙斩龟煮狗肉的遗址。传说樊哙是个卖狗肉的，他的好友刘邦家境贫穷，天天到樊哙那里去要狗肉吃，一顿就是两三斤，从来不付一个铜板。时间长了，樊哙的生意有些不济。他很生气，却奈何不得刘邦，便悄悄地来到微山岛上摆摊子卖狗肉。谁知两天不到，刘邦闻风赶来，吃了狗肉，擦了擦嘴，扬长而去。樊哙很疑惑：刘邦分文没有，谁渡他过的河呢？后来，他得知刘邦每次过河都是一只大乌龟驮送，不禁心生一计。一天，樊哙假惺惺地到微山岛边上接刘邦，只见刘邦飞骑着乌龟过河哩！气得他两眼冒火，趁刘邦不注意，抡起卖狗肉用的刀子宰了乌龟，放进狗肉锅里煮了起来，以解心头之恨。刘邦看到了，勃然大怒，夺过樊哙那把刀子扔到河里去了。狗肉锅里放了乌龟肉之后，狗肉更加鲜美无比，风味独特，樊哙的狗肉名气更大了。据说如今卖狗肉不用刀子割而用手撕，沛县的名菜“龟汁狗肉”就是由此而来的。

听到最后，我不由笑了起来。笑后，我转而又想，在我的祖国哪一处没有动人的传说和美丽的故事呢？我夺过老艄公手中的桨，有力地向微山岛划去。

这时，太阳已升高了。漾漾荡荡的微山湖一望无边。湖水莹绿，菱角叶在水面上晃晃荡荡，打着漂，像绿色的星，莲叶懒洋洋地晒着太阳，在湖上的野鸭子，呷呷叫着，拍打着翅膀，恋恋地拍着湖面，一些打渔归来的小船吱吱呀呀地打着桨，还有一些运输船，响着均匀的棹声，一条跟着一条，牵成线，摇进苇草丛中一条条水道里去了……

64 登临龙门兮思悠悠

濒临滇池西岸的西山，是一个丛林覆盖的森林公园。它由高绕山、华亭山、太华山、罗汉山组成。这里，古刹殿宇相间掩映于茂林修竹深处。峰峦起伏，林壑优美，景色壮丽，而其中罗汉山从三清阁到龙门的景色更佳。明代名士杨升庵就赞誉它“苍涯万丈，绿水千寻，月印澄波，云横绝顶，滇中一佳境也。”所以，这天我们从昆明来到西山公园，既没有先去看殿宇巍峨、气势磅礴的华亭山上的华亭寺，也没有先去看亭阁峻秀、长廊环绕的太华山上的太华寺，而径直奔向罗汉山上的三清阁。

三清阁峭拔挺立于滇池之畔的罗汉山的绝壁上，层楼叠宇，俨如空中楼阁。斯处有联赞曰：“时出云烟铺下界，夜来钟声彻诸天。”、“浮光耀金静影沉璧，层峦耸翠飞阁流丹”。更有一长联可谓写得景真、境真、情真、意真：“半壁起危楼，岭如屏，海如镜，舟如叶，城廓村落如画，况四时风月，朝暮晴阴，试问古今游人，谁领略万千气象；九秋临绝顶，洞有云，崖有泉，松有涛，花鸟林壑有情，忆八载星霜，关河奔走，难得栖迟故里，来啸傲金碧湖山。”

由三清阁，上登龙门，通过“别有洞天”的岩隙石门而上，再经“径折路转”的石道到“云海”、“石林”的石洞，经石室通过“空中走廊”石隧道，路过雕有观音像座的“慈云洞”，到了“云华洞”。一路上全是沿着笔陡的山崖上登，一边层峦耸翠，一边下临无底，千寻危蹬，盘于花霭，绝壁行人，俯瞰积波。

云华洞景色又异。有人这样留诗赞曰：“……悬壁幽壑影晶莹，攀藤绕石上翠楼；山光倒影日过午，层峰叠嶂泻碧湫；萧然爽籁从东来，幽自苍苍水道悠；岩云倒捲湖间水，婆娑雨势满天游；飞阁岑厢翅层转，石苍苔阶曲曲幽……”它，绝壁凌空，直插悠溟，云波入牖；下临滇池，浩浩荡荡，潋滟辉金。

滇海波平鬟镜清漪真可鑑，西山雨齐龙门缥渺总凭登。由云华洞，我们继续向龙门攀登。我们先看了文魁星像，然后看的龙门。龙门极为壮观。它建有牌坊，刻有“龙门”横额。“仰笑宛离天尺五，凭临恰在水中央。”从龙门俯瞰五百里滇池，浩瀚无际，山湖遥眺，相映成趣。人们誉它为“高原明珠”，实在无愧。我们来到的这一天，风和日丽，滇池水波不兴，情调极为柔和，显出一种静态美；据说一旦风起云涌则波涛汹涌，浪峰连天，鸥鸟惊飞，又有大海的咆哮相。

我们陶醉于西山龙门美景的同时，都为古人坚持用铁锤和钢凿完成这样无与伦比的工程而敬佩、而惊叹。据说，从山脚下的龙门村标起，倚山凿壁，扶摇而上，直到达天阁，全长有一千三百余级的高度！前后用了七十三年的时间。这使我们看到一种龙门风景创造者的韧性美；而这种韧性美比这种风景美更甚，因有了这韧性美才创造出这风景美。

此时此刻，我好似听到从历史的深处传来开山凿石的铁锤叮当声。我好像看见开凿这山岩的石匠汗流如雨的身影，有挥锤击岩迸射出的灼灼火星。寒来暑往，年年月月，他总是默默地蹲在山腰，一手握钎，一手抡锤，一起一落，敲凿山石。那声音，时轻时重，时缓时急，抑扬顿挫，节奏鲜明。这无路可走的悬崖峭壁，在他的脚下，在他的锤下和凿下，终究成为曲曲折折如梯似线的石阶小道。

据说，这韧性美的代表者叫吴来清。他家八代祖传的手艺是细石工，雕出的飞鸟、走兽、神仙、鬼怪、喊会应，拉会动，和真的比，只差不吃五谷杂粮。他曾与家乡村头一个生得很俊俏的姑娘恋爱，结果，大户人家硬拉这位姑娘去做妾，这位姑娘不愿蒙受屈辱而死。吴来清告不赢，打不过，想死好几回，就是觉得手艺不能丢。于是，他才立志在西山峭壁上开出人间仙境。就这样，一年，二年，三年，十年……一生，带着他的徒弟，把炽烈的恋情，献给了这艰苦卓绝的工程。不知凿断了几千根凿子，使坏了几万把锤子，硬是靠双手凿出了石室、隧道、雕像、龙门。爱情之伟大就在于其动力，可创造一切奇迹。

令人千古惋惜，万世敬仰的是这位艺术家美的一生中的最后一瞬。那就是西山工程已经完成，剩的最后的工程即文魁星雕像从岩石上脱颖而出的时候。这个时候，岁月已经在他光洁的额上镂刻了深深的皱纹，秋霜和山石的粉末也已经在他乌亮的发上重重地染上了晶亮的银色，他已成了身躯佝偻的老人了。可是，他对艺术的追求却更加强烈、执著。有一天，璀璨的阳光，照耀着罗汉峰悬岩陡壁上这一片刀斧砍削出来的美的幻景，只待他那最后的一凿，奇景便告完成。可是万万没有料到，文魁星手上握着的笔头，就在这最后的一刻断掉了，嘣的一声，就如同斩断了石匠心中那维系生命之绳。他为之付出了毕生心血的劳动，永远再也不能完成了！于是，他跌脚捶胸哭了起来，哭着，哭着，他“咚”地跺一下脚，大吼一声，不等徒弟拉着他，就朝龙门外一纵，跳下了万仞龙门。

听到这个故事，我的心久久不能平静。殉国者、殉道者的故事曾听过不少，殉于艺术者却绝少听说过。可是艺术家的艺术就是艺术家的生命，艺术家的生存、生活、行为都是以艺术为轴心的。艺术就是生命，艺术胜于生命，没有艺术就没有生命。生命轻如鸿毛，艺术才重如泰山；失去生命微不足道，失去艺术才遗恨千古。

“叮叮，叮叮，叮叮……”走下了龙门，离开了西山，我似乎还在听到一种动听悦耳，深深叩击人们心灵的声音……

65 腾飞在旅途

从北京乘火车去成都，沿途在几个城市下车游览景点，这是一种很好的旅游方式。这一回是我平生第二次参加有着六十余人的团体出游的活动。记得上回是由中央统战部安排前往井冈山，全团也是近六十人。这样的机会十分难得。此次车程共计十六个小时，同学间、师生间的感情在这期间疯长。大家你帮我让、亲切交流，那种享受友谊的感觉真好。看来，不乘飞机乘火车倒是培养团体内成员之间情感的一个不错的途径。

第一站是一个叫做大足的景点。这里除了葱茏的林木就到处是石刻。在几块石刻前，导游按照上面的内容讲解了人一生的善恶苦乐，我深受启发。紧跟着又是连续的赶路，历经六个小时。有几个小时车在蜿蜒崎岖的山路上颠簸，我几次控制不住晕车，几乎要呕吐，好歹坚持到了目的地赤水。这个以“四渡赤水”闻名的城市，与重庆地界仅一桥之隔，坐落在河畔，依河延伸而成带状。河边的路灯，像两条长龙伸向看不到尽头的远方，淹没在万家灯火之中。一天的旅行之后，我已是疲惫不堪，但是这万家灯火的灵动又让我恢复了活力，而赤水市市长的热情款待，更让我把一天的疲劳统统遗忘在盛宴和歌舞中。

晚会结束时，天空飘起了雨丝，似乎是我们感动于赤水市政府周到的照顾而流下的泪水。因了旅途的辛累，因了赤水的清怡，我沉沉地睡去。充足的睡眠让我在第二天攀登燕子岩时有了充分的发挥。站在燕子岩上看着满山的竹子，我雀跃不止。生平最最酷爱的就是竹子，每回站立在挺拔秀丽的竹子面前，我的心都仿佛在经受一次洗礼。人们在生命的旅途中，总是遇到许许多多的困难和诱惑，可是有几人能如竹子这般高风亮节纯朴清廉？我还是第一次见到有着如此高度的竹子，我倚在她们的身旁，嵌在她们中间抬头仰望，以自己一米六的身高估摸，她们应该有三十多米高。看着她们郁郁葱葱的样子，我祝愿她们将一直茁壮地生长，以自己的高风亮节永远挺立深山。但愿没有侵略者，没有刽子手伸向她们，她们能够自由安宁地相亲相爱，生养她们的一堆堆孩儿，做生生世世的孩子和父母。

竹林中有一条山涧蜿蜒曲折、滚滚不息地奔流着，经过险滩和乱石，分散又汇聚，最终万众一心、以千钧之力，纵身跳下悬崖。她那飞落的身姿就像一匹白白的宽宽的绸缎，飘逸、灵动、丰盈。飞瀑溅起千千万万晶莹的水珠，颗颗宛如玲珑剔透的钻石。我久久地伫立在飞瀑前，静默着，心中泛起让她纯洁美化我的容颜、令我重获青春年少的强烈欲望。

除了修竹外，还有一样珍稀植物，那就是有着上亿年历史的桫椤。听说她是恐龙的食物，然而时至今日，在这里依然四处可见。从悬崖上乘电梯凌空而下，可以看见一座山峰，山峰有一处呈拱桥状，中间开了个拱门，透过门去，有座错落的庭院，听说是当年张艺谋拍摄《满城尽带黄金甲》的景地。

前有天坑，自然后有地峡。由山坡进入石窟，屈身而行，从一条人工开凿的通道下去，眼前豁然开朗。地峡中溪水长流，瀑布飞溅。洞体钟乳密布，奇形怪状，有的似大象，有的似牛羊，有的似人的模样，交错构成一幅解不透看不清的石画。走过了天坑和地缝，我似乎心也丢了，丢在了清凉的天泉下，丢在了绵延的群峰间，丢在了坚硬的石缝中……我坐在山峰口的木椅上，心空荡荡的，无处安放，似乎刚与心爱的人走失了。得知次日在重庆市里观光，我鼓足勇气向院方告假，以便实现在成都会面之愿。老师批准了，但要求我当晚必须归队。

在重庆，我们住在临江的恺瑞酒店。酒店与江对面两座金碧辉煌、有着尖顶的大楼遥遥相望。我快速填饱了肚子，偷偷离席。我必须找机会先去洗头，以便明日有个好形象会见新老朋友。发廊师傅就像个初恋情人，轻柔地为我撩开发线，温柔地与我搭话，听到我的口音就问我是否浙江人。他说他在台州呆过多年。我一听，马上找到了乡音的感觉，就像是回到了亲人面前一般感到亲切。果真是商家，他很懂得客人的心思，几番甜言蜜语地建议我将卷发拉直，以便多赚些劳务费。我是个软耳根，明知自己直发不好看，却经不住年青小伙子的几番好言劝说，再加上乡情，便同意由他侍弄。做完后，感觉自己像极了当年的村姑。事已至此，拉直容易修复难，我总不能马上再烫回卷发，便快快地离开，口中依然不忘一声道谢，至少他也是希望我弄得漂亮些吧。

此际丁老师催稿，我是在大巴上完成的一千余字，当时发了一小节给他，他马上要我尽快完稿编发。大街上，徘徊了好久，找不到网吧，我只好步入一家房产中介。店中仅一位小伙，我用低分贝的声音说话，使语气轻柔些，以达到让对方怜香惜玉，成全帮忙的目的。不出所料，对方果然满口仗义，拒绝我酬谢。我一边打字，一边问小伙几点关门，他说 9 点。可是时间已经超过 9 点了，我急急打好文稿匆匆发过去，向小伙道谢告辞。一个人，想打的去解放碑与几位同学会合，却无空车，于是一路行一路问。有个好心的男孩，嘱我别单独夜行，还是等等的士安全。我对他的关心点点头，又大踏步向前，没走几步，却回首暗暗祝他好人平安。去过上海的南京路，走过广州的北京路，行过南京的新街口，都是步行街。想不到，重庆的步行街就在一座高高的烈士墓碑周围。我对着墓碑深鞠躬，心想，这繁华的城市便是你们生前冒着枪林弹雨用生命换来的，如今，让你们的灵魂回来享受这平安美好的盛世吧！

这一夜，心情始终激动不已。身为政府官员的朋友林，午夜还传来他热切的问候，并且说已定在青羊宫为我接风。我告知他由琴台文艺的张主编来接车，他便嘱我请张一同用餐。张曾是青年文学的主编，去年曾给我发过文章。虽未谋面，却从平日交流中得知他乃一侠士。果然如此，远远地，我与他一边用手机通着电话，一边循声觅去，我们在同一时间见到对方确定对方，远远地，伸手相握。他笑声爽朗、言语亲切，完全一位邻家哥哥模样。他因为学车后刚开了不长时间，特请一位好友代驾。上了崭新的奥迪，张编的电话就响起来，说是他朋友问我要身份证号码。我愕然！原来他早已为我打听了机票，他要我由成都直飞北京。我冒昧地恳求他先挂断电话，然后取出返程车票给他看，再三说明务必及时归队的理由。他说今天推掉了所有安排，专程一心一意地作陪。对他的盛情，我一时找不出合适的言词致谢。

汽车缓缓驶在车水马龙的大街上，他不停地指指点点详细介绍经过的景点。青羊宫乃川西第一观，重叠飞檐，宏伟庄严，宫内香烟缭绕，磬声悠扬，宫外树木繁茂，百花争妍，流光溢彩，人如潮涌，热闹非凡。隔一道院墙，又是另一番景象：幽径通幽、灯笼高悬、宁静淡雅。在这里对友品茶，一定是人生的至高享受。大家陆续到齐，我一边用怡霖的身份将新朋友介绍给我的旧朋友，一边用婷筠的身份将旧朋友介绍给新朋友。我感觉像极了两面人，我不知道该用婷筠的身份去适应怡霖，还是用怡霖的身份适应婷筠，总之我必须在人前承受两个身份的拉扯，有时必须以婷筠的身份出现，而有时又必须认可怡霖的身份，这真是件无可奈何的事。

酒真是好东西，一杯饮下去，新交顷刻成了旧知。一群知友，从青羊宫喝到快乐火锅城，从陌生喝到手牵手。四个男士九个女士，真是寡不敌众，男人居然先喝趴下了，口中却依然狂语："来，谁怕谁呀？给我倒酒。"呜呼！林在半席中又奔向另外一个宴会——这个拥有一米八三身高的男子，他的深情与身高相同。当年，我们初会成都时，他正好患病住院刚刚出来，但依然坚持到双流机场接我，又坚持深夜陪我吃最喜爱的火锅，只是不曾陪我游峨嵋山，以致他多年来一直歉疚不已。此番相见畅饮，终于如释重负。

回程时间在即，他说一定要相送，我当即拒绝了。一则每个人都喝酒了，不能驾车，二则他正在应酬中又如何脱身。我与一对同时赴重庆的恋人打的结伴而去。青年作家杂志的编辑银莲姐姐，有着模特的身材，一见如故，非得相送。半途，林说已在火车站进口处一辆警车上等候。九点的火车，我们到达车站已是八点四十，我四处寻找不见他的身影，正当要进检票口，就见林从广场一角跌跌撞撞地狂奔而来，他那高大的身子在霓虹下显得尤为瞩目。时间紧迫，我也一路急奔过去与他握手道别。我托付他，将银莲安全送回家，实则是托付银莲照顾醉意中的他。我们一遍又一遍握手，终于刻不容缓，我与同伴三人经检票口又经安检直冲二楼候车室。就在我们快要行至检票口时，却又猛然望见他与银莲出现在我们跟前。天呐，我们三人异口同声惊呼，我不知道以怎样的方式感谢他们。那刻，他深深拥住我，拍打着我肩臂，一声珍重，我的心里溢满了泪语，久久不能自已！

回重庆车上，我打出了六百余字，却在手机无电自动停机时消失得无影无踪。车至终点，昏昏欲倒的春儿妹妹依然不明白自己打哪来上哪去。我们共同称她为成都的西西，因为她们是同一角色的人，有着同一的情怀与义气。就因为厦门的平儿，从而让我结交了一群又一群的知友……

66 莫愁湖边走

“莫愁湖边走啊，春光满枝头。花儿含羞笑，碧水也温柔……莫愁湖边走啊，秋夜月当头。欢鼓伴短笛，笑语满湖流……”

一首优美的歌曲引动了多少人的情思！也许是到了莫愁湖的缘故，人们更容易触景而生情吧，这歌声，在湖面、在岸边、在丛林中、在亭榭旁，到处飘扬。

我去莫愁湖的那天，正是阵雨过后的上午，艳阳照耀着湖山，一切都显得清晰明丽。辽阔的湖面上，满眼都是碧绿的荷叶，像亭亭的舞女的裙子。叶上滚动着颗颗珍珠般的水滴，叶子中心点缀着许多粉红的、洁白的莲花，有的袅娜地开着，有的打着朵儿，还有一个个碗口大的莲蓬。微风吹过，送来缕缕清香。抬头远望，湖的对面，郁郁葱葱，叠翠繁茂的是清凉山；巍巍屹立、老耄苍古的是石头城。青烟薄雾之中，远山近湖，云影飘忽，再伴随那甜蜜、愉快的莫愁的歌声，把人引进了发痴的醉乡。

我沿着湖岸的林荫小道边走边想，人们为何如此痴迷这首歌呢？

是这首歌词曲的优美？是《莫愁女》戏剧带给人遐思的缘故？是，又不全是。主要的恐怕就在于发生在莫愁湖畔的莫愁的真实故事引起的。戏剧影片上的《莫愁》被作者写成了林黛玉第二了。而历史上的莫愁女与林黛玉的性格、家世、经历都是不一样的。她有许多别于林黛玉的闪光的地方。可惜作者没有围绕原型去生发。也许是几个时髦的原因，才促使作者这样写。

我在莫愁湖郁金堂两侧赏荷厅，看到了历史上真实的莫愁女。据说古代的莫愁女就住在这里，故人们在这里为莫愁女制一尊塑像。她青丝高挽，眉宇灵秀，智慧的双眸凝视着倒映在水中的湖光山色。她神情平静，身姿飘逸，是那般的圣洁，仿佛披着朝霞，裹着彩云。看后，我暗暗惊叹雕塑者对莫愁女形神的高超表现力。

这里的碑上镌诗曰："河中之水向东流，洛阳女儿名莫愁，莫愁十三能织绮，十四采桑南陌头，十五嫁为卢家妇，十六生儿字阿侯……相传，莫愁女是五代宋齐年间洛阳人。她勤劳、善良、聪颖、美丽，但家境贫寒。父母因盼望爱女日后不再为生活的艰辛而担忧，才给他取名叫莫愁。在莫愁长到十四、五岁的时候，她的父亲不幸去世了。上无片瓦，下无立足之地的莫愁，为了尽孝，只好卖身葬父，辞别故里，远嫁建邺（今南京）。尽管夫家很富足，但莫愁却象一株清莲出于污泥而不染一样，从不因衣食丰足使婢唤奴养尊处优，没有忘记自己先前贫苦的身世。婚后一年，他的小宝宝出世了。就在这时胡人北犯，狼烟四起，田园社稷，面临倾覆。莫愁深明大义，毅然送夫从戎，鼓励夫君驰骋疆场，保卫国家。而自己则弱女孤婴，相依度日，等待丈夫平定边关，重新团聚。

在那北疆战事紧张、音书断绝的日子里，她背倚南窗，挑灯劳作，忧国思夫，怀念家乡。年复一年，莫愁哪得不愁啊。可她把满腹愁绪深深埋在心底，热心公益，扶老济贫。她冒着急雨，把攀崖撷来的草药送给邻居老阿婆，阿婆眼角的细纹像在秋光中抖开的菊瓣，脸上露出欣慰的笑容。她顶着风雪，把自己积蓄的钱物送给伶仃孤儿，孤儿那蜡黄的小脸儿立刻现出两个甜甜的笑窝……

而那个爱财如命，心狠如蝎的公公卢员外，却因此而丧尽天良地诬陷莫愁是趁夫君不在而作了不轨之事。并逐莫愁出卢府。莫愁含怨莫名，孑然一身何处存身呀！

郁金堂烛光幽暗，伴着莫愁和她小儿的孤苦身影。时间啊，怎么这么慢！夫君啊，何时才能归！在封建的社会中女子一旦背上了行为不轨的名声，到哪里都会遭到人们白眼。当时的环境折磨着她、摧残着她，她跳到黄河也洗不清呀！

一天，朔风悲凄，天地无光，好似在控诉着人世的不平。莫愁眷恋地吻着儿子，情深意长地望着郁金堂的一切。突然，两眼射出愤世嫉俗的光。造物主啊，你为什么这样善恶不分！人间世啊，你为什么又有诸多不平！莫愁宁愿葬身于绿水芙蓉之间，也决不委身屈膝于那恶势之下。站在湖边，她沉默良久，终于跳入了清波之中。湖水激起一片涟漪，风儿呜呜送来悲泣。莫愁去了，莫愁是含着恨去的，是带着对人间丑恶的不共戴天之仇去的！

这动人传说，使我意往神飞，反复沉吟，不能自已。微风轻轻地吹皱一池碧水。我久久的在湖畔徘徊，久久的在塑像前凝眸、沉思："莫愁啊莫愁，是非千秋，世人自有薄厚。"在那昏暗无道的年代，在那女子没有任何权利的时代，你把个人的忧愁隐在心底，时刻想着社稷的存亡，民众的苦难，“先天下之忧而忧”，“后天下之乐而乐”，其精神可与山河共存，与日月同辉。想到这里，我又恍惚见得那莫愁女的玉雕在凝神远眺，她盼望战乱早日结束，国家疆土早日归整，夫君早日回家。你那顾盼的秋波莫不是在为我中华至今尚有宝岛未归而忧？是啊，昔日你送夫君驰骋疆场御外患，今日你岂能对祖国被分割而心甘？

忽然，从亭西月洞门外传来声声徐缓的歌吟。它不似进行曲的雄壮，也不似少儿歌曲的清脆，它委婉中揉着深情，忽高忽低，或抑或扬，轻时如缕缕清风飘过耳际，重时似咚咚泉水耳边流溢。啊！这莫不是莫愁女的歌吟吗?！她没有离去啊！一群姑娘过来了。她们跳呀、唱呀，是那么欢乐、愉快。这更使人觉得，莫愁女在湖上的无数妙龄女子之中。望湖上烟水苍茫，白衣倒影，缘荷凌波出浴，满目春光，她呀，在人们中笑出了声。看着眼前这些幸福的游人，听着这青年男女清脆甜蜜的笑声、歌声，我脸上绽出了由衷的笑容。

留个影吧，摄下莫愁女美丽的姿容，感受莫愁女豁朗的胸怀，敬仰莫愁女高尚的品德，寄托子孙万代对莫愁女缕缕缠绵的幽思。摄下莫愁女豁朗的胸怀，摄下莫愁女高尚的品德，也摄下子孙万代对莫愁女缕缕缠绵的幽思。

我要离去了。在我向莫愁女投下最后深情的一瞥时，心里默默祝愿，祝愿蓝天永远在湖面上，太阳永远在蓝天上，莫愁女再莫忧愁。

67 翠效之旅

翠花、翠竹、翠玉，翠娇欲滴。单单一个翠字，便可幻化出许许多多赏心悦目的景色与事物来；而效，则更是所有蜗居在繁华都市中的人们所向往的去处。当这两个字组合在一起，成为翠效这个镇名时，它就代表着一个令人神往的圣地了。

生命中总是出现意想不到的惊讶与精彩，我每天都庆幸自己如此安康，能够享受生活的丰富与精彩。浪漫的茶会、狂奔的逛街、激昂的欢歌——昨天短短的一个晚上，我们经历的这一系列丰富多彩的活动，将令我铭记一生，忆恋一生。活动之后，虽然所剩睡眠时间极短，但我还是在清晨六时就“自然醒”了。

大家满怀着不亚于少年时代的热忱，陆续雀跃地集合在学院大厅。汽车把我们送到福州南站，在绰约的晨曦中我们上了火车，开始了一天的美好旅程。列车飞驰一个小时，到了福鼎。当我们个个拖着行李走出站口时，遇见了笑脸相迎的当地几位领导。其中一位高大俊逸的男子一见我拖着沉重的箱子，便急忙前来拉住箱柄。我不由问了一声："您是镇长吗？"他哈哈一笑："镇长是美女，我是纪委书记。"我一惊道："真是荣幸，书记给我拖箱子。"原来此人就是大名鼎鼎、正直廉洁的王纯华书记。他的健步、他的洒脱、他的亲切，显露出他为人处事的乐观与热忱。果然，福鼎的水土育得俊男靓女，美女镇长丁一芸在八尺门高速出口迎候我们。汽车途经一个石材基地，道路两旁处处是成品石材和巨大的岩石。机声轰鸣，一辆辆载满大理石的货车缓缓行过，让我不由猜想每一车的价值。

车子行进于盘山窄道。道边有一条清澈的小溪，溪岸竹林葱翠，野草奇花随风摇曳，冬日如春阳般和煦，令草木盎然。经过颠簸和盘旋，我们终于到达了一处叫做翠效居的古民居。翠效居位于太姥山西北侧白琳镇的一个村庄，是昔日庄主吴氏的私宅，始建于清乾隆10年(1745年)，占地面积1.4万平方米，建筑面积5000平方米。整体布局以3个三进合院为主体，由6个大厅、12个小厅、24个开井、192间房、360根木柱组合而成。建筑风格为三合回笼，中四放，既有皇家宫殿建筑的恢弘气势，又结合江南民宅精雕细刻的特色，是江南地区所发现的单体建筑面积最大、保存最完好的古民居。翠效居美仑美奂，而尤其令人叹为观止的是，古民居的木雕饰品工艺讲究，题材广泛，内涵丰富，各有典故。古民居历时十三年建得，其诱人之处在于深厚的民居文化：它将儒家文化的严谨秩序、道家文化的天然选择和佛家文化的空灵境界合而为一，又综合体现了南北建筑的精华，保存了弥足珍贵的文物，还留下了许多动人的传说，不愧是一处集观光、娱乐、休闲、考古研究于一体的新兴旅游景点。

一日之内，活动丰富多彩。我们登茶山，赏脂松，参加篝火盛会。

最让人惊奇的是，生于浙、长于浙的李处长竟能将京剧演唱得字正腔圆、声气酣畅、韵味醇厚。是夜，一行三十余人下榻名曰“九鲤溪”的豪华宾馆。当私下得知我们每人单住一间豪华客房，而纪委书记和同行作陪的几个镇领导却三人挤住一间时，我为他们的人品大为震撼！

次晨，睡梦中惊闻一声鸡啼，一看时间，6 点 1 刻。轻轻开启窗帘，只见云雾朦胧，似雨未雨，我忍不住快速洗漱，然后跑到宾馆四周转悠。

门前的溪流，因为冬日缺水，裸露着岩石。那些林林总总、大大小小、圆圆润润、零零落落的石子，似乎干渴地张着嘴唇，在期待上苍的恩赐。或者，它们是在期盼哪位游人经过，能够受到垂青，被信手拾起，因而幸运地随着游人从山溪来到都市，被摆放在华贵的红木柜橱里，与琉璃水晶为伴，成为主人每日观赏的宝物。若是主人的朋友刚好来自异国，刚好又看上了这块石头，主人又舍得相送，那么这块石头就能够漂洋过海，奔赴更远的地方。更或者，那朋友又恰巧善于雕刻，经过反复的琢磨和数日的辛劳，竟然把原本只是属于山溪的那么平常、那么平凡、那么不起眼的一块石头，变成了一颗耀眼的明珠。可见，只要世上有人，有有心之人，那么任何人间奇迹都是可能发生的。

早餐后，我们步行 5 分钟，就来到了九鲤溪峡谷运动园。我因为有恐高症，一看运动项目中有“高空溜索”等，就要打退堂鼓。可是，镇长与书记千般鼓动，万般怂恿，坚决要我参加。不得已，我穿戴好装备，像个伐木工人，又像个建筑工人，与浩浩荡荡的一行人齐步前进。首先走过“缅甸桥”，然后“飞檐走壁”和“抽板过河”。这些还能接受，轮到“搭索过涧”就不行了。当负责的工作人员用绳索把我的身体捆绑到钢丝上时，我的心加速跳动，哆哆嗦嗦浑身发颤。就像当年自己临产时哭喊着对医生说“我不生了，我不生了”一样，我几度恳求工作人员把索解开，但他们却几度拒绝我的要求。王书记“狠心地”一把将我推离悬岸时，我吓得双眼紧闭，近乎拼命地哭喊。待到停靠对岸时，我早已魂不附体，双腿疲软，一屁股昏倒在地。大家纷纷递来纸巾，拍打我的肩臂，这不由让我倍觉温暖，恐惧感也就渐渐消失了。到了“携手并进”项目时，我又犯惧了。书记伸出他坚实的手臂轻柔地说：“不要怕，你搭着我的肩慢慢移动，不要去看水面。”我小心翼翼颤颤巍巍地移步到细细的钢绳上，书记将我身上的安全索钩在头上的钢索上，然后我将双手搭在他的肩头，一寸一寸移动。由于我把全身的力量都用在对方身上，等移到溪岸时，书记已经累得大汗淋漓。我连连致歉致谢，书记却一边挥汗一边道：“扶着美女作家过河才是我最庆幸的美事呢！”

接下去的“浮桩桥”和“荡绳过河”等，我就毫不畏惧了。由于小时练得一身轻灵，这些不是高空的项目就成为小儿科了。只是在最后“高空溜索”时，开始我还是惶惶然。李处长与王书记两位对我特殊照顾，让我坐在中间，两位重量级的保镖为我倍添安全感。在被抛出的一瞬，我打了个颤，随后就能够平静地睁开双眼，看山青青，水碧碧，在高空悠悠飞舞了。此刻，在幻觉中，自己成为了金庸笔下天马行空飞檐走壁的飞雕侠侣，一个千古名句也顿时在脑海浮现：问世间情为何物，直教人生死相许。

连日晴好，分别之际却先是一阵疾风骤雨，然后雾雨霏霏。黄昏作别临细雨，上苍知怜有情人。与主人作别，难舍难弃，我只觉得缠缠绵绵的雨丝，漫延我的全身…

68 越秀晚唱

夕阳西下了，我像是怕赶不上什么隆重的典礼似的，急急忙忙地往越秀山攀登，而且攀登一会儿就一回头，生怕就在这攀登的当儿，落日西没，晚霞失掉光彩。

越秀山，坐落在广州市正中心到越秀区。这一看便让人喜爱到字眼，她的气韵非同一般。山园虽然不大，却丰姿多采，虽然不高，却气势不凡，虽近闹市，则明净清幽。尤其经夕阳一照，更显得金碧交辉、绚丽多彩了。

山上嘉树异卉，配以玲珑轻巧的亭、台、楼、阁、轩、榭、廊，让人觉得是那么清丽、秀美。听说这山上的花木不是一时大红大绿、繁花似锦，则是四时如春。春有红绵、杜鹃，夏有山丹、金凤，秋有含笑、丹桂，冬有腊梅、水仙。它们生长在绿树丛中，红绿相伴，使整个越秀既灿烂又明丽又清幽。

越秀山的树不老、不多、不大，但浓郁、青葱、稠密。远看，那林壑深处的山色，绿浓深翠，碧淡浅青。山峦叠翠，绿涛波涌。显得妩媚、俊逸、清秀、富有生机。近看，这绿色，遮盖了山岗上的整个天空，覆盖了山谷里的整个地面，显得绿幽幽、碧沉沉的。

这花、这树、这建筑，经傍晚的日光斜射，好像被洒了一层薄朦朦的金辉。树儿的空隙间被阳光透射进来，就像一支支闪光的清秀的长剑。

我沿着湖滨路走去。那儿有傍山而立、面湖而开的花卉馆。里面书画鱼花，琳琅满目。花儿，金色的、淡黄的、火红的、素雅的，争相斗妍。十分有趣的是那一缸缸的观赏鱼，那一团火也似的绒球，那鳍如白带、身如红球的珠鳞，那飘舞着长长的须鳍、身着斑斓的五彩长尾神仙，都在飘曳着水草的水里浮游……

天色不早，不能在此耽误太多。我匆匆走出花卉馆，去看风光旖旎的北秀湖。这儿的水非常秀气，好像有神有灵一般。它的清亮使人想到美貌男子眼睛里炯炯之神，它的柔媚样儿又使人想到俏丽姑娘眼睛里的脉脉之情。树的枝叶吻着湖边的碧波。鱼群儿跃上翔下。小船儿在湖上轻轻荡漾。青山影映入湖中。晚霞喷向天空，映进水里。这一切构成了一幅多么绚丽的图画！我望着那桨叶泛起的一个个小涡，看到舟上的姑娘们的欢快表情，仿佛满湖都漂起了轻盈的笑靥。我由衷地赞美，这绿色的湖哟，你甜美的女孩，你是俊朗的男儿！

来到五羊石像下的时候，夕阳已匆匆下坠了。那五只羊栩栩如生。大的那只嘴含谷穗，昂首对着苍穹；其余四只，有的低头啃草，有的偎依饮乳，有的回首顾盼。相传周夷王的时候，南海有衣各一色的五位仙人，每人骑着不同颜色的一只羊来到广州。他们赠给百姓五茎谷穗，并且祝福说："愿此阛阓，永无荒饥。"言毕腾空而去，羊化为石。

日轮将坠，金辉横照，越秀山顶的镇海楼，金碧重迭，真像王冠上镶嵌着一颗巨大的宝石，十分奇特壮观。我就在这个时候登上了这座十四世纪明代建筑的顶层。站在这里，锦绣壮丽的五羊城尽收眼底。随着日轮西下，那广州市一幢幢高大建筑，若倾若奔，若飞若浮，若隐若现，状如潮水，势如浪涛，颇有日落乱倒群峰影之概。

突然，一道红色的霞光，像一把镶着彩珠的巨大宝剑，从西天边斜斜地射开去。倾刻间，紫光万道，云霞满天，就像一只硕大无比的孔雀，在西天空中展开了五颜六色的尾巴，绮丽非凡。晚霞映红了天空，整个羊城金影浮动，紫岚升腾，整个越秀绚丽非凡，摇曳生辉。中山纪念碑庄严肃穆，高插云霄。与越秀相连的中山纪念堂，飞檐凌空，琉璃瓦金灿碧澄。稍远，毛主席主办的农民运动讲习所旧址上古柏青青，那高擎云天的火炬，红光闪闪。远处，珠江边上大厦林立，摩天楼竟有三十二层之高。

回首一望，一副古色苍苍的对联悬挂在镇海楼两侧，在晚霞的映照下，显出醒目的金辉。上联是：万千劫此楼尚存，问谁摘斗摩霄，目空今古；下联为：五百年故侯安在，使我倚栏看剑，泪洒英雄。这楹联追怀的是谁呢？是建立镇海楼的明代永嘉侯朱亮祖，还是更早的、久已湮没了越王台的主人——汉代的赵佗？但我觉得，我们该为之热泪抛洒的，则应是高举义旗，曾攻克广州的黄巢，揭竿而起、反抗南汉暴政的张遇贤，佛山举事、与李文茂合攻广州的陈开，苦战明王朝官兵、血染珠江的黄萧养，铁马金戈、壮行义举的洪秀全，气吞山河、伟烈一生的孙中山……

这时，那夕阳已不像刚才那样金光闪灼，而是变得如胭脂初出于火，非常红艳；那天上的晚霞，有的像剪碎的鹅毛，有的像黄灿灿的金子，有的则像水晶瓶中盛着的紫葡萄。越秀山，朝西的一面则像鹦鹉的羽毛般的翠绿，朝东一面则像乌鸦背上的羽毛般青黑。

一个不留神，落日摔进了地平线下去了。它一落，那整个天空、整个羊城、整个越秀，都似乎进入到一种宁谧的境界之中了。天空由金黄、嫣红，变得淡红了。一会儿，突然天空又明亮起来，万道金光从地平线下射向宇空，霞光日彩，烘蒸郁衬，熠熠不定，煞是壮观。这或许就是所谓的"回光返照"吧！随着这种回光的消退，轻烟四起，暮云四合，羊城和越秀，都进入了缥渺朦胧之中了。

不知为什么，这时我忽然想到古人那关于落日、黄昏的咏唱。他们几乎都借落日、黄昏来发泄自己的哀伤、没落和孤独。但我想，人们是不该把落日、黄昏、颓垣，视为一种衰落的美，并把自己的伤感、没落等情绪联系到一块的。我们自然应该歌咏日出、歌咏早晨、歌咏一切刚刚开始、刚刚萌芽的新生的东西，对于一切腐朽、衰微、败落的东西，加以摒弃。落日黄昏不该和衰落划等号。试想，若无日落，何有日出。日落了那嫣红的晚霞，澄清的天空，闪烁的灯光，给人的是什么呢？是温柔、是安慰、是和平、是休息、是姿色妩媚的少女风姿、是音色宁静的轻音乐。这有什么不好呢？接下去的又是明天，又是日出，又是满天云霞。如此看来，这落日不正是向上的前奏吗？

落日早已沉落得没一点声息了，西方天际的一点嫣红也早就消逝得没一点痕迹了。广州市的所有灯光都亮了，那澄青的天空更宁静更深邃了，月亮已爬上了山头，星星撒满了天空，我带着一种悠悠不舍……

69 夜航珠江

一轮大而圆的落日，在远处的烟树彩云间慢慢地向下滚动。珠江好像披上了一件用丹霞织成的衣裳，整个水面，波光潋滟，晚霭蒸腾，显示出一派珠华宝光之色。

我在海关钟楼那清澈的钟声中，登上了夜游珠江的小艇。

落日隐没了，天色处在橙黄之中。小艇在江流上欢畅地前进，一卷卷、一簇簇浪花围绕着船头、船舷、船尾发出甜甜的絮语。那声音很是温柔、欢快、谐和、动听。我仿佛看见有人在远处等着我，等着我……

两岸的长堤盘结着翠色的龙钟的古榕，它的须根颇像老人的长须在暮霭中飘忽。那笔直的槟榔和巨伞般的蒲葵后面，隐约可见那幽暗的红墙绿瓦。花圃中那艳丽的芍药有点发紫了；那鲜红的一串红，好似一串串鞭炮，即将引燃，噼啪作响。还有些花儿隐约现着那招展的清姿和浅笑的倩影。加上两岸林立的高楼大厦，江面上的汽笛声声，和江水拍岸汩汩作响，构成了一幅明与暗、清与艳、浓与淡交错的奇妙图卷。

渐渐地，渐渐地，夜色弥漫起来。那天上的星星越来越多。它闪烁着，和岸上的灯光错落在一起。不知什么时候，月亮已悄悄地升起来了，圆圆的，正落江心。整个江面都被罩上一层白蒙蒙的月色，在这漫漫的柔波里，反射出银光万点。小的游艇增多了，还有许多叶片儿似的小舟，相互不断在江上穿梭，像竹叶青醇酒似的江水，被划出条条浪迹，宛如鲤鱼翻身时泛起的鳞光。远航的客轮和运货的大轮大都靠岸排列停泊。远远望去，恰似一艘艘威武雄壮的战舰；全是灯光通明，在夜色的迷蒙中，犹如高悬在天空里的一串串明珠。在这珠光照耀之下，水上如蜿蜒着一条光怪陆离、神奇飘渺的长长街道。

最让人赏心悦目的，还是两岸那富有魅力的灯色。南岸那疏落的灯光，在幽暗中显得飘渺、微茫、迷蒙。远远望去，像大海上明灭如丝的渔火，由于波光摇曳，便有浪涛起伏，渔火高低，时断时续的样儿，让人觉得它是那么幽远、空阔、恬淡，给人一种宁谧、憩静、舒坦的韵味，同时令人憧憬、渴求和神往。而北岸那灯火绚丽多彩如节日之夜一般。接天的大厦都给灯串鲜明地勾勒出它的轮廓。赤、橙、黄、绿、青、蓝、紫，七色俱全。有的宛如天幕飘洒的流苏；有的若同云端开放的鲜花；有的则像宝石镶嵌的冠冕；有的仿佛熠熠闪亮的珠屏；这如林的入云大厦和万盏七色灯光倒映到江里，五颜六色，绚丽多彩，游艇就恍如在琼楼玉宇间飘过。让人觉得，这岸上好似天宫，这水中又好似龙宫。我不禁想起了一段古老的传说：不知是哪个年代，有一个做买卖的阿拉伯人，带着一串毫光四射的摩尼珠来到古羊城的江边，忽然明珠飞起，跃入水中。从此，夜的珠江上就有怪异的光亮闪烁。传说自然是神奇怪诞的，但珠江之夜的珠光宝色、绰约多姿，确是真真切切。

在富于亚热带情调的南国——广州的秋夜，珠江之畔成了人们一天辛劳后休息的乐园。这里有婆娑的绿树，有幽幽的花香，还有清凉的江风。堤岸上，游人如织。或娓娓倾谈，嬉戏欢笑；或凭栏眺望，游目骋怀；或神色舒展，悠然漫步；或三五成群，席地而坐，借路灯而对弈。看到岸上人们的漫步之乐，嬉笑之乐，对弈之乐，我们游艇上的也更加欢乐了。那孩子和母亲亲昵的欢笑，小伙子和姑娘的曼妙的清歌，回旋绕绕的音乐和汽笛嘹亮的鸣唱，在一艘艘游艇上颤动、跳跃，然后袅袅地在船舷消失，飘落到笑盈盈的粼波之上。真是欢歌俏语满江笑！由此，我开始领略到生活中真正欢乐的情趣，不是孤独的，遗世的，而只能是在集体之中去获取。莽莽苍苍如蛟龙翻滚的珠江，是由西江、北江、东江等多条江河汇集而成的，而这些江河又是由无数小溪汇集而成的，若无它们那涓滴细流岂能有珠江？江亦然，人亦然！

正当我的思绪在夜的高空中翱翔腾飞的时候，一颗流星划破夜空，向前面的江心落去，原来白鹅潭到了。夜，似乎已很深沉了。但潭上的一艘艘巨轮仍在闪着亮熠熠的以及红的、黄的、绿的灯光。这色彩倒映在江中，影影绰绰地，给皓月星空下的白鹅潭罩上了一层梦也似的色彩。于是，古老的传说，像水涡似地在江上飘起。五百多年前，当农民起义军领袖黄萧养进攻广州的时候，一队队兵船开到了白鹅潭上，但白水茫茫，不辨方向。正在踌躇之际，有一对白鹅蓦然出现在这清波碧流之上，为起义军的兵船引水。使黄萧养得以率领人马迅速抵达广州城南，以迅雷不及掩耳之势围攻广州。当黄萧养失败回到江边，望着茫茫白水，前无去路，后有追兵，无可奈何的时候，那一对白鹅又在碧波之上出现，载着他飘然而去，隐没于烟迷水茫之处。

游艇出白鹅潭，顿然觉得水天是那么空阔。原来这儿是西江、北江和东江三条内河航运的枢纽，是珠江江面最宽阔的地方。此时月挂中天，天空明净得像一块蓝色的大理石，星星稀稀落落的嵌在大理石上，忽闪忽闪的像一些细碎的云母片。这里的江水却没有天空那么静穆，波纹比市区内河大得多，水流也湍急得多，在灯月交辉下，浪涌滔滔，很有一种月涌大江流的气势。只有这时我才猛然意识到我是漫游在一条历史的大河上。

珠江，是我国第四条大河。浮游其上，看它这烟波浩淼，浪涌滔滔，不由想起《珠江之歌》来：珠江啊！珠江，忆昔秦皇大略，为你开拓边疆。百代英豪崛起，为你血战强梁……是的，珠江，她流着多少英雄的热血，多少战斗的欢歌。她是中国近代革命的摇篮。一百四十多年前，震惊世界的鸦片战争就是在这儿爆发，中国近代反帝斗争的历史就是在这儿揭开。这儿有过敌人极度残酷的镇压和屠杀，然而在珠江的上空也无数次地响过胜利的雷声。在这里发生了世界史上规模最大、历时最长的一次罢工——省港大罢工，在这儿诞生了东方第一个苏维埃——广州工农民主政府；这儿还培育和产生了许多叱咤风云的将领和一代英豪，自然也出现了一些奸佞之徒……

而珠江，就是这一切的见证人，它公正地评价了这一切！缅怀逝去的英烈，回顾依稀的往事，使我们更感到肩上负的重任。我们怎样才能不愧对先人，而使明天更加美好呢？

几声嘹亮的汽笛又把我从历史的深处唤醒。此时，南风习习，月色正浓，但江岸的人已经稀疏了。伫立艇首，瞩目江流，珍珠般的憧憬，锐意进取的激情，充溢于我的心胸。

70 晨游台山寺

我伫立在巍峨峥嵘的台山，迎着飕飕的山风，望着睡态朦胧的射宝尖连绵的峰峦与茶园，俯瞰山脚下默默无言的静妙湖。

不久，霞光给锦绣的台山涂上了一层油彩，给葱郁的松竹染上了一层金光，给花草果实带来蓬蓬勃勃的生机，给每粒露珠带来了晶莹的光泽，唤醒了大地酣眠的生命。清新的空气，草木的芬芳，沁人肺腑。

我就在这样一个清晨登上了台山。

台山坐落于武义县城西南 30 余公里的云华乡境内，现云华归属柳城镇辖管，由镇向北不过十余里。这座馒头状的山峰，屈指陪我度过十余年的时光，无论我睁眼闭眼，台山总是与我脉脉相望。山上那尊高达几十米的观音像，无论阴晴雨雪，她都时时佑护天下苍生。站在 4 层楼的阳台遥望台山，直线计算相距也就千余米，而步行抵达台山脚下也不过半小时。

记不清多少回登台山了，只记得年少时春节必登台山，陪外来宾客游玩无不以台山为首选。

台山寺坐落在台山之巅，距今已有一千多年的历史，现存寺名由中国佛教协会会长赵朴初题写。据记载，早在北宋乾德年间（公元963—968年），号称伏虎禅师的高僧来台山说法，结茅安禅，骑虎募创台山寺。其虎每夜卧于寺门口大岩石上，天长日久，留下虎形迹，至今依稀可辨。抗日战争中期，宣平县战时中学和省立金华师范简师部先后迁至台山寺、静妙寺上课，成为战乱时期的清静学府。中国工笔画学会会长潘絜兹先生，就是我们本村人，他曾经在台山题字作画，为台山增添光彩。

从山脚至山巅，拾级而上，左右两侧均是万木吐翠，夹杂着漫垄碧绿的茶树，可闻莺声婉啭，可见彩蝶飞舞。这不仅让我忆及唐代钱起的茶宴："竹下忘言对紫茶，全胜羽客醉流霞。尘心洗尽兴难尽，一树蝉声片影斜。"是啊，钱起与赵莒在翠竹下茶宴怀抒，怎不浑然忘我，自觉脱离尘世了无杂念呢？登上"八仙亭"纵目远眺，顿感心胸开阔、心气舒畅。这座"八仙亭"，亭上方中央绘有蓬头垢面、袒腹跛足的铁拐李，有手摇扇子袒露大肚的汉钟离，有骑白驴的张果老，有何仙姑，有衣破蓝衫踏歌似醉的蓝采和，有吕洞宾、韩湘子以及曹国舅。

晨曦款款地驱散残雾，使眼前的山峦渐渐清晰起来。踏上百步阶山崖边的栏杆前，若你俯身一望，假如你有恐高症，准会惊呼一声。悬崖峭壁间，但见树木盘根错节，枝叶在风中婆娑。正当我惊诧此地清晨景物之际，已见山腰茶园已有许多人背着箩筐采摘茶叶。

离台山大门的右侧，状如绿伞、郁郁葱葱的桂花树，正显示出蓬勃向上的青春活力，金灿灿的花儿争相吐艳，竞放馨香。台山寺最神秘的传说要数天然池。传说这栋气势雄伟的建筑所有木料，全部出自这方池塘，于是也有人称之为聚宝池。池位虽处山顶，池水却终年不涸，水质清澈明净，游鱼碎石历历可见。

台山如同爱美的妙龄女郎，时时更换新装。她，春季嫩绿娇美，炎夏葱茏清凉，隆冬洁莹挺拔，而此刻正是夏末初秋，她的身上满是丹桂的清香。

愿众生拂去心灵的尘土，舍弃一切尘世的浮华，与旭日晚霞、行云流水、清风明月、静野幽林相伴，求得心灵的净化与升华。也愿这台山的桂花的芳香，连同台山的传统美德，飘向四方，香贯寰宇。

71 万般山水自多情

四月的北方，春意正浓，第十五届鲁迅文学院高级作家班第二次组织外出活动。

大巴车疾驰在顺平县的高速公路上。一路上，绵绵长长的杨树，傲然挺立着伟岸的身姿，从我们眼前飞逝。蔚蓝的天空下，浮云朵朵，仿如天仙姑娘在悠然漫步。远处的山峰，厚重沉稳，好像虎背熊腰的壮汉，与南方葱茏翠绿的婉约相比，给人以精力旺盛的印象，让人感受到一种别样的情怀和吸引。道旁断断续续栽有桃李，此时正是满树桃红李白之际，只见那些花儿羞答答地背依雄山峻石，恰似美女伴英雄一般。

再望去，一片片青绿的麦苗碧波荡漾，一座座错落在麦田中间如火柴盒状的平房，给旷野增加了烟火气息。那简易的房子里面，住着一家大小，日出而做，日落而息，远离城市的喧嚣。眼前这一幕幕情景，不禁又勾起我小时候的回忆。曾几何时，我就在这样的乡间牵着一头黄牛早出晚归。我的青春就在冬夏春秋更替中发芽，成长。此刻，我遥望天尽头，不知何处有深丘，我愿寻求一方净土，埋藏我所有的怅然与失落。

蔚蓝的天空下，一座座如蒸笼如馒头如城堡、形状各异的山丘陈列着，显得平静祥和；一层层绿茸茸的树木覆盖着壁崖，又是多么阴柔而又刚毅。这情景不由又让我胡思乱想起来，在心中演绎英雄与美女的传奇。

我们沿着拾级而上的盘旋山路慢慢前行。在一个峰口，一条清澈的山溪涓涓而流，漫过浮露在水面的石块，仿佛唱着动人的歌谣。一抬眼，却见一瀑布如白色绸带飘挂在悬崖峭壁，落入碧渊。这与兀立的山崖正巧形成鲜明的对照。石山如同沉稳静默的勇士，而瀑布恰似口齿伶俐的丫环。

阜平天生桥国家地质公园景区是一处以中山和亚高山地貌为特色的自然风景区，这里的岩群属于中太古界变质岩系。这里是中国地质学上有名的“阜平岩群”和“阜平运动”的命名地，距今 30 亿年左右，是全国乃至全世界为数不多露出地表的陆核之一，是地层构造中最古老的岩层之一，至今还是科学家们进行研究的重要基地。这里还是太行山脉的主峰之一，海拔 2144.5 米，冰川遗迹众多，大的瀑布有三十多处，形状各不相同，其中的天桥瀑布（海拔 1400 多米），从六十多米高处悬崖上跌入天生桥，又从天生桥中喷出，垂直百米而下，上下相连共有 180 多米的落差，瀑布后边的平台还可以容纳 100 多人。专家赞誉它是全国瀑布景观的极品。本景区的瀑布被专家定为北方最大的瀑布群。天生桥桥洞是水流长期冲刷而成，生成于 28 亿年前，它是国内目前发现的最古老的最大的变质岩天生桥。

灵动的蚂蚁伸着两条细长的触角悠雅地闲步，全然不理陌客的打扰。莫非那仙蚁便是我的前生，此处便是我前生的隐居之所吗？莫非那仙蚁是在找寻五百年前走失的仙君？一条条青藤紧紧地相互缠绕，那不正是欢愉男女的灵肉彼此依附吗？满山的荒凉，唯有几处杜鹃花盛放着娇艳的花朵，还有一颗不知名的树，正透着碧嫩的细芽。那嫩芽如杭州龙井茶叶般微小，呈三叶状，我颔首近前深嗅，一股清芬拂过鼻腺。

羁客最怕登高，登高总思乡，思乡断柔肠。驼峰险峻，壁崖陡峭，蜂飞蝶舞在花前。冰瀑如坚钢，滴滴凝风霜。我盘坐在山岭上，有一只飞虫盘旋在我头顶，它必是那多情的蚊子哥哥，有着强健的体力，直吻得我浑身痛痒。这只蚊子莫非是君的化身，痴缠着我飞舞，嗡嗡地吟唱着悦耳的歌，守护着我，不愿离去……

72 茶有铁骨柔情千百样

茶有茶缘，茶有茶道，茶有茶品。从对茶的喜好可知一个人的品性，此言不虚。然而我不善茶，虽居闽地十余载，也知有名茶铁观音金骏眉，却仍未学得细品，终是保持一贯作风——大杯饮，故实话实说，不敢论道。偶从网海拜读一文，爱不转目，大受启发，在此先抄来共赏——

明月前身，必是茶泪。否则不会那么盈盈一握即惹人爱怜。

于烦恼之中，痛苦之时，张扬抑或清高的盆火，粗暴抑或狂妄的篝火，莫不是伤心、萎靡、不振。惟茶泪，不惊慌、不卑低，纵是涟漪丛丛，也不于杯口轻溅半滴。

英雄前身，必是茶梗，否则不会轻煮豪论惹人敬佩。

在乱世里，同经沉浮，明乱暗寇，莫不胆颤弱懦，惟茶梗，于逆境中不弯不曲，纵是滚水浓汤，也不于一指杯内退缩半点。

心境袅绕，必是茶缘，惟一缘字不可求，茶缘百得一柱。

在时光消磨中或早或晚，都是错，都是过，只有那恰到的好处，心无杂念，致力一博，是境界，是可遇不可求的茶缘。

忠情贞坚，必是茶托，无怨无悔，满怀相托。

杯弃托仍旧是杯，托失杯却不被为碟，不是不想，只是不能，无法自己，遍寻不到的定位，也就无从谈及独立的渴求。

欲望前身，必为茶气，倒不失春风舞青丝的冤气，阴韵氤氲本是同室生。

仗着那点有形无形的欲望，久盘不散，不是不甘，只是不舍。

君竹二字，似是茶魂，是似不是必。君有伪，竹有虚，坦荡荡，直条条，执而不愚，韧而不傲。

所有的瘾病，不是茶魂，只是笑君竹二臣，通体灵光，不是投机，只是妙空留余味，回荡，回荡……

叹一声，清茶一杯，前世因果终是了。

这样的文字让人惊喜、激奋，更让人容易忘情其中，不能自已。茶有铁骨柔情千百样，在此得到了淋漓尽致的体现。不过，好茶其实也是需要遇上“知音”的。陆羽煎茶的传说流传很广，耐人寻味。据传，唐朝代宗皇帝李豫喜欢品茶，宫中常有些善于品茶的人供职。有一次，竟陵（今湖北天门）积公和尚被召到宫中。宫中煎茶能手，用上等茶叶煎出一碗茶，请积公品尝。积公饮了一口，便再也不尝第二口了。皇帝问他为何不饮，积公说：“我所饮之茶，都是弟子陆羽为我煎的。饮过他煎的茶后，旁人煎的就觉淡而无味了。”皇帝一听，记在心里，事后便派人四处寻找陆羽，终于在吴兴县苕溪的天杼山上找到了他，并把他召到宫中，命他煎茶。陆羽将带来的清明前采制的紫笋茶精心煎后，献给皇帝。此茶果然茶香扑鼻，茶味鲜醇，清汤绿叶，真是与众不同。皇帝连忙命他再煎一碗，让宫女送到书房给积公去品。积公接过茶碗，喝了一口，连叫好茶，于是一饮而尽。他放下茶碗后，走出书房，连喊“渐儿(陆羽的字)何在?”皇帝忙问“你怎知陆羽来了?”积公答:“我刚才饮的茶，只有他才能煎得出来，当然是到宫中来了。”

可见茶确实是需要遇上知音的。难怪后人评说，“自从陆羽生人间，人间相学事新茶。”陆羽在《茶经》里将儒、道、佛三教融入饮茶中，首创中国茶道精神，足见陆羽对中国茶文化的贡献，也足见中国茶文化之精神和品位。

言及于此，暂不说其它茶，且说我第一次涉足世界文化大师林语堂的故乡福建平和的经历。我一到那里，就立刻被引入茶乡——崎岭彭溪村。其实，与其说是被引入，不如说是寻香而来。人与人之间注定了微妙的缘，此生的我也注定了与平和有缘，与崎岭有缘。崎岭镇是白牙奇兰茶的祖地和主要生产基地。茶香是一种气，喝茶主要也是为了吸气，气清则神爽，神爽则心顺，心顺则万事万物皆美好，则眼前风景之旖旎人事之畅意自然不在话下。

崎岭茶乡海拔千米，气候温和，四季如春，周围重峦叠嶂，云雾弥漫，竹海浩瀚，松涛涌动，溪流蜿蜒，真可谓是山青水秀之仙乡、诗情画意之仙乡。茶树生长在这样的地方，足可印证天地造化之神奇。这里的山林千姿百态飘逸俊秀，这里的人们宽容仁慈，柔情万种。这里的山林风采朗朗，铁骨铮铮;这里的人们清丽素雅、强健壮硕，天生造就了勤劳、勇敢、吃苦耐劳的精神和品质，而这一切其实正是自茶品茶性的浸润得来。

茶乡的一位老学士告诉我，白牙奇兰茶乃崎岭镇的名优特产品，亦为崎岭三大绿色食品之一，现已成为崎岭山西部老区的特色经济与富民兴县的重要支柱产业。这一点毋庸置疑，眼前满山遍野的茶树就是证明。而茶树上面到处弥漫着的浓浓淡淡的雾气，那不就是茶的魂魄吗？白芽奇兰茶获得诸多荣誉故是必然，而生为于茶，生为于崎岭乡茶，又何尝不是上苍的造化呢？

茶有铁骨柔情千百样，品茶其实不只是要品味道，也不只是要品成色，还须学会品气韵和神采。倘若在这方面无一定的素养，那是不会参透品茶的奥妙与精髓的。崎岭乡山水之美迸射出独特的气韵和神采，白牙奇兰茶带着这气韵和神采，以轻灵妙曼的身姿在滚滚沸水中跳跃舞蹈，此刻人们稍一靠近，即可嗅出它的地方特色来，再缀入口中，便可化解胸中的郁结之气。这样刚柔相济的茶之气韵和神采，怎能不令人销魂而为之喝彩呢！

73 故宫，中国文化的记忆

18年前，我曾多次游览过故宫。那时我漂泊京城，每当有朋友远道而来，我自当以地主身份招待，紫禁城必游无疑。这一次，我却是以鲁迅文学院第十五届青年作家高研班的学员、一介文人的身份来参观故宫，又一次见证了意外与远去的历史的繁华和璀璨。

故宫位于北京市中心，始建于明永乐4年（1406），也称紫禁城。这里是明清两代的皇宫，曾居住过24位皇帝，建国后辟为“故宫博物院”。故宫的整个建筑金碧辉煌，庄严绚丽，被誉为世界五大宫殿之一。历史上的故宫正在离我们远去，现实中的故宫正在向我们走来，故宫，无疑已经成为中国文化的记忆。

故宫号称有房屋共计九千九百九十九间半，相传天上有房屋一万间，天子自谦，于是少了半间。我不知道这是人们自作多情替天子操心，还是当年的天子果然有此修养，又或者只是风水师迷信的结果，但这些个谜是否有答案其实并不重要，重要的是，故宫历经六百余年，依然瑰丽堂皇，影响广泛而深远。历史起伏跌宕，不断变换着节奏，变幻着色彩，博大精深的中华文明尽被浓缩于故宫。走进故宫，你会感觉到一种来自中国传统文化的震撼。世界遗产委员会给故宫这样的评价："紫禁城是中国五个多世纪以来的最高权力中心，它以园林景观和容纳了家具及工艺品的9000个房间的庞大建筑群，成为明清时代中国文明无价的历史见证。"这样的评价令人信服而敬仰。

我不由想，历史烟尘滚滚，此起彼伏，故宫经历了那么久远的年代，为何能够至今安然不动，而且不容藐视，威严犹存？到底是什么样的力量在背后支撑着？其实这样的思考远不只我有，而答案也很厚重，历史的富丽堂皇和沧海桑田尽在其中。令我不解的是，故宫仿佛是中国文化的圆心，或迷宫，谁也跳不出去，既使跳了出去，兜了一大圈以后，还是又回到了原地，回到了这个圆心、这个迷宫。

我不由想起了一个人。此人便是故宫的创建者——明成祖朱棣。世人之所以钦佩他，也就在于他能够建造出如此一座独具匠心的宫殿。回首中华几千年，历代帝王何其多，其历史功绩再大也大多是灰飞烟灭了，而明成祖朱棣仅凭一座宫殿就影响了六百年乃至更久远的未来，这其中必有独属于他而别人难于复制的博大和睿智。也或许，这并不是他的自觉，当年的他有可能只是迷恋于他的皇权，并没有意识到这样一座宫殿会赢得后人无数仰视的目光。

朱棣是朱元璋的后代。朱元璋从一介布衣变成千古一帝，本身就是历史的奇迹，然而，倘若现在请他到故宫来，我想这位朱棣的先父也定会自叹弗如的。历史会折磨人，也会让人感慨不已，哪怕你是多么了不起的大人物，也可能在故宫面前自惭形秽。这正是明成祖朱棣的独到过人之处。

故宫的建筑与现代建筑最大的不同就是木结构、琉璃瓦顶和青白石底座。整个建筑装修得金碧辉煌，庄重、典雅、大方。这样的建筑风格非常符合中国传统文化的特点，既有儒家思想，又有道家和佛家思想并融其中，因此可以被认为是熔炉式的建筑。但是，皇家极权思想的影子似乎还是笼罩了其它各家，事实证明，故宫无处不彰显帝王的威权思想和统治地位。

以太和、中和、保和三大殿为例。它们是皇帝举行朝会的地方，也就是皇帝行使权力、举行盛典的地方，称作“前朝”，也称作“金銮殿”。至于“内廷”，主要以乾清宫、交泰殿和坤宁宫为主，是“后宫”，也就是皇帝私生活和处理日常政事的地方。乾清宫的“乾”是“天”的意思，“清”是“透彻”的意思，象征国家安定，包容坦荡，充满阳刚之气。坤宁宫代表阴性，与乾清宫相呼应，表示阴阳结合，天地合璧之意。交泰殿取自《易经》，含“天地交合、康泰美满”之意。故宫的建筑是十分讲究的，也是极尽所能的，当初的建造者恨不得将整个世界全部盛装进去。它的一砖一瓦都有着皇家的威严，它的一草一木都有着某种象征意义，既体现出故宫的与众不同，又体现出中国传统文化的精粹。故宫被列入“世界遗产名录”，自是理所当然。故宫里面的楼、阁、亭、榭有玲珑别致的假山掩映其间，优雅而恬静。不过，耐人寻味的是，如今的故宫每天游客如梭，不论是桃红柳绿的春天，还是蝉鸣枝头的夏天，不论是金风爽朗的秋天，还是银装素裹的冬天，这些来自五湖四海，跨洲过洋的游客又得到了多少启示？或许，对于更多的国人来说，敬畏和信仰兼而有之，而对于许多外国游客而言，只是好奇之心更盛。那么，故宫到底又在诉说什么呢？

参观临毕，我再次回望夕阳辉映下的故宫大门。这深深的宫院啊，曾经有多少人对之无限向往，梦寐以求？它又曾经锁住了多少绝代风流？有多少人曾经渴望冲出这幽冥的天牢？历史的紫禁城中，有多少红颜消逝的女子，难忘曾经的宠爱与辉煌，唯终日与金盘银筷、玉帛绸缎为伴，枉对天上那一轮明月，凄然倾吐乡思乡愁，消磨残年。

1987 年，故宫、长城、敦煌、秦始皇陵与兵马俑作为我国最著名的四处古迹胜地，同时被列入世界文化遗产保护名录。千百年来，它们见证了中华民族光辉璀璨的历史与文明，同时寄托着无数中国人深邃悠远的怀古之情。

情乡

Chasing Dreams

74 情浓故里

殷殷乡情，切切乡音，凝结成无语独对乡山，叹一声，我的主。那稻田青青，那茶园碧碧，那峰峦叠嶂，那屋舍小桥，都是我日思夜念丢魂失魄的神。

故乡莺飞草长，故乡炊烟袅绕，故乡蝉虫鸣叫，故乡可有情郎将我日夜张望？排不尽的是溪桥樟树芳香，遣不走的是后山黄鹂歌唱，载不去的是童年梦想时光。

夏日的季风火焰般地飘袭着大地，庭院那吊满了葡萄的青藤盘缠在弯曲高低不一的栏栅，我多番梦中闻到沁人心脾的芳香，顿生垂涎欲滴的模样。那稻田菜地只只虫窜蛙跳，是我剪不断、理还乱的梦萦牵肠。那暗夜中闪烁的一只只萤火虫，曾经照亮我蜿蜒崎岖归家的路，避免了我在山谷徘徊迷失方向。

故乡的宁静让我睡的忘记一切，一看时间已近晌午。这是我二十年来首回深眠，房间的窗帘厚黑，看不见外面一丝光线。当我推开卫生间的帘儿，才知是阴云天气。不远处的天空布满了云海，云朵也仿佛沉浸在故乡的温情里，缠绵在幽山峰顶，悠游着，徘徊着，不愿扬袖离开。此时可闻及知了与昆虫悦耳的歌唱，它们的低吟浅唱是那么地肆无忌惮，它们生活在全然没有城市的汽笛声、机械声、音响喧杂声中，无以相扰。可以尽情地追情逐爱，生儿育女，享受静洁安宁。偶尔听见几只草鸡啄食喳喳叽叽，打情骂俏般的嬉戏。天井的李子树是我十多岁时下种的，如今树梢已升至二楼屋檐，触手可及枝条，如果前一个月回来，大可站在阳台垂手吃到新鲜李子。

我向来相信缘份之说，正如相信这是命中注定我平生第一回参加漂流。生活在海城多年，却不懂游泳，这委实不可思议。坦白说我也很想学，打从小就羡慕在水里自由悠游的人。却始终没有勇气，想想那深水区就够我胆颤了，因此有很多漂流机会都怯退了。

喜闻家乡刚兴建的漂流坐落于清修寺，而清修寺是我初中时代的母校，这不由让我激奋不已。而因为漂流项目的发展，清修寺便有了花溪十八弯这富有诗意的名字。更激奋的是这投资商又是我的初中同学，分管文化的镇领导得知我回乡，专程安排陪同。上午九时，我们一行十余人迎着娇阳，浩浩荡荡地来到清修寺。当年的校园如今已改为漂流接待室与会议室及餐厅，偌大的操场长满了杂草，那曾经让我们日日行注目礼的旗台已经台平石空但是仿佛依然闪现光芒。

三十年的历程，将我一介黄毛丫头带入不惑，其间历经酸甜苦辣成败得失，可青山依黛，清水依样。我们曾在这儿抒写《我的理想》立下多少伟志，如今每个人都实现了么？我们曾在这儿嬉戏哭笑，如今每个人都安好么？前年同学会，得知一个同学因生孩子遇难，年方二十一岁，这让我无限悲凉。生命到底能承载多少苦难？当一个生命为了孕育另外一个生命而终结，这又将带来多少生命的悲楚？我简直无法想象那一个刚刚降临的新生便要承受失母的孤苦，等他懂事后得知母亲是因他而身亡将是如何的残忍！

水道因为水量有限，要积够了水方能开闸进行漂流，于是我们就在教室内等。

学校后面松茂竹翠，遍眼连绵。可躲浊尘喧嚣，朝暮鸡犬相闻，蝶舞雀跃。没有一丝风，知了死命地嘶叫。学生时代的一幕幕又呈现眼前，这个院落里，曾有两位奠定我文学基础的老师。一位是化学老师，除了生活上给予照顾，他每天要求我写日记及周记，为我批改指导，使我文字有了飞跃。另一位是语文老师，我曾经给他在昏黄的灯光下疾抄他的小说，他是我当时唯一崇拜的作家。我的文学收获他们功不可没，我感念一生。

75 永远的红

“我爸爸很能干。”这句话出自一个曾因家境休学跟着父母租住在城郊一间非常简陋的女孩口中，让我震惊不已，可见她贤品。

认识这女孩是在一家托运部，那个娇阳如火的上午，我去给朋友寄货。朋友告诉我，我的散文集《月上柳梢头》被他一个五大三粗从不看书的朋友抢走了。这消息令我很是欣慰，于是我决定附上五本书。到了托运部，见一女孩守店，我先询问了到达地址，她告诉我可以送达。于是我先将货从车上搬到店里，然后手脚忙乱地一本一本签名。岂料她看见我的名字惊呼一声，她说这名字好熟悉，曾有文章令她非常感动。这徒然间一句话让两个陌生人缩短了距离，我当即从朋友的五本书中扣下一本签好名字送给她。

因为货正好是一箱子，再附上四本书只能用胶带粘在箱子旁边。女孩很细心地胶好，我接过那张托运单，坚毅张力的字眼又让我对她多了一份好感。离别时，我多看了她一眼，发现她的眼里除了一份敬意外多添了一份忧郁。

就在当日傍晚，我突然收到她的信息。言及对我文字与人格的仰慕外，她告诉了我正面临的状况。

女孩叫红，今年正满二十岁，白白静静的，满身的阳光，言语朗朗。出生在四川万县的一个村庄，随父母到漳州好些年头了。她本是武汉大学大一学生，只因去年父亲体病无法再供养她念书而暂行休学。随后的日子，她总会时不时对我吐露心声，我也很欣慰可以听到她的内心话。同是一个背井离乡的人，虽然一面之交，我觉得她很有上进心，很努力地生活，为父母减轻负担。而她则认定了我值得信赖，彼此相信是很幸福的事。

再次听见她要回校念书的消息，我正好回了浙江乡下。这让我很为她高兴，她总算能够如愿以偿去完成她的学业了。

她告诉我二十五号就要离开漳州回校。尽管我千里奔波很累，但为了见她，我风尘仆仆地约她见面。那日我原想约她一同午饭，或是打包去她店里一块吃，临走她告诉我正忙着交结帐目，于是我约了她下班后直接来家里。那晚不巧的是又被朋友叫走吃饭，我匆匆赶回小区超市门口见，与所约时间迟到了五分钟，红已站在那柱灯下等我了。我摇下车窗招手叫她上坐，她很礼貌的致谢，倒没有一点乡下女孩扭捏姿态，这我很欣赏。

我们一边泡茶一边随意地聊天，她谈及马上要回校时显得眉飞色舞，可见她钟爱读书的程度。她告诉我，父亲很能干，也很聪明，父母很疼爱她，只是乡俗守旧为添丁母亲又生下一个儿子，今年才四岁。父亲本来打工还算不错，但因超生交了罚款，又因风湿病落下不能干重活的虚体，只有干些临时的轻松一点的活，家里的开支大多是依靠母亲。交谈不一会，母亲催她回家，我执意送她回家。一则我从浙江带回很多食物给她带回去，二则我也正好去看望她父母。

汽车停在村口，那晚无星也无月，我们两个踩着高低不平的石子路，偶见路旁有小店发出昏暗的灯光。我边取出手机作照明，边嘱咐她在夜间回家时千万小心。没想到她满口自信地说："这里很多住的都是我老乡，没人敢欺负我，他们都知道我。"这让我颇为感动，一个二十岁的女孩子，要做到没人敢欺负的地步，绝非只是一时言行。我也坚信她的未来一定会超出常人。

转过了几条小巷，终于来到一间平房，里面是暗黄的灯光。狭小的房内正中间放置一张仅三十公分高的小桌子，桌子上是一盆汤，我一看是豆腐。小板凳上坐着她的父母，忙起身给我让座并招呼我吃饭。我说已经吃好，接过红递来的板凳就坐。最里面靠墙是一张简单的板搭床，两个孩子在床上玩得正欢。一个是红的弟弟，一个是红堂哥的儿子。

父亲外形身体甚是健壮，只是他双腿上均是一颗颗的针孔，他告诉我是针灸留下的。这风湿病已有些年头了，看过大大小小不少医院，终不得愈。比父亲大两岁的母亲苍老多了，一脸的皱纹，若不是红曾告诉我仅比我大三岁，我绝对不会想到她是这样的年龄。母亲就在附近一家超市，做一份烫衣工作。我说一般单位都有宿舍，说这话时我内心在想住在单位可少付一份房租。可母亲说，单位有分房子，领导说了本来都可以住进去，可我们一家这么多人住单位多不好，而且孩子小，吵闹也会影响别人休息。贫困的人大多能赚便宜就尽量赚便宜，而她母亲短短几言，叫我由衷地敬佩她的志气与善解。

临近红回校的前夕，我给她致信，她意外告诉我说推迟到月底走，这让我很高兴。从浙回后一直恹恹困倦，又是吃药又是输液，本该早些见见她，前天晚上赴宴还从半席退回。昨日，我专门去沃尔玛为她采购了几样东西，临到商场，又赶紧托朋友查看武汉的近日气温，我特意给她买了一件粉红色衬衫，既可扎起来当中袖又可当长袖。又去屈臣氏买一些日用品，那支日产的粉红色的小巧牙刷，我肯定她从不曾使用过。在我给她挑选这些东西时，我仅想我这些东西能够带给她一份切实的温暖。

记得我稚孩时，有一回从杭州回来的舅妈从她脖子上摘下一条围巾围在了我脖子上，原是书香门第出生大城市的舅妈不仅没有嫌弃我们，而是将她仅有的礼物送了给我。这条围巾曾伴随我十几度寒冬，看似一条非常平凡的围巾，却是我生命中最珍贵的礼物。一次去外婆家的路上把它丢失，我哭着几番来回找寻。舅妈的围巾，温暖了我一辈子，让我铭记一辈子。在贫困时能够受到点滴帮助才是真正的恩情，锦上添花的事大有人在，试问雪中送炭的人有几何？

接红之际正好漂泊大雨，她父母相送同去车站。当他们上车后我告诉红，那袋东西是我专门为她挑的。她与父母均不停地致谢，红小心翼翼地取过衣裳告诉我，这件衣服她早就看上了。她说这话时显得有些哽咽，并将那袋东西紧紧地抱在怀里，其实感动的何止是她，我也百感交集，“施乐于受”，这是我多年来的体会。

车上，听得父母一声声嘱咐，一声声叮咛，我也似乎回到当年的学生时代。那年的冬季我的脚后跟生冻疮，瘦弱的母亲整整背了我一个学期，周日黄昏从家里她肩上驼着我一周的粮食又背着八十多斤重的我到几公里外的学校，又周六从学校背我回家，反反复复的奔波，这期间母亲要为我付出多少辛累！

车站门口，红依偎着滔滔不绝的母亲，红坚定地点头说一定要拿到奖学金。红举着车票恋恋进站，父母则一直站在门口远远地从人流中寻找女儿的身影。天上依然下着大雨，如同红一家滚滚激涌的亲情与不舍的爱。

此刻，红正往武汉的火车上，我满心祷祝……

76 落地重生

经过10余小时的征旅，抵达家乡已是午夜。沉沉的睡去，一声长一声短的鸡啼唤醒了我，才猛然意识到已经回到了故乡。拉开厚实的窗帘，我看见蜻蜓飞立树梢，听见蝉儿嘶鸣，烈日舞动着晶光。来到庭院，看见姐姐姐夫已经摘好了半篮子花生。

花生是她清明回来祭祖时特意为我们暑假回家避暑而种的，没想到不曾施过任何肥料却长得如此均匀肥硕。我来不及清洗就将花生剥壳生吃，嚼上一口，却不忍吞下。只觉得少年时的记忆上涌眼帘。与自家院子一墙之隔的屋子，就是当年的公社，社员每天的工分要当天在这间屋子记账，无论春夏秋冬，无论刮风下雨，这间屋子总是闹哄哄的。社员间的争议很多也是在这间屋子，所有的决议与分发粮食，都是在这栋屋子。那个屋子时常锁着一些粮食，是按照口粮与劳动力分发后所剩下的。家里仅母亲一个劳动力，父亲的自杀留下一身重债，母亲带着两个年幼的女儿与一个病瘫在床的婆婆，劳动的工分显然不足，工分不足等于不能分发粮食。因此，尽管墙内时常有稻谷、番薯、玉米、马铃薯等，我们却只能眼巴巴相望或是闻着由墙缝发出来好闻的味道。

那一年，生产队的花生长得特别好，叶子浓绿浓绿的，我时常牵着头牛在有花生的山地走，牛是不吃花生叶的。我可放心一边让牛吃地边的草，一边跑到花生地里拔猪草，猪草长得特别茂密与青嫩。收采时，一些社员可以无惧的剥了塞进嘴里，而母亲只会低头拼命的采摘，一个没有老公的女人是没有任何地位的，加上因为祖母得罪过人，就连掉落在地的花生，也不敢尝一颗。母亲采着肥肥壮壮的落花生欣喜万分，别人都远远的扔进箩筐，而母亲则小心翼翼，如同对待圆圆鼓鼓的婴儿。

社员一担担挑到公社后，由队长率领几个社员将花生逐一分发户头，家家挑着担子兴冲冲的回家。母亲左手挎着一个小篮子右手牵着我，对墙角还剩下的几筐花生满怀喜悦，面向队长欲言又止："队长，你看今年能不能？"一个专喜欢欺负人的社员没有等母亲说完，就大声呵斥："你就那么一点工分，还想吃花生？"母亲满脸悲怆，走出公社的门，用那布满粗茧的手抚着我的小脸蛋，轻轻地对我说："娘以后给你们种一大堆。"我紧紧拉着母亲的手说："我不吃花生，花生不好吃，花生不好吃。"母亲对着上空清明的月亮，长长地叹了口气。

次日一早我正要放牛去，却见天井旁菜篮子有一小篮的落花生，我喜出望外。母亲告诉我，说是队长送的，我顿时百感交集千恩万谢队长。母亲一脸自豪地扛着锄头走出门，我就这样举着篮子坐在石板上闻了一遍又一遍，尽管花生的香味夹杂着泥土的气息早已口舌生津，我却舍不得先剥上一颗。我与姐姐在任何时候面对吃的东西，总是彼此一起分享。只听得外面有脚步声渐行渐近，我以为是姐姐，飞快跑出屋，没想到是邻居，险些碰头。邻居围裙里有一兜落花生，手里拿着一块膏药来找母亲，我问何事。邻居告诉我昨晚母亲去捡落花生回来时在屋后面摔了下来，知道母亲买不起特意早早去给母亲买了送来。天！母亲不是说队长送的么？我怎么会如此轻易相信呢？邻居告诉我，母亲为了给我们解馋，就是等我们熟睡后，趁着昏淡的月亮去山地一锄一锄挖地摸捡而得。花生拔出后根须断开，往往会留下零零落落的花生，我手里举着的，正是这些落花生。

母亲背着锄头回来，看见邻居一脸惊异。我急切地拉着母亲坐下，卷起母亲的裤管，果然膝盖头满是淤紫。我看见母亲别过脸去对邻居悄悄耳语，显然母亲对邻居致谢的同时又对其吐露真相而有所微词。母亲是不愿让我们知道花生的真相，更不愿让我们知道她因此受伤，我对母亲更加心痛起来。我边哭边小心翼翼地将药膏贴在母亲小腿上对母亲说："我不要吃落花生，我不要吃落花生，落花生不好吃，落花生是苦的。"是啊，这些花生就是落了地下的，母亲如此费力伤神而得的花生，怎能不"苦"呢。母亲亲了亲我的手说："娘又没什么，不痛，娘好好的，娘这就去煮落花生。"母亲两只手支撑在凳子上，咬着牙，一拐一拐将水缸里的水打在篮子里冲洗，花生露出白白的颜色，母亲再将花生倒在小锅，洒上些姜丝与粗盐，再用旺火煮。火烧得旺，锅沿冲出热气腾腾的白雾，白雾弥漫下，是那一阵阵落花生的香味。我透过这袅袅升腾的白雾，似乎看见母亲在寂静的山地，顶着月光背着锄头，捡起一颗颗的落花生。

如今，我手上沾着淡淡的泥土，或许我爱的不是花生，而是花生壳外故土的芳香。

77 一双田径鞋

暑假期间回乡下避暑，因为底楼借给了邻居一家子住，我便将杂物间收拾出来让他们堆放东西。在一只竹篾打就的古老式鞋盆中，发现一双白色胶鞋。这双鞋子当时大家都唤田径鞋，因其轻便，特别适合体育运动时穿，或短跑或长跑，这许是田径鞋的由来。鞋面两侧是像小白兔的耳朵一样的松紧带，所以无论穿鞋脱鞋都简单方便。

这双鞋子是三十五码的，我清楚地记得是我上四年级时买的。那一年春天的一个星期四下午，班主任对着全班严肃地看了一次又一次，最后宣布了五个学生的名单，原来是星期天晚上七点要我们五个去给参军的兵哥哥戴大红花。这五个学生都是女的，其中一个还有我。然后老师又说："希望几个同学穿戴整齐，头发梳好看点，鞋子一律都穿田径鞋"。这让我又欣喜又慌张，欣喜的是可以上台直面接触兵哥哥，慌张的是我没有田径鞋。

那时的兵哥哥可了不得，每当谁家有选上，就好像考了状元一般，当事人神气十足，公社领导则派人敲锣打鼓从这村敲到那村作宣传，每村必到。若谁家的亲戚参军了，也可以立马沾光而威风起来，准会在村中最热闹的地方大肆宣扬，我家某某的儿子当兵了，那傲态不亚于有亲戚当朝执政。

我背着那只亲戚家送的绿色已洗成了白色的军用包，满心欢喜的对母亲与姐姐说了情况。老师怎会选中我呢？是我平时与人团结相处么？还是我给人干净的外表？不管如何，老师给我这个机会就是对我的认可，我不由对班主任多了一份感恩之情。母亲和姐姐听后很高兴，毕竟当着全村人的面上台去戴花是件很荣耀的事。

平时姐姐都与我和奶奶睡一间，那一晚姐姐要求和母亲睡，我不知何故，我只隐约听见妈妈生气的样子。随后的两天姐姐突然不知所踪，我问母亲姐姐去了哪里，母亲告诉我说去一个名叫周处的姑公家了。星期天的傍晚，姐姐回来了，姐姐不仅回来了，而且怀里还抱着一包东西。包东西的是一块红色丝线方巾，那是当时唯一流传的即造手提袋。姐姐递给我说："打开看看"。我接过时发现冬天的姐姐手心与额头都是汗。我小心翼翼地将方巾的结打开，一双雪白的田径鞋落在我眼里。姐姐轻轻地说："妹妹，穿上试试。"我激奋不已，穿上跳了起来，那轻盈的身姿仿佛长了翅膀。姐姐不顾辛累，没喝上一口水，就张罗给我扎头发。我长长的头发被姐姐扎成两条辫子，然后姐姐又将几条毛线结成两只线球，在我辫子上各安上一只。姐姐看看我说"妹妹你真漂亮"，其实漂亮的是姐姐那双满是粗茧但灵巧的手啊！

我换上了一件紫花色的笔卡上衣，脚上是一双洁白如雪的田径鞋，一蹦一跳地急急回校。老师见到我的妆容很满意，微笑着拂了一下我的肩头，交代我们上台时的表情，以及听着歌曲所要做的动作。

我们几个跟着老师走向音乐激昂的戏院换衣间，台下早已围满了人。我得意地从他们身边走过，似乎我就是今晚的主角，所有的音响为我高歌，所有的音符为我跳动，所有的群众为我欢呼。

当台上陆续站好一队穿着绿色军装的兵哥哥，我们几个同学则按着老师的指导。每人举着一朵红纸剪成的大红花，踏着国歌的节拍，我穿着那双洁白的田径鞋以庄重的姿态向军人走去，含着笑容庄严的将大红花戴在他胸前的第二个钮扣上，他则给我行军礼，这一刻，我仿佛自己因此高贵起来。

结束后，我一再寻找母亲和姐姐的身影，可是最后也没找到。等我跑回家才发现，姐姐正躺在床上，母亲正在石樽上锤一剂草药，要给发高烧的姐姐退烧。事后我才知，原来当晚姐姐要与母亲睡觉是因为商量她要去砍柴卖钱的事。母亲告诉我，姐姐次日天没亮就赶去五公里之外的亲戚家，然后跟随亲戚到十公里之外的深山去砍柴。山上遍地藤刺，要挑选出一根根像样的柴，捆好，又要挑出十公里的地方以每一百斤五毛钱去卖。年仅十五岁的姐姐挑着七八十斤重的柴火，奔走在寒风凛冽的茫茫深谷。三天后，姐姐终于换到了三块两毛钱，而又接着跑到五公里外的柳城镇，为我买回一双田径鞋，她用她虚弱的肩膀为我换回一份尊严，一份自信。

这双田径鞋，浸透着她的血汗、她的爱心、她的奉献。这双田径鞋，我视如珍宝，只有在走亲戚与重要的日子才穿。每次洗后，我用教室里拣回的白色粉笔头，用粉笔将鞋面擦一遍，之后鞋面上盖上一层草纸，安放在屋檐下晾晒，田径鞋干后因为粉笔的作用显得特别的白净。

我捧着它，就如捧着姐姐的心……

78　幸福是个比较级

每天早晨，我都去楼下的公园，跟随一个七八十岁的老人学太极拳。跟我一起练的还有一个与我差不多岁数的女人，她学得很用功，也很努力，差不多每次我去的时候，她都早早等在那里，弯腰、压腿，做一些预备动作。

一天练完了，我问她："你在哪里上班？"

"沃尔玛。"她语气自然，还冲我微微一笑。

"哦，那一定管点事吧？"我觉她每天早晨有这份"闲情逸致"，工作一定比较轻松。

"哪里呀，我在化妆品专柜，有空去看看吧。"

我有些吃惊，看着她，嗫嚅："化妆品专柜，这么说——天天要站着喽？"

"那当然，怎么能跟你们相比呢？"她知道我有家小公司，所以又不无戏谑地说。

"那你还有精力来学太极拳，早晨能起来吗？"

“不妨碍的，我们都是两班倒，早班还好一些，就是晚班，我回到家差不多都有十点，吃点饭，洗刷一下就上床睡觉，要不早晨也起不来的。”她的眼睛熠熠地闪着光彩，一点儿也看不出有什么不好意思或矮我一截的样式。

接下来，我又问了她的工资、保险等等，她一一答我：

“工资啊，1500，是不是你能开我两个啊？保险以前有，我去的时候公司就不给投了。”

“这么说，你现在每月就光光的1500元？”我有些不太相信。

“那当然。”

“工作累不累？”这句纯粹是废话。

“怎么能不累？有时候遇到顾客多，一天下来腰酸腿疼，连饭都不愿意吃，不过慢慢的习惯也就好了。”

“有休班吗？”

“没有，一天也不休，要是真有事就跟同伴换换班，不过这样下来就要上全班，更累……”

我没有再问下去，心里却早已在唏嘘着了。

往家走的路上，我的脑海一直浮现着她刚才说的话，她晶亮的眼神以及她自信的微笑和对生活的乐观态度。我在想，跟她相比，我有多少优越的地方啊，这些优越性在她看来都是可望不可及的，比如：我坐在自己的公司，喝着茶，只需要看看出入账单；睡到自然醒，看电视，或做着自己的闲事；我每周驾着车子，游走于厦门漳州两地，我愿意住哪里就住哪里，我愿意住多久就住多久；我还可以随意去全国任何一个我愿意去的地方旅游，或专程飞去就是为了看看朋友；我可以买喜欢吃的任何东西，也可以买喜欢的衣服……可是为什么我感知不到这些优越性带来的知足和快乐，相反却每每在患得患失的抑郁与怅惘中任由日子一天天溜走呢？

想起前几天在《星光大道》上看到的一幕：

一个叫金凯的小伙子，从小失去了双臂，可是他居然跟几个年轻小伙子一起，跳了一曲节奏明快整齐划一的街舞，如果不是两只空空的袖管荡来荡去，谁也无法想象这是一个没有双臂的小伙子领跳的。舞毕，全场掌声雷动，所有人都被他们精彩的演出打动了，即使这样，面对激烈的竞争对手，他还是被淘汰了，一向主持风格幽默、大度的老毕走过来，把话筒递到他跟前，让他说两句话。

他面带微笑，说："在我看来，人生没有失败，只要你努力了，你就是成功的。"说完后，他环顾了一下台上的观众，又说："我还想对所有在场的人说一句，其实，我们已经很幸福了。"

这句话为他赢得了更多的掌声，而感动我的也恰恰在这里。

金凯为什么要说"我们"呢？我想无非有两重意思：一是提醒我们这些"健全"的人，你们比我幸福，不知你们感觉到了没有？二是说他自己，虽然他失去了双臂，但是今天能站在这里，展现自己的才艺，他感到很快乐，很幸福。

幸福是个比较级，你把幸福的底线设置得越低，你就会越感到知足、快乐，反之你就会倍感惆怅和失落。金凯之所以觉得自己幸福，正是因为他看到了身边还有很多不如他的人在这个世界上生存着，抗争着，他们有的失去了双腿，有的双目失明，有的在死亡线上挣扎，有的甚至还没来得及看看天上的太阳就已经离开了这个世界……

有一个叫于娟的女子，想必很多人都知道，这个复旦大学新闻系的老师，只在这个世界上逗留了 33 年，就被乳腺癌夺去了生命。死前，她的博客已被点击 1200 万次，她给博客取名叫：活着就是王道。

“活着就是王道”，短短的六个字，蕴含着多么深刻的人生智慧和对生命的留恋对疾病的无奈，我不知道你参透了没有？在这个世界上，什么最重要？生命，也就是我们的身体。有了健康的身体，也就有了一切，失去了身体，其他的一切是浮云，就像那个“1”和“0”的道理。换言之，能活着，能平安健康地度过每一天，你就很幸运了，岂不知在这一天，有多少人失去了生命，有多少人成了残疾，又有多少人遭遇到了意想不到的不幸和灾难？

如此想来，我们还有什么不知足的呢？扪心自问，现在的我，很知足，也很快乐。每天我有自由的生活空间，我出去散步，或者到广场上走走，跟熟识的人说说话，或者站那儿看女人跳舞，这种感觉很好，有一种生命的宁静与平和。回来，我喜欢泡上一壶茶，读一会儿书，或涂鸦上一段文字，与寂寞对语，都是美丽的生命片段，我喜欢，且爱极。

有一句话说：“金钱无须取之不尽，够用就行；身体无须长命百岁，健康就行。”我们体格强健，我们生活优裕，可是为什么我们却时感落寞抑郁、生活失去光彩？不正是因为我们把幸福的底线设置得太高，以至于心中充满了太多的贪求和欲望？我们迷失在对金钱和名利的追逐里，变得心力交瘁，我们已经很少有暇去闻一株花香，去关注一棵小草的高度，去观看云卷云舒的天空，我们整天像个陀螺转个不停，把自己搞得很疲惫，在这个纷扰的世界上，我们活得太拥挤，太辛劳。

不是吗？一个在商场里两班倒做着最低微工作的女人却能把生活安排得如此悠闲、快乐知足，我们有什么理由怨天咒地抱怨生活的不公？

一个失去了双臂的小伙子却能由衷地体味到上帝赐予他的福祉感叹自己拥有的幸运，我们有什么理由不珍惜眼前的每一天，让生命焕发出亮丽的光彩？

把幸福的底线放低，快乐就会像水汹涌而至，可惜，这么简单的一个道理，却要通过一个平淡的女人和一个失去双臂的小伙子来告诉我们，真是羞煞不已。

79 来世美丽

回乡下时，得知一个远方亲戚得了绝症，在生命的最后几天，他向我倾诉了心中最为惨痛的一段往事——

四十二年前的一个上午，阳光明媚，两个姑娘在媒人的带领下走进了我家那栋破旧的瓦房。高一点的那个姑娘长得很漂亮，明眸皓齿，梳着一根长辫子，不住拿眼睃我，问这问那，我的心慌慌的，不敢看她；矮一点的恰恰相反，面目丑陋，又黑又瘦，低着头，使劲地抿着嘴，可两颗大门牙还是不争气地露了出来。事后，媒人问我怎么样？我红着脸，半天才点了下头，道："中！"

彩礼随即过去，一个月后，家具置办整齐，又一个月，新娘子骑着驴，头上罩着大红巾，在家人的护送下，吹吹打打地进了我村。我穿着借来的中山装，头上擦了油，笑容从来没有像那天那样地灿烂过，走上前把新娘子扶下来，迎入新房内。可是，就在我抖索的手揭开新娘的头巾时，脸上的笑却一下子僵住了：新娘子不是长辫子那一个，却是她——那个有着两颗大门牙的姑娘。我顿时觉得自己被欺骗了，一股羞辱和愤怒之感腾地冲向脑门，我拨开门首围观的人群，跑回旧屋关上门，号啕大哭起来……

媒人不承认自己有过失，怪我当初不问仔细。娘也找人进来劝，说事已如此，只有这样了，你爹死得早，还有两个弟弟没成人，先这么将就着吧，咱家这个条件，能有个姑娘跟就不错了，都是命里安排好了的呀！我反过身，上前搂住娘，娘哭我也哭，最后，我用袖子揩干泪，回去跟她圆了房。

一连三个晚上，我没有动她，看她的样子都反感。我恨她，更恨那个捉弄我的姑娘：她们两个是堂姊妹，她叫梅，妻大她三岁，因为太丑，找了好多男人没人要，梅就帮她想了这么个“瞒天过海”的注意，没想到我一下子就被套住了。我发誓报复她，只要我活着，就不能让她过上一天安稳的日子，既然她毁坏了我的幸福，我又何必讲什么情面？

一年后，我有了女儿，再一年，又生了个女儿，养了不到半岁，得了伤寒死掉了。我不甘心，第三年又生，扯了腿拽出一半，接生婆就叹了气，回头朝母亲撇嘴，母亲一气之下变了脸色，指着扭曲还在生产的丑妻骂她丧门星，孩子生下来，丑妻躺在床上不吃不喝，三天后眼睛慢慢闭上，腿儿挺直，也去了。我抱着嗷嗷哭叫的小女，泪水纵横，跺着脚把老天爷八辈子祖宗骂了个稀巴烂。

梅就是在这年底嫁到我村，小伙子叫明，在村里教小学，小时候跟我很要好，可是因为梅，我毅然跟他断绝了往来，再没有踏过他的家门。

我从小喜欢读书，爷爷是老私塾，教我识过不少字，村里缺少一名会计，村长找了我，干不上两年，他退休，举荐我当上了村长。

其时我的二弟已结婚，三弟也长成了棒小伙，很有几分威武，弟兄三人站那儿，跺下脚，整个村子都颤抖。上任第一件事，我就找了个借口把明“打发”了，让三弟顶替他当了小学教师。那时还是大集体，实行工分制，小学教师一天挣的工分顶两个男劳力。明的体格弱，割麦插秧的时候，总是落在最后，一天下来工分也就挣得最少，月底发“饷”，每工分五分钱，明家总是拿最薄的一叠；村里宰杀牲口，我授人把最硬最难嚼的下烂货送给他家，队里分粮，我找茬克扣。梅的公婆常年生病，儿子不过两三岁，长得黄瘦黄瘦的，见人吃个玉米饼子都流口水，一天晚上，她偷偷地跑到村南的坡地里掰了几个玉米棒子，被人捉住后，我在全村大会上，让人把她揪到台前，逼她认罪。她的头低垂着，头发零乱，儿子在她的脚底下抱着她的腿，哭着拉她，看着她的样子，我的心里升起一股恶毒的快慰与得意。

一天中午，我在床上睡觉，听见门响，一起身就愣住了：梅不知什么时候走了进来，一见我就跪下了，哭着道：“我知道你恨我，一直在报复我，可……可是我真的想不出什么弥补的办法，看在我死去的姐姐面上，你原谅我吧，你……你让我怎么做都行，只是，再不要难为我家了，我的儿子，他还这么小……”我呆呆地看着她，热血翻涌，倏地下炕抱起她，她没有反抗，头扭向一边，眼里尽是泪。事后，她理了理头发，哽咽着道：“我欠你的债，现在还清了，以后，你不要再找我了。”说完，她就捂着嘴冲出了屋外。

此后，她两个月没有再露面。再见她的时候，腰身已变得有些臃肿，那时计划生育还抓得比较松，我寻了好几次机会走近她想跟她说点什么，可她每次都是一句话也不说就走开了。

79年秋天的一个傍晚，我从公社开完“单干”会回来，一进家就有人来找我，说明的媳妇难产，要我快点帮着想办法。我二话没说就朝梅家蹿去，边让人去找队里的拖拉机。到了公社医院的时候，梅身下的血已将厚厚的褥子染透了。

我跟明在产房外的过道里焦急地等待，听见护士叫，就都跑上前去，护士却只点了我的名字，把明挡在了门外。

我仿佛预感到什么不好，没等近前，腿就软了下来。梅平躺在床上，下身半盖着一床被子，面色雪白，咬碎的嘴唇外翻，一边站着一个护士，手里抱着一个婴儿，正发出响亮的啼哭。梅见了我，死灰般的眼神里闪出一抹亮色，同脸一样毫无血色的手指微微向我动了动，我上前握住，那手竟如冰一样的凉。我跪下身，听她用比呼吸还轻的声音喃喃道：“我……我不行了，原谅我，害了你，这个男孩，是……你的，你……你把他抚养成人吧。”说完，她的喉咙抽动两下，头向一边一歪，眼睛就永远地闭上了。

我扑向她，失声恸哭，我喊她，摇她，亲她的额，可她回答我的只是冰山一样的沉默与僵硬。

从那以后，我专心地抚养着两个女儿和儿子——她为我生的儿子，再没有婚娶。二十三年了，几乎每天，我都在伤痛和无量的愧疚中度过，我忘不了她，忘不了她初见我时那双明亮的大眼睛，更忘不了她低着头被我批斗时的场景以及她最后对我说的每一句话。如果时光可以倒流，我真的愿意跪在她的脚下求得她的原谅，我情愿让她用手把我撕得粉碎，可惜的是，这一切都永远不可能了。惩罚别人就等于惩罚自己，真心的爱与包容总比恨和报复要好得多，记住这一点吧，年轻人，人生最大的过错往往就是因为积怨和冲动造成的。

讲完这个故事，三天后，他带着平静的微笑离开了人世。他没有告诉任何人，包括他的子女，他想走得静悄悄的，像一阵风，不留丝毫痕迹。他说过自己是一个罪人，他不想将同样的过错带到另一个美丽的世界里。

80 第一只电饭锅

在这腾飞时代，电子产品千变万化日异更新，层出不穷，没有什么东西值得讶异与惊奇。而在这小小的村落，我家几乎拥有全村除了电视外的所有一切电子产品的首用户。首户将土墙改建砖瓦，安装了电话，拥有电饭锅、照相机、电炒锅、电视、煤气、摩托车、音箱、bb机、手机、摄像机、冰箱、空调、洗衣机、电动车、汽车、电脑、微波炉、消毒柜，所有的这些，都不抵当初的那只电饭锅来得让人注视与难忘。

浙江度假的日子，家里的电磁炉坏了，拿去镇里又说修不了，一楼有灶台的厨房也一并借给邻居暂用了。姐姐拎着一只满是铁锈的电饭锅来煮玉米。我大吃一惊，这么破烂的锅怎么煮呀!? 姐姐笑吟吟说："这是你当年从杭州带回的电饭锅，比所有其他的电器都耐用呢。"这不提忘记了，一提反倒让我忆念无穷……

记得我十六岁那年，一个教政治的老师说要去杭州上班，于是我征询了他意见同意我随往。老师的外甥女婿是杭州西湖中队下属的一个餐馆经理，他要聘请老师为会计。

临走，母亲给我打点行装。将姐姐结婚时用过的大红喜字被单给我缝好一床八斤重的棉被，母亲将棉被叠得四四方方，我的几件简单衣服塞进被中央，用一条麻绳捆得严严实实。在那个秋风萧瑟的日子，我背着简单而笨拙的行囊，母亲含着泪眼一路叮咛，感激地对我老师一谢再谢，将我送上开往县城的公共汽车。上车时，我接过母亲背上的棉被，背在了我自己身上。这床棉被，我从山沟沟背到了县城，又从县城背到了金华而后到达杭州。我坐在拥挤的汽车上回看，母亲仍然站在尘土飞扬的路口翘望，渐行渐远，我看见母亲几度哽咽泣不成声，我发誓要改变家庭的困境。车轮滚滚，将我从寂静山庄辗转送到五光十色车水马龙的杭州城。

因为老师的面子，老师那身为经理的外甥女婿安排我借住他家，老师则住在餐馆办公室。一套狭小的平房，不到三十平方，分成两间房，一间他们夫妻与刚读幼儿园的孩子住，另一间七八个平方，安放着高低床，上面堆积着如山的杂物，下面供我屈身。另外厨房与卫生间均是小得转不过身，但无论如何，我算是在省府安身下来了。那时的愿望很简单，要是我能拥有这样的一套平房多幸福？

老师的外甥女叫萍，我们管她叫萍姐。虽然她没有在我们那个乡下呆过，可她从小听着父母说家乡话也能大致说一些。这不由让我更加亲切地感受乡情与乡音，第一天我就帮着打扫卫生，洗衣做家务。那天正是周日，临近午时，萍姐买回了菜，我忙着洗切，心里纳闷她怎么不先生火做饭，可是又不敢问。过一会，只闻得有米饭的香味从杂物房飘出来，我心想煤球炉都没生火，怎么会有米饭的香味呢？

我一边疑问一边寻香而去，原来房间里头有一只正冒着白雾的锅。这是一只电饭锅，只要将米淘洗好放进锅里，加上适量的水，插上电源，按下启动开关，就可以煮出香喷喷的米饭了。这是我平生第一次享用电饭锅做的米饭，且不说有多好吃，这种便捷是乡下人无以企及的。

我们一年到头只要不干农活时，就得步行十多公里去砍柴。条件好一点的家庭有手推车，一车可以拉上五六百斤，而我们家买不起轮胎，靠得是母亲和姐姐的力气，母亲和姐姐的肩膀不时脱皮，就是因为挑了重担。柴挑回后，粗大的树枝还得劈开，堆在屋檐底下，母亲每晚临睡前将一天要烧的柴抱到炉灶前。早晨母亲出工去，我就在家做地瓜饭。将米淘好放进大铁锅，舀上几大勺水，盖上锅盖。划了火柴挑几张大一些的树叶先生火，然后慢慢添柴，直到炉灶烧得旺旺的。待米开花，倒进地瓜再烧上一会，然后就将连米花带地瓜用漏勺捞到一个铝锅，再将火炉里的红红的柴炭用铁锹掘出到炉灶前的柴灰上，铝锅就放在炭中间，一边烧柴一边在铝锅的周围添柴炭，慢慢就焖熟了。如今，居然一插电源就有饭吃了，这让我惊讶不已，欣煞不已。

经理见我生得灵巧，便安排我一份体面工作，收钱开单。即客人点菜后算好钱付清，再由我将单子从窗口传给厨子。餐馆在浙江大学的后门文三街，我每天早晨从住地文一街步行到文三街。

之后的每天，我都享用萍姐家简便而浓香的米饭，我暗暗发誓要给母亲买一只。春节回家前，我怀里揣着钱，专程去杭州解放百货大楼，挑选了一只二十四寸的电饭锅。我小心翼翼提着这只电饭锅辗转了多少班车，整整一天时间不敢合眼，深怕被人偷走。直到夜幕低垂，我才回到了母亲跟前。当我将电饭锅演示给母亲看时，母亲非常诧异，第二天一早，母亲按着我的步骤煮饭，直到电饭锅开关跳到保温状态。

我们一家吃着香甜的米饭，村人羡慕不已，母亲平时不舍得用，偶尔来客人或农活忙不过来时，才用电饭锅。而因为有了这只电饭锅，母亲的眉眼舒展了许多，经常在人前眉飞色舞……

81 断 指

岁月总是将身上的东西一点一点地剥去，例如青春，例如头发，例如牙齿。那天去做美甲正是周六，好几个女孩在等着。因为与店主熟悉，我便自行先将指甲洗干净，这样轮到我时只要涂一涂就快了。几个女孩见我带着孩子，又知我只需上色而已，便主动把优先权让给我。店主帮我涂甲油时，大家都在一旁观看。突然间一个女孩像发现新大陆似的大叫起来："奇怪，你的小指怎么少一截？"我顿时惊得脸红耳赤，简直无异被人家说中戴了假发。

是的，我的左小指是比右小指少了一截，那一节，遗失在我童年的故乡。思绪不由带我回到了过去……

由于父亲自杀留下重债，祖母又体弱多病，原本学习成绩比我要好得多的姐姐参加了生产队劳动。姐姐身小，力气可不小，农忙季节挑谷子挑稻草不比成年人少。可是她的工分只是成年女人的三分一，成年男人的工分是六分，而母亲只有三分，姐姐的工分是一分，而我管一头牛每天也是按一分计算，我们三个人加起来也不抵一个男人的劳动力。因此每个季节生产队分口粮都要被队长扣，更别提能分到余粮了。

又一个割稻季节来了，早晨的太阳就已火辣辣的。母亲与姐姐早早随队出工了，我放牛回家后吃好了地瓜饭，取过楼梯底别在墙架上的镰刀，戴着一只斗笠向田间奔去。当我举着镰刀站在社员面前时，大家都很惊讶。年仅九岁的我没有事先与母亲打招呼而是径自走到队长面前说，我也要割稻子，我也要赚工分。母亲跑过来叫我赶紧回去，我执意不肯。不知是我超常的勇气战胜了队长，还是队长平日就颇觉得我麻利。队长当即答应我以一分的劳动力计算。于是我站到母亲旁边的位置，像大人模样两只脚掰开站立，躬下腰，左手以横向张开，握紧稻杆，右手握镰刀，从右往左的姿势，一株一刀，割了四株后将稻杆尾部的部分稻叶以绳子的方式卷起，然后再接连割下四株。卷好后，有序地堆叠，便于打稻师傅的下手取时方便。打稻师傅的脚踩着打稻机是不停的，一边从下手接过，一边将打完穗的稻草扔向一边。下手一捧捧递给师傅，不会有一株零乱。

开始大家以为小毛孩的我不会割稻子，没想到我非但割得好，卷得齐整，且不亚于大人速度。我在本村干活是出了名的麻利，同龄的几个无论是拔猪草还是耙松针，我总是最多最快的。

七月的太阳是毒辣的，有的社员资格老，故意拖拖拉拉地去阴凉处慢慢地喝水。母亲那带着几层补丁的襟裳，已经完完全全贴在身上，脸上沾着泥水、头发上零落着打稻师傅飞溅过来的稻草、扁谷、小虫。那一刻，我恨不得自己变成孙悟空，多变几个我出来为母亲减轻负担。眼看临近中午，我更加快了速度，我不容站着喘息一阵，低着头，嗽嗽有声。田间的蚂蝗从我脚板游到我小腿死叮着。一条条稻叶下游动的分不清是水蛇还是黄鳝，青蛙一只只争窜，从这边窜向那边，从这田窜向那田，它们一边时刻寻食，一边寻找栖身的地方。

我呢？我割了这行还有那行，出了这田还有那田，田田相连，可我却不能如青蛙，自由的愿意窜到哪都行。我挥着镰刀的手不容我发酸，我只想将这长长的稻行早点割完。握紧稻穗，我仿佛闻到了白花花的米饭，能多赚一些工分队长就不会扣住我们的口粮了，我们就不用餐餐吃地瓜饭了。一闻到地瓜味我就反胃，可是我不敢对母亲说，因为我不吃的话只能饿着肚子，因为我说了只会令母亲更加痛心。这一刻，我闻着稻穗是幸福的，我觉得离白米饭更加近了。

谁知道我“哇”一声大叫，我自己也不知是怎么回事，就好像小指被什么扎了一下剧痛。当我举过自己握着稻草的左手时，才发现小指头已少了一截，鲜血正汩汩地从指间流出来，落在田里，红了一片水。原来是我那把光亮亮的镰刀将自己的小指头割了下来，鲜血沾在稻草上，沾在衣服上。母亲使命的撕下衣角，用她那衣角使命地将我小指底部扎紧，然后二话没说背起我，越过稻田，往诊所跑。我趴在母亲湿透了襟裳的身上，狠狠地自责，一边痛得泪水直流，却泣不成声。我对母亲低声道歉，是我不好，是我不小心，反而帮了倒忙。母亲不停喊我宝贝，其他没说任何话语，那一刻，我咬牙切齿地忍住泪水……

医生为我小指清洗与包扎的过程，我没有皱一下眉。我清楚地知道，小指头短了一截会再生，正如母亲对我滔滔不绝的爱……

82 单车上的爱情

女孩喜欢上他，不是因为他的帅气，而是因为他身上一股说不出的憨实和诚恳。那种东西让她心安，尽管他很穷，穷得只剩下了对她的迷恋和痴情。那时他们约会，常去中山公园北面的那片小树林，那里环境清幽，有水有柳，有淡淡的花开。一天晚上，女孩开玩笑问他："如果我不小心掉进河里，你会怎么办？"男孩说："这还用问吗？我会毫不犹豫地跳下去救你。"女孩似乎不满足他的回答，又问了那个很老套的话题："如果我和你妈妈都……"男孩毫不犹豫地说："当然先救妈妈，因为妈妈给了我生命。"女孩有些生气。他握着她的手，目光笃定："你死了，我会为你殉葬，在来世继续我们的爱情。"女孩忙用手掩住他的嘴。

女孩决定嫁给他是因为两只烤红薯。那天晚上很冷，公园桥头有个烤红薯的老人，男孩跑过去买，回来对女孩说卖完了。女孩很失望，他却变戏法似的从怀里掏出两只用塑料袋包着的烤红薯："我怕跑慢凉了，所以就裹在怀里。"女孩一下子扑在他怀里，哭得梨花带雨。

从那天起，男孩就把自己的工资大半交给女孩，自己只留很少的一点。他说他们要买房子，在南城拥有一个属于他们的小小蜗居。女孩信心百倍，跟男孩一起加入了攒钱的计划，雄心勃勃地筹划着未来。贫穷的日子是简单的，但是他们快乐而知足。他每周末骑着单车，带她去黄则和吃海蛎煎。然后，又骑着单车载她回单位，一路上都是她银铃般的笑声。她生日那天，他请她去火锅店，这是他几个月来最奢侈的一次花费。吃完饭，他背着她，在湖边公园一座拱形桥上，一直走完了一百个台阶，累得满头大汗，他说："这是我送给你的生日礼物，我要陪着你，一直到一百岁。"她感动得稀里哗啦。

两年的爱情长跑，两年的艰苦奋斗，两人办了分期付款，在虹园买了一个60平方的房子。拿到钥匙的那一天，她流下了眼泪，在新居里这看看那瞅瞅，久久舍不得离去。房子装修都是女孩一手策划的，她性情浪漫，虽然没有钱，但还是找了一家品味很不错的装修公司。家具也都是她购买的富克斯，她在各个角落里摆放了鲜花，精心地布置着他们的新居，为新婚做准备。最幸福的日子来到了，她成了最耀眼的新娘。鞭炮声中，他把她娶回了家，美丽的新生活就此拉开。激情过后，日子归于平淡。看着平淡的一日三餐和清汤挂面式的生活节奏，她感到了一丝失落：那些曾经灿烂缤纷的梦想从此真的就这么远去了？她今生就要厮守着这个做着最卑微活儿的小伙子过一辈子吗？

争吵先是从谁做早饭开始的，她有懒床的习惯，早餐很不规律。他不会做饭，甚至将稀饭都做得一塌糊涂，不是稠了就是糊了。加上常常加班，回到家，厨房里常常是杯盘狼藉。他洗刷了一个阶段，最后也不干了，与她绞着。不仅如此，她还发现他有很多不好的习惯，这些习惯在婚前都是可爱的，现在却成了不可饶恕的罪行。比如：他几天才洗一次澡，他晚上睡觉打呼噜，她起初还用手捅捅他，后来干脆自己转过身去睡。最终触发危机的是房贷，一到月末，两人的工资就几乎被掏空。银行打来电话，催着要款。他的父母都在乡下，没有积蓄，她只好又一次开口跟父母借钱。她遭遇了婚后最严重的一次泥石流。

那天，她去服装市场买衣服出来，一辆香槟金色宝马车不慎将她蹭倒，车门打开，一个四十多岁的男子惊慌着扶起她。她的脚蹭破了一点儿皮，渗出了血，他坚持送她去医院，她摆了摆手，微微一笑，说没事，骑上车子走了。走出约摸一里路，那辆车又在她身边停住："小姐，等一下。"男子递上一张名片："我不能就这样走了，万一你脚不好再找我。"说完，他打开手包，拿出两千元钱。她执意不要。他很感动，问她可否留下手机号？她想了想，说："QQ 可以吗？"他加了她，没事两人就聊聊，渐渐熟了起来。他叫杨俊，是深圳一家公司的泉州地区总经理，因为父母在厦门，所以常回来看看。一天下班前，他发来短信："晚上有空吗？我请你喝咖啡。"坐在优雅的咖啡馆里，听着葫芦丝，心变得那样地静美、飘逸，几乎也随着那旋律飞扬起来。那是她平生第一次喝咖啡，咖啡有个很洋很怪怪的名字：卡布奇诺。他看着她，眼里有一股异样的东西，让她不敢看。

再一次跟他出去，是在他翔鹭酒店招商会的一次宴席上。她从来没见过这么奢华的酒宴，海参、鲍鱼，还有很多叫不上名字的菜。

他在她旁边，给她夹虾，教她怎样使刀叉，呵护备至，让她的心骤生一种别样的温暖。吃完饭，他开车送她回家，到了小区门口，他从车后拿过一个精致的小盒子，递给她："一点小意思，请笑纳。"她打开，是一枚钻戒，一只她梦寐以求了很久的钻戒。她想推辞，可是他的目光不容她拒绝。怎么戴这只钻戒，成了她的心病，她想了很多理由，瞒过他。同事看见了她手上晶晶闪亮的钻戒，羡慕地问："老公送你的？"她点头。心里却在悻悻地想："等他送我钻戒，那要等下辈子了。"

她开始频频地赴他的约会，尽管她知道这样下去很危险，可是每次还是鬼使神差地去了。她知道自己喜欢上了他，可是对于未来，她不敢想。她甚至做不出一个关于他的美丽的梦。一天，他载她去SPA，遇到两个认识他的女人，打趣问他："又换了？"他笑："什么呀！"两个女人不依不饶，继续死缠烂打："跟我们说说，这是第几个呀？"她的脸一下子红到了耳根，这几个字深深地刺痛了她。洗完温泉，他开车载她去南澳吃海鲜。一路上，他将车开得很慢，侧过脸看着身边的她，笑意盈盈："怎么，还在为那两个女人的话生气？"她抿着嘴，不做声，脸扭向窗外，眼泪流了下来。他将车停在路边，看着她："别理她们，她们都是毒蛇妇，没句话当真。"说着，他就拉她的手，她任由他握着，半晌，转过头来看着他，问："你告诉我，你有多少女人呢？"他嬉皮地一笑："你问这个干什么？你又不会嫁给我。"她说："如果我嫁给你，你会要我吗？"他怔了怔："这样下去不是很好吗？"她的心沉到了极点。她终于知道，她在他生命中扮演一个什么角色，也知道他最终想要的是什么了。尽管他一再坚持去吃海鲜，可她还是以身体不适为由推脱了。

到了她小区门口，他拉开包，抽出一沓民币，对她说："先拿着用急吧，我知道你现在需要。"她有些诧异。他看着她手里的手机，嘴角露出一丝诡异的微笑："对不起，在温泉的时候，你去洗手间，我偷看了你的短信，知道银行催你了。"那些钱，对他也许只是几顿饭的问题，对她却至关重要，当然她也知道，拿了钱意味着什么。但是最终，她还是推开了他的手。他不甘心，顺势把她一拉，嘴就向她的脸上凑来。她一声惊叫，对着他的胳膊就是一口……跑出几步远她又踅回来，撸下手上的戒指，朝车里摔了过去。

她开始回避他，故意不接他的电话。她发誓要将他忘记，没有结局的爱，她不想让它启程。可是他却依然不温不火地给她发短信，就像那天的事从来没有发生。这天，因为还不上贷款，她又跟老公吵架了，一气之下从家跑了出去。她打了杨俊的电话，然后将手机关掉。依然是那家优雅的咖啡馆，依然是两杯卡布奇诺咖啡，两人慢慢地啜。本来他在西城，可是听到她的哭声，他还是急忙赶了过来。她一边流泪，一边大倒苦水。他听她说完，责怪她："傻瓜，那你那天还把钱甩给我呀！"她哭着："但是，我拿了你就会提很多要求了。"他说："如果我现在不提任何要求把钱给你，你会要吗？"她把脸转向窗外，半晌才摇摇头，说："不会，没有这样的男人。"他再一次轻轻握住她的手，面色凝重地看着她："你知道吗？你最让我感动的就是，你不是个为了钱出卖一切的女孩，从那天不小心蹭了你就看出来了，这一点我很敬佩。"他从包里拿出厚厚的一沓，推到她跟前，说："我不是给你，是借，期限是无限期，等你哪一天有了，再还我。"她把钱又推了过去，说:“我不要这么多,只要两千。”“哈,是跟我要那天碰伤脚的钱吗?”她点头。他二话不说把钱包起来,塞进她的背包,一把拽起她:“走,吃牛排去!”

吃完牛排,已是晚上十点多。他开着车,路过一家灯火辉煌的宾馆,他轻轻踩住车,侧脸:“进去?”她低下头,抿着嘴,泪水慢慢溢了出来,他狐狸的尾巴还是露了出来。可是,为了生活,她还能怎样,何况,他也不是那样坏……

“这家不好,还是另找一家吧。”他自言自语,车又向前缓缓驶去,又到了一家宾馆,他又摇了下头,还是不满意。车兜了很大一个圈子,最后,竟然停在了她家小区门口。“不要将我想象得那么坏,书上说:每个男人的脑子里都有一个魔鬼和一个天使,你的善良和纯真让我的魔鬼止步了,所以,我怎么忍心伤害你呢?记住:这个世界上,爱你的男人只有两个,一个是你的爸爸,一个是你的老公。爸爸给了你生命,老公是你一生一世的依靠,其余的都是浮云。”“还有,我一直想跟你说,下个月,我就调回深圳总部,也许很久不能回来了,有事给我电话,我会帮你的!”她怔了怔,一下子抱紧他,泪水汩汩涌了出来,直到这时她才发现,其实她是很爱他的。可是,爱又怎样呢?他不属于她……宝马车缓缓转了个弯,消失在漆黑的夜色里。

到了家,他不在,灯却亮着。她看见他做的一桌子菜早已凉了,一束玫瑰摆在桌子中央。她的心一阵痉挛,今天是他们结婚两周年纪念日,她以为他忘了,原来他什么都记着。她穿上衣服,疯了一样跑下楼,沿着大路,一边走一边寻找。她看见了他骑着车子从远处过来,见了她,把车子向一边一摔,跑过来抱紧她。他的泪落在她的肩上，一遍遍地说着“对不起”。直到这时候，她才明白了覃峰的话，原来，这才是他今生最值得断守，是她一生一世要珍视的人。这个世界上，开宝马的男人有的是，但是骑着单车满大街找她的男人，却只有一个。她拉着他的手，向家走去。

83 负荷

生命中总有些东西是注定失去记忆的，而总有些东西哪怕再遥远直至生命的最后一刻也能刻骨铭心，就如我家三楼储藏室里那条已有三十多年历史的扁担。

那年酷夏正是我要上小学之际，队长突然宣布近期要将田畈中一块地平整为稻田。乍一听见这消息让我很是失望，因为那儿留下我无数的足迹与汗滴。

那块地离家两里之远，就在四周都是稻田的中间兀自高矗。高出稻田两米高的丘地种着苎麻，麻地的四周地埂旁与麻地中间的草特别的青嫩，而牛是不吃苎麻的，既不用发愁牛吃到碧绿的禾苗，也大可以放心地让牛吃着地埂旁的草，我便安心地跑到麻地中间拔猪草。细瘦葱郁的麻杆足有两米多高，我钻进去，麻杆便遮住了头上的烈日，放牛、乘凉、拔猪草一举多得，这是我时常留连暗自得意的地方。如今一听说这块地要被平整掉，我顿时像失去宝贝似的哀伤。但是，我又能向谁诉说呢？

"愚公移山"的工程果然如期开展,全村所有劳动力都参加了劳动的行例,母亲叮嘱我在家料理家务及照顾祖母,径自与姐姐拿着畚箕与铲头早早随队去了。我喂饱了病躺在床上的祖母,清洗了碗筷灶台,便跑到楼梯底下的农具堆里找扁担。找了个遍都没有,只好挑了一根木棍,幸好它与扁担差不多长,又拎了一双畚箕,三步并两步向田畈奔去。

远远向田畈望去,一大群人密密麻麻地集中在那块麻地上,此时苎麻早已砍下,不少人将苎麻挑到旁边的渠道上。紧接着就像军队般有序地进行着,队长安排了一些人专门铲土,其余都挑土。大家只需将自己带的畚箕放在铲土的人面前,他就会铲好让人挑走,需挑到一百米远的机耕路上,每当卸下畚箕里的泥土,就从队长手里领一根竹签,工分就按竹签多少来计算。母亲拗不过我,将他那条围在胸前的围裙取下来垫在了我肩头。村里的姜姨与母亲特要好,正好她也分配在铲土队列。姜姨走过我面前时轻轻对我示意让她给我铲土,我一下子不明白她的用意,但是我确定她一定是为我好。果然,她给我装的土铲得特别的松散,如果整块的泥巴或石头就重多了,而且畚箕的最里边尽量空着,我感激地羞望着姜姨,心底划过一股暖流。人在苦难中,这样的帮助是一份莫大的恩情,我咽回眼眶中打转的泪光。

我挑着担子穿梭在来往的人流中,心里一直怯怯地害怕队长识穿说我偷工减料不发我竹签。等到我走过队长跟前倒完泥土时,见他并无多说什么,递给我竹签时甚至给了我一丝赞许的目光,这坚定了我的脚步激发了我的力量。火辣的太阳焦灼着大地,大家都挥汗如雨。可是我并不因此而怯步。每当从姜姨跟前挑起担子，每当从队长手中接过竹签，我的心中就会燃起一股希望，我的心底迸发出一股自豪，我可以为瘦弱的母亲减去一丝负担，也为早早辍学的姐姐减轻一份压力。想到我马上就要进校门了，我就不能够做家务了，我多么希望自己能够为家多做一点事啊。母亲与姐姐几番急急放下扁担要中途接过我的担子，我硬是不肯。我知道，这样的苦涩日子不会太长，正如这块地的泥土，每挑走一担就离平地接近了一些，而狭窄的机耕路也因此会增宽。踏实的道路就是从一担一担中垒积而成，许多年后，这条机耕路或许就变成了宽阔的大道了。吃午饭时，母亲将我那根木棍带回家，请邻居的木匠师傅将木头锯平、刨花、修整，顿时一根滑溜溜的扁担就做成了。我喜悦万分，我特意在扁担的反面用墨水写上我的名字，于是成了属于我的专利扁担。

日子一天天重复，我的肩头脱皮了，我的鞋底磨出洞了，可我的两只小腿却愈来愈坚实，直至后来的读书生涯中，我跑步都比别人持久，我爬山的速度都比别人快。中间大家休息时，我就拿出自己领到的竹签细数，心头说不出的快乐。这小小的竹签，其中意味着母亲少受一份委屈，意味着今年的工分比往年多了一些，意味着今年分的粮食会比往年多一些，意味着我们可以少吃一些地瓜饭。

夏尽秋初时，“愚公移山”终于告成，丘地终于化为平地，耕耘成稻田。母亲看着自己的工分薄上记载的工分笑了，而我也背着一只旧书包欢天喜地的进了校门。那根扁担，曾经挑过稻谷、挑过茶叶、挑过番薯、挑过麦子。挑过我人生中的酸甜苦辣，挑过我人生中的春秋冬夏……

笔墨

Chasing Dreams

84 在通往圣殿的路上

我抵达，我幸福

从厦门到北京，从一个放牛的孩子到鲁迅文学院高研班的一名学员，我走了整整四十年。2011 年 3 月 1 日 20 时 35 分，这个时间的刻度清晰地嵌在了我生命的支柱上，这一刻我终于抵达了这里，抵达了梦寐以求的文学圣殿。在的士上，司机笑着问我来京城干嘛，我的回答脱口而出：读书。对方很诧异，眼里满是疑惑：这么大岁数了还读书？读书。我肯定而坚定地回答了他的疑惑。有个朋友得知我来了鲁院，笑谑我说，放牛娃进了文学圣殿了。看似不经意的一句玩笑话，却触动了我内心某根敏感的神经，我的鼻子有些发酸，泪水在眼眶里打转。也许只有我才能理解其中丰富的涵义，既有辛酸、欣慰，有对我的祝福，也有对我的勉励。

我曾经就是一个放牛的孩子。六岁那年，为了替母亲减轻负担，我从她手中接过一把钥匙，那把钥匙锁着一间屋子，屋子里关着一头黄牛。我接过钥匙的时候也接过了生活的重担，之后的许多年我为了每日一个工分的报酬起早摸黑同一头黄牛为伴。别的孩子可以从从容容打扮，高高兴兴上学，我却与母亲一同起床，母亲赶在生产队出工前去自留地浇水铲草施肥，而我则左臂挎一个竹篮，右手牵一头黄牛，在绿色的山野小径上，一边让牛吃食一边拔猪草兔草。将牛关进圈后，我来不及吃东西，背个亲戚家送的旧书包，从锅里取上一块头晚煮熟的地瓜，一边咀嚼一边慌忙地向学校奔跑。因为裤腿沾满了泥巴与露珠，到学校门口那小溪前，不得不借了人家正在洗衣服的刷子将裤管刷干净才敢走进教室。那时我的愿望很简单：我何时不用放牛了？之后我还有过很多的愿望：当我推着三轮车辗转大街小巷躲避城管时，一间店面成了我最迫切的愿望；当我坐在干净明亮的店铺看着行人归家的脚步时，我渴望在城市拥有一处真正属于自己的住所。

我就这么渴望着。生活的苦难教会了我很多，也给予了我很多。在那些过往的岁月里，书始终是我不离不弃的伴侣。无论我走在哪里，麦地或者茶山，桑园或者田野，在那些耕种的岁月，我不会忘记带上一本书，在劳作休憩时，对着大自然放声朗读，这些都构成了我美好的记忆。十六岁那年，辍学进县城打工，我没舍得吃烧饼，宁肯饿着肚子用可怜的工资为自己买了一本《唐诗宋词》。那一夜，我沉浸在李白杜甫的墨香里，久久不能入眠。后来这本书不知被我翻弄了多少次，封面破了，纸页残了，可到现在我都一直珍藏着。它成了我生活的见证，也成了我生命的见证。如今细想，如果不是当初对书的热爱，也许我今天仍在满地蚕虫的小房子里日夜忙碌呢。人生即是如此，当一扇门对你无情关闭时，只要你虔诚，坚持，就会有另一扇门向你打开。命运虽然将我带到一个脸朝黄土背朝天的家庭，每天放牛、割草、砍柴、重复繁重的农活，成了我童年时代的主题，但生活的苦难于我已是一笔宝贵的财富。数年之后，当我的生活渐渐安定时，我毅然注销了自己的公司，开始拾回儿时的梦想。我开始在纸页上描画自己新的生活。我对文字倾注了满腔的热情，让它们表达我对苦难的反思、对美好的追忆。很快我的文字频频出现在全国各地的报刊上，我的第一本散文集《岁月追风人》出版了，第二本散文集《月上柳梢头》受到不少读者的喜爱，我为之欣慰不已。我的第三本散文集正在孕育，即将面世。

现在，我终于抵达了鲁迅文学院——这个神圣的文学殿堂。我进入鲁院正是早春，春的气息在一天天充盈这个孕育着无限生机的院落，阳光和煦，柔柔的东风，吹化了冰雪，吹绿了青草，吹长了柳梢。花儿在一朵一朵地绽放，洁白的玉兰，金黄的迎春，海棠，梨花，紫薇，芍药。杨是阳刚的男子，伟岸而给力。鱼在湖里游着，展示着鲜活的生命。背阴处有着未及融化的残雪，风也偶尔有些料峭，可白玉兰的枝头已有花蕾含苞欲放了。天蔚蓝，这是南方看不见的无垠与空旷。这是我窗外的景色。坐在这间十余平方米的房子里，我是安静的，冲一杯碧绿温馨的香茗，我用细长的莲花指将茶杯端起，先闻后啜，力求让自己优雅一点，高雅一点。一张简单平敞的书桌，置立在任何地方，都是我痴迷的梦想。在遥远的过去的岁月里，它是我敬慕的神，我无缘靠近它。而现在，我就坐在它的身边，对着它翻开书本，或在纸页上倾诉我的情思。无论我静寂如水，或者心潮澎湃，它始终不离不弃，无怨无悔。因为有了它，我不再孤单，也不再寂寞。我触摸到的不仅是它们的身体，还有它们的灵魂。我甚至幻想来生化为鲁院的一桌一椅、一砖一瓦、一草一木……

我沉浸，我感动

北京，十多年前我曾在这里逗留了一段日子，之后便离开了。它是我梦断之所，有段时间我拒绝同它接近。而现在，它成了我眷恋的天堂。因为这里有鲁院，有慈父般宽厚的笑容，有兄长般严厉的督促，也有姐妹般亲切的呵护。我不再是一个贫苦的放牛娃、一个孤独的"北漂"，我回到了文字的怀抱，回到了文学的怀抱，它们接纳了我，拥抱了我。就像是一个走失多年的孩子，我现在终于回来了——步履蹒跚，呼吸急促，眼里盈满了泪水。

这是属于我的圣殿。我可以在这里做梦，在漫步中思考，在阅读中遨游。我反思我的文字，反思我的创作，也反思我的生活。我所历经的苦难不止存活于我的记忆中，也存活于我精神的空间。而文学成了我内心的另一个自我。我努力挖掘着自己内心的第二个自我，去认识塑造自己的世界。我独自审视自己的内心，安心、静心、耐心并且执着地养育另一个自我，用语言去建构另一个世界。为此，我可以忍受一切孤寂和落寞，抵御一切干扰和诱惑。写作对于我来说，既是痛苦的，也是快乐的。之所以感到痛苦，是因为当一个人要重新面对自己，解剖自己，并对自己的灵魂进行拷问时，尤其是当那种原本不愿被自己重新提起的事情被抒写出来时，心灵是震颤的。由此及彼，我想到了其它事情，包括发生在自己身边的人和事，我知道了他们心中的幸福和快乐，也体会到他们内心的寂寞和痛苦，同时也知道了他们其实也想倾诉，只是表达不出来或不愿表达而已。我所做的就是，如讲述别人的故事一般讲述自己的故事，如讲述自己的故事一般讲述别人的故事。

当然，文学是人学，如果做人都没有做好，又何谈文学呢？文学还有什么价值呢？在人类世界里，生命的存在需要善良的本质。在有限的生命里，如果做不出轰轰烈烈的英勇事迹，也可以在你举手投足间施以善行。你给予对方微笑，我相信对方一定也会报你以微笑。你若恶意相向，就莫怪对方报以唇牙。你对人真诚，意味着你有善心，你待人以善，意味着美好出现。我向往人性的光辉，也向往人性的温暖。感谢阳光，将世界普照，感谢雨露，将世界润泽。感谢所有在我生活中出现过的人，无论是偶然的过客，还是我的朋友、亲人、爱人，于我有爱的，还是于我有恨的，因为有你们我才不孤独。心向着美，世界就美。

过去我是个放牛的孩子，现在我是个放牧文字的孩子。在这圣殿之上，我的声音是嫩稚的，我的文字也是嫩稚的。但我是诚挚的，清澈的。我完全沉浸在这个世界之中。我为它欢笑，也为它哭泣。我是真实的，从不掩饰自己。窗外是个宽敞的院落，盛开过无数的花朵，也有着我熟悉的桑树，紫红的桑葚。我曾爬到树间采摘桑葚。那枝繁叶茂的树丛中，立着许多老人的雕像。他们静立在那里，一言不发，注视着我这个顽皮的孩子。他们是我的祖父，是我的父亲。他们的名字是照亮我内心的太阳——鲁迅、巴金、茅盾、老舍、沈从文、冰心、朱自清、徐志摩……在我面前，他们个个如中华五岳般崇高伟大，个个是华夏文学的栋梁。他们和那些从诗经楚辞到唐诗宋词元曲到明清小说、各个时代的耀眼明星一起，浩浩荡荡，如同奔涌的江河，用自己卓异的才华筑起瑰丽宏伟的中华文学殿堂。现代文学巨匠鲁迅乃狂飙中的先锋和旗手，一个人抵御了无边的黑暗。他透视了中国几千年封建社会的一切，他的著作具有鲜活的生命力和巨大的现实意义，让我们感到他几乎所有的犀利都是针对当下的。巴金那像峨嵋山样高耸的脊梁，撑碎了夜色茫茫的《家》，他用像成都平原一样广阔的心境，催生了光明与自由的《春》，他用长江一样不停涌流的血液，润泽出高举旗子的《秋》，他用心中的大火铸造出不朽的思想舍利《随想录》。我是他们共同的孩子，是他们共同的孙女儿。他们照亮着我，我就是冲着他们而来的，他们招呼着我，向我敞开了怀抱。我听见了他们内心的微笑。我是个多么幸运而又幸福的孩子。此时此刻，我在与他们的灵魂对话，交谈，同他们一起跳一场酣畅淋漓的灵魂之舞。

鲁院的日子让我更深切地认识到，文学是精神高原的事业，是伟大的鲁迅、莎士比亚的事业，是但丁和巴尔扎克的事业。因此，文学不能玩弄，不能阿谀权贵，不能奉迎庸众，要勇于坚守，坚守文学本有的精神。人格是要有海拔的，文学作品也是要有海拔的。自己的人格和作品海拔越高，距离文学殿堂的大门就越近。鲁院，是我人生永恒的学堂与永生的向导。鲁院，是我文学生涯最高的待遇与无上的荣耀。我要永怀一颗朝圣的心，拒绝一切诱惑与干扰，永不回头地走在朝圣的路上。

85 散文创作谈

文无定法。这是前人总结出来的经验之谈。我认为，这句话用在散文创作上尤为贴切。形散神不散，这句话也是前人对散文理解的结晶，道出神髓。

其实，对散文创作我并无经验可谈，窃以为自己发表的散文只是遂性所写，谈不上什么经验。《华夏散文》的编委要我写“散文创作谈”，说实在话，我最怕的就是写“创作谈”之类。然而，承蒙抬爱，推辞不得，随便写几句体会，算不得经验，权当自己陋见，仅供交流，不妥之处，多多海涵。

凡一切文体贵在“真”字，诗歌如此，小说如此，散文更是如此。我之散文追求的是“真”。作品要感动人就必须在“真”字上面下功夫，而且，唯有“真”字才能感动人。换句话说，作品要感动人，首先要感动自己，如果连自己都感动不了，枉谈感动读者。散文创作所表现出来的“真”字比其他文体更直接，因散文更贴近于现实生活，这是我的心得。

其实“真”的东西最好写也是最难写的。过于求“真”容易流俗，不“真”又会失去感动人的力量，如何把握就是个技巧问题。那么，什么才是真呢？记得，已故著名诗人艾青讲过一句话很好，他说“现实的东西不一定是真实。”此话说出文学的本质问题。文学作品就是要透过现象看本质，看人们的心底在想些什么？发现是一种美，也是一种鞭挞，更是一种启迪；否则，文学就失去意义。

我的散文大多是写自己的“真实生活”，也写发生在身边的“真人真事”。当然，我是我，我非我，有可能是我，也有可能不是我，只是借“我”来叙事和表达而已。事实上，我们身边有许多“真人真事”很让人感动，关键在于我们有没有去注意，有没有把它写下来的欲望和冲动，如果有，就找到了表达的窗口；如果有，就说明我们是有心人。有人说，作家贵在发现，所说就是此理。

实践证明，我们身边确实有许多事情太让人感动了，而作家的义务就是要把它们写下来，也等于留下记忆，或生命和岁月的痕迹，从而达到启迪和审美的作用和目的。散文作家更要善于把握这种生活的脉搏，同时还要用一种宽广的社会关怀去抒写和表达它，只要有这种胸怀和情感的投入，写出来的作品就一定是感人的。其实，我国四大名著之一《红楼梦》里有一副对联：世事洞明皆学问，人情练达即文章。这副对联不仅道出了文学创作的本源，也道出了写作的不易。

同时，我的散文创作更追求一种原生态。我认为，原生态的东西最美最真，也最能感动人。当然，原生态不等于对现实生活的原样照搬，有关这方面的话题，不妨阅读我发在“作家印象”栏目中的几篇散文，便可认同这个不是观点的观点。

以上所言，粗陋之极，泛泛而谈，不成体统，敬请哂之。

86 辉煌的历程

长夜难明赤县天。我们忘不了一部充满屈辱的近代史——鸦片战争的洋枪洋炮、各国列强的肆虐九州、“东亚病夫”的嘲笑、“华人与狗不得入内”的侮辱。国家蒙难，民族蒙羞，在国家存亡，民族何去何从，人们在心里呐喊寻找救星的时候，共产党诞生了！

历史把民族复兴的重任赋予了中国共产党，而中国共产党也没有辜负历史的重托。九十年的奋斗，九十年的求索，从嘉兴南湖的游船到八一南昌的枪声；从秋收起义的呐喊到井冈山的星火；从万里长征的艰难跋涉到大江南北的抗日烽火；从延安窑洞明亮的灯光到三大战役的隆隆炮声；在血与火中诞生的中国共产党，以“先天下之忧而忧”的广阔胸怀和无私品质，引领全国各族人民在血雨腥风中抗争，终于写下“中国人民从此站起来了”的辉煌篇章。然而，复兴的征程艰难而又漫长。中国人民不信邪，不怕压，披荆斩棘，百折不挠，粉碎了帝国主义的封锁和挑战，捍卫了国家的主权和尊严，战胜了一个又一个难以想象的困难，取得了社会主义建设的一系列巨大成就。

特别是，在民主革命和社会主义建设中，中国共产党团结民主党派和无党派人士以实现真正的民族独立为己任，追求建设一个独立、自由、民主、统一和富强的新中国。

十一届三中全会以来，坚持民主协商，科学决策，提出了坚持改革开放、以经济建设为中心的战略，走出了一条有中国特色社会主义的成功之路。从“百年魔怪舞翩跹”的长期积贫积弱到“万方乐奏有于阗”的初步繁荣昌盛，可以理直气壮地说，是中国共产党的领导核心和中流砥柱，在中华民族的历史长卷上写下了浓墨重彩的一笔，这是我们每一个人共同的记忆。

记得一位哲人说过，“一个人，一个民族，他所信仰的，不应该是束缚自己手脚的桎梏，更不应该是绞杀自己的绳索，而应当是一股风，一股催你挺进、催你跋涉、催你奋进的风。”我们不会忘记，1978年的一天，我们沐浴着晨曦的阳光，整个中国大地掀起了为实现中华民族伟大复兴的改革巨风，它摧枯拉朽，荡涤一切束缚人的旧观念。三十多年，风雨兼程，中华民族以崭新的姿态，重新屹立于世界民族之林。

作为一个无党派人士，我亲身经历了改革开放的历程，同样也享受了改革开放的丰硕果实。三十多年前，我只是一个刚刚开始有记忆的孩子。那个时候的我什么都不懂，不懂什么叫喜怒哀乐、什么叫悲欢离合，但在今天，我知道了什么叫时过境迁、什么叫翻天覆地。所经历的一切，恍如昨天才发生，它像一部电影在我的脑海不停地闪烁。改革开放走过了三十三年，我用我的视线记录了三十三年，我感受着一切变化。

在我的抽屉里有一个很小的盒子，盒子里藏着一毛六分钱，它们分别为壹分、贰分、伍分的硬币各一枚和纸币各一张。我明白这些钱在当今社会是几乎毫无价值的，哪怕送给乞丐他都不会要。可在三十年前，对于一个孩子的我来说，它们却是一笔不小的财富。我家穷得吃不饱饭，更别提什么洗衣机彩电空调之类的家用电器了。那个时候放学回家了，最奢侈的便是吃完饭一家人坐在一台亲戚送来的旧收音机前听小说。而今天，我家拥有需要使用、想要购买的任何家用电器，包括等离子电视、液晶电视、电脑；上网、收发伊妹儿（电子邮件）也已经成为了我们工作的一个重要方面和生活中的家常便饭。

改革开放是中国共产党领导全国人民从胜利走向胜利的一个跨跃式发展的时期。30 年的沧桑巨变、30 年的光辉历程，实现了一个民族近百年的梦想，它不仅给人民带来实惠，而且壮大了国家的实力。30 多年来，我国的社会、经济、政治、国防、科技等领域都取得了非凡的成绩，也在世界历史上写下了辉煌的一页。在过去 25 年全球脱贫所得成就中，近 70％归功于中国；97 年香港回归，99 年澳门回归；航天事业不断创新；教育事业稳步发展，人民生活水平不断提高；所有这些都显示了在改革开放中不断发展壮大的中国共产党和中国特色社会主义的伟大力量。

从中国共产党的诞生到如今已经 90 年，弹指一挥间。昔日的坎坷道路变成了高速高铁，昨天的低矮的茅屋变成了高楼大厦，往昔的峥嵘岁月铸就了今日的伟大复兴。我们看到了金菊含笑，听到了枫叶流丹，闻到了硕果飘香。这些都归功于党，没有共产党就没有新中国，没有共产党就没有我们幸福的今天。

我生长在红旗下，沐浴改革开放的春风。我深深体会到是党和祖国用她们的乳汁喂养了我，用宽广的胸怀抱大了我，我要用一颗炽热的心，以感恩姿态，继承前辈未竟的事业，用自己灵魂的纤绳系向中国的大船，为祖国的繁荣强大尽职尽责。

87 藏头诗一枝独秀

说到一枝独秀，我想起一个非常有趣的现象，多年来，尤其是改革开放以来，诗歌一年比一年不景气，一年比一年退到边缘，时下的人们，大都快要把诗歌这种体裁遗忘了，连学校里的教学，诗歌也被边缘化了。举个例子，现在大中小学里，现代诗的教育几乎还是一片空白，连古体诗的教学，比例也相当有限，这种现象确实令人担忧，但同时我也发现，尽管诗歌确实已经被边缘化了，但是，藏头诗却不但没有被边缘化，反而有“大受欢迎”的迹象和趋势，为什么会这样呢？

不信，我再举几个例子，如今，网络上兴趣一种叫藏头诗的软件，只要你随便输入十二个以内汉字，一键下去，系统将自动为您做出藏头诗。尽管这些藏头诗往往都是牛头不对马嘴，意境也不符，但只要你按照提示，反复试几次，总有令你“满意”的作品出来。据说，这些程序就是调用唐诗宋词佳句自动生成的。还有，我在中国藏头诗词网还找到了不少“好诗”。譬如，有人用“牛年吉祥”输入软件，马上就得到如下这首诗：“牛气冲天财广源，年年富贵磊如山。吉随大道勤酬梦，祥伴征程奏凯还。”也有通用的藏头诗，如包含“新年快乐”的诗如下：“新牛旺业送千祥，年接春风迎瑞光。快意当歌同庆岁，乐传祝福到君旁。”还有，包含“恭贺新春”的诗如下：“恭祝高朋短信传，贺年岁岁永平安。新逢大吉添财运，春到君家庆酒甜。”

更令人拍案叫绝的是，去年台湾海基会会长江丙坤携同岛内各界人士，在台北地标性建筑 101 大楼 84 层的“风云会”多功能宴会厅设晚宴，欢迎大陆海协会会长陈云林一行。101 大楼一楼大厅就悬挂着一幅红底金字的藏头诗对联。上联是：“江山有情，丙火恒丰乾坤会”；下联是：“陈谷无偶，云水复泰儒林谈”。这个对子不仅将陈云林与江丙坤的名字镶嵌其中，而且构思巧妙，文采飘逸，雕工和意境也堪称佳绝，此后还有人模仿这个对子又造出了奇妙的对了，堪称佳话。诸如此类的藏头诗或对联还有很多，不胜枚举，也不必再多举例子。总之，藏头诗越来越流行，特别是官场，倒是很有趣而且耐人寻味的现象，但愿能多少弥补一些当今社会缺少诗歌的遗憾。从某种意义上讲，或许也可以算是诗歌的另一种上场。不过，要想让藏头诗发扬光大，我认为，还须有必要的宣传和引导。

回到汪洋赋诗这件事情来说吧，汪洋说，潮州敏锐地认识到落实《珠三角改革发展规划纲要》带来的新机遇，“韩水涌动”。有了这种再创辉煌的信心和决心，潮州就一定能乘风破浪！这应该才是激起汪洋写藏头诗的动因吧。因此，我在想，如果每个地方官员乃至国家领袖都能有此诗情画意，何愁国家不美好？于是我联想到了历代帝王，在国家兴盛的那个朝代里，何尝不是诗意盎然？我又联想到了开国领袖毛泽东那种“数风流人物，还看今朝”的豪情与壮志。同时，我也联想到了当代国家领导人，他们站“在希望的田野上”，而眼前的一切，正处于“春暖花开”的季节，这又是怎样的诗意盎然和充满诗歌的情怀。可见，藏头诗之所以会一枝独秀，也确实有其独特的历史和文化背景，值得更深入讨论。

88 火之舞蹈

自然之火

火，舞蹈的姿势是神秘的，也是诡秘的，甚至有一种妖氛的存在。在人类尚未发现火，或尚不懂得怎样利用火之前，人类的生存就像一群乌鸦，或像水獭一样，一边以空中的姿势猎食动物生肉，一边潜入水中，捕食生鱼。人类不懂得怎样改变自己的生活方式，每逢腊月寒冬，总是穿着蓑衣或树叶草皮瑟瑟发抖，许多人就是这样被冻死在荒郊野外，然后任乌鸦或野兽吞食。直到有一天，天空乌云密布，狂风大作，天昏地暗，电闪雷鸣，地动山摇。紧接着，在不远处的一座山丘上，一棵大树被震耳欲聋的雷声闪电拦腰劈倒之后轰然倒下并顿时燃起冲天大火。那一刻，那一道道刺目的白光从天而降就像天神降临，人类纷纷匍匐在地，吓得瑟瑟发抖，那个时候，人类不知火为何物，就把它当成天神发怒一般。

在古希腊神话中，普罗米修斯因教会了人类怎样用火并生存下来，而得罪了天神宙斯。心胸狭窄的天神宙斯因此拒绝将火种传给人类，普罗米修斯却想出了一个办法，用一根长长的芦苇枝，在烈焰熊熊的太阳车经过时，偷到了火种并带给了人类。天神宙斯更加愤怒，吩咐火神给予最严厉的惩罚，火神因为很敬佩普罗米修斯，就悄悄地对他说："只要你向宙斯承认错误，归还火种，我一定请求宙斯他饶恕你。"然而，普罗米修斯却摇摇头，斩钉截铁地说："为人类造福，有什么错？我可以忍受各种痛苦，但决不会承认错误，更不会归还火种。"火神只好忍痛把普罗米修斯带到高加索山，用那条永远也挣不断的铁链把他缚在一个陡峭的悬崖上，让他永远不能入睡，疲惫的双膝也不能弯曲，在他起伏的胸脯上还钉着一颗金刚石的钉子。他忍受着饥饿、风吹和日晒。不仅如此，天神宙斯还派一只神鹰每天去啄食普罗米修斯的肝脏，没想到，被吃掉的肝脏随即又长出来。普罗米修斯就这样被喻为宁为他人牺牲自己的人，从而获得人类的尊敬和传颂。

在中国，远古的时候，人类由于不知火为何物，反被雷电和大火吓着了，四处奔逃，等雷电和大火熄灭之后才又聚在一起，惊恐地看着那些被燃烧的树木。当人们正感到很奇怪，那一道道从天而降刺目的白光到底是什么，怎么会让树木突然燃烧起来之时，忽然发现，周围的野兽逃得无影无踪，连嚎叫声也没有了，于是人们就想："难道野兽怕这个发亮的东西吗？"于是，人们勇敢地走到火边，感觉到身上好温暖，于是兴奋起来。这个时候，忽然有一阵风吹来，人们闻到了一股奇特的香味，有种垂涎欲滴的感觉，人们怀着敬畏之心寻香而去，这才发现不远处有被烧死的野兽，那诱人的香味就是从那里吹来的。于是，人们壮起胆子好奇地围到火边，试着分食那些被烧过的野兽肉，没想到，这一试食不仅试出了从没有吃过的美味，还试出了人类的文明。从此以后，人类开始懂得并学会运用火，也知道了火的可贵，纷纷拣来树枝，点燃火，把火种保留起来。在中国神话故事里，这些火种是大神伏羲播种给人类的。大神伏羲不愿再看到人类像乌鸦和水獭一样吃生肉，所以，借助雷电劈木让树木燃烧起来，这就是"钻木取火"故事的由来，人类文明也就是这样演化而来。而人类文明的发展本身也是充满神奇。

欲望之火

人类的欲望是无止境的，正像火一样，当它燃烧起来后，就再也无法熄灭。欲望本身就是一种火，燃烧只是一个过程，同时也是欲望的实现。欲望之火源于身体内部，是心火上升的现象和结果。当然，它可能是压抑性情绪引起的，也可能是被某种事物点燃的，或者肉体的一种自燃。但无论如何，当欲望之火开始燃烧时，人类就会开始受到各方面煎熬，其可能是肉体的，也可能是精神上的。

是的，肉体是可以自燃的。当肉体开始自燃时，和生命存在的方式其实是一样的，只不过有些人无法觉悟到而已。肉体的自燃有时是不以人的意志而发生的。有时生命的存在就是从自燃开始的，来于自燃又归于自燃，或化为尘土，或化为空气。灵魂以火的形式获得进一步提升，或继续漫无边际地四处飘飞。是的，灵魂是隐形的，看不见的，比神秘更神秘，比诡秘更诡秘。不过，我却认为，欲望是可以被发现的。当欲望之火熊熊燃烧起来时，有一些灰烬会散落在阳光下或月光下，然后被风一吹，轻轻地拂动，这就是生命的神奇和诡秘之处。

有时候，燃烧也是冷冷的，就像被一阵冷风吹着一样，时间久了，欲望之火就会自动熄灭。我看见过一些不要命的酒徒，醉倒在街头或某个角落拐弯处，失魂落魄一样，只剩下行尸走肉，于是我就想到了灰尘，想到了虚无和另一种存在的方式。欲望之火终归也是要化为灰烬的，尽管它舞蹈的姿态有可能是极为炫目的，美有时候也是一种痛的开始。其实，万物终归也是要化为灰烬的，这是必然。

火之舞，是幻美的，而过程也是残酷的。

89 美女与政治

某日偶然读到这样一则新闻，甚觉有趣，故将其作为本文的开头：据香港《星岛日报》报道，靠经营肉欲帝国发家的华裔前“曼谷按摩院大王”朱威出马竞选曼谷市长，希望能整顿杂乱无章、尘土漫天的曼谷。然而经过数周拜票和演说之后，他却怀念过去按摩女郎环绕，热水按摩洗浴的日子。报上还说，朱威败选后接受媒体访问时叹了一口气说：“政治是最肮脏、丑陋的。我情愿好好坐在夜总会，身边漂亮小姐围绕，抽抽雪茄、啜饮白兰地、香槟。那样的生活才是惬意。”朱威的内心感言，或许会给当今社会尤其是官场产生某种启示吧？

言此，自然想到了美女，而说到了美女，自然就会想到古代的四大美女，那么，古代四大美女的评选标准到底怎样？我想，既为美女，首先美应该是第一位，要不就不叫美女，当然，这好像是废话；第二，该美女应该还要有名，要不美女也可能被淹没了，毕竟堪称美女的人太多，没有点名气，要被选为四大美女并不是那么容易。除此之外，还应该会有许多标准，譬如，还要才艺双全，并要有社会地位等。也就是说，空有美丽的外表和很有名是不够的，还必须够聪明，有学问并有地位，不像现代的选美，单凭漂亮的脸蛋和身材就能生产出大米来，就能进入人们的视野，从而成为满足社会需求的一种助推器。

杨贵妃是古代四大美女之一，那么，她到底有多美呢？不妨先来看一看，白居易写的《长恨歌》里是怎样描写杨贵妃的，“天生丽质难自弃，一朝选在君王侧。回眸一笑百媚生，六宫粉黛无颜色”。白居易生花妙笔之处不止于此，他形容杨贵妃的美貌是，“面如芙蓉，眉若柳叶”，形容她的美肤是，“肌肤白皙细腻得犹如凝脂”，形容她的媚态是“当她婉转蛾眉、回眸一笑时，六宫粉黛都失去颜色”，形容她的步态是，“风吹仙袂飘飘举，犹似霓裳羽衣舞”，形容她的哭姿是，“玉容寂寞泪阑干，梨花一枝春带雨”等等。不仅如此，书上还写到，杨贵妃每走几步路就会娇喘不已，香汗淋漓。由此看来，杨贵妃真的是美到可以流脂了。杨贵妃是因为太胖了，才会娇喘不已，香汗淋漓。不过，据传，正是因为如此，杨贵妃才美到让唐玄宗皇帝可以不思朝政，甚至连江山摇晃也浑然不顾。

为什么会这样呢？请看——据传，那时唐玄宗年龄已上花甲，精力有限，因此，每到冬天便肢冷骨寒，再加上皮肉松弛，白天又忙于政事和歌舞美学，夜晚只好借助爱妃丰腴肥润的玉体来暖身，难怪杨贵妃会受到如此宠爱。换句话说，杨贵妃丰腴的肉体已经变成唐玄宗御寒的佳品了，且宛如一张温暖的床褥，轻柔地裹住唐玄宗瘦骨嶙峋的身躯，那种受用的感觉自然是妙不可言。如果要进一步来形容的话，杨贵妃的肉体也宛如唐玄宗最贴身的沐浴温泉。杨贵妃就是这样日夜在唐玄宗的身边微微起伏和游动，难怪唐玄宗会睡得像婴儿一样与世无争。

紧接着，就发生了杨贵妃给干儿子安禄山洗澡这件事。不过，关于这个典故的描写，史家和坊间说法不尽相同，不妨先来看一看史书上是如何记载的，据姚汝能的《安禄山事迹》记载："（安禄山生日）后三日，召禄山入内，贵妃以绣绷子绷禄山，令内人以彩舆舁之，欢呼动地。玄宗使人问之，报云：'贵妃与禄山作三日洗儿，洗了又绷禄山，是以欢笑。'玄宗就观之，大悦，因加赏赐贵妃洗儿金银钱物，极乐而罢。自是，宫中皆呼禄山为禄儿，不禁其出入。"

再来看看坊间是如何描述的，李阳泉在《中国文明的秘密档案》一书中写道：唐玄宗宠幸杨贵妃到了无以复加的地步，然而，杨玉环却不甘心只占有一个皇帝，偏偏喜欢上了胡儿安禄山。安禄山为了赢得玄宗的赏识，在贵妃面前大献殷勤，他虽然比杨贵妃大十几岁，却请求给贵妃当干儿子。杨贵妃故意笑而不答。唐玄宗却鼓励贵妃收下这个"好孩儿"。自从杨贵妃当了安禄山的干娘，与安禄山来往就有了名分，你来我往，勾搭成奸。以致后来才演出"三日洗儿"的荒唐戏来。

以上两种说法，由于历史过于久远，实在无法准确论证，只能说各有道理，但笔者想，无论杨贵妃与安禄山之间的关系到底是怎样？安禄山毕竟比杨贵妃大十几岁是真实的，这一点史书上可以查出来。而安禄山为讨得杨贵妃欢心，甘愿当杨贵妃的"干儿子"，这种事情虽荒唐可笑但也不必少见多怪，别说在历史上并不少见，现实中也非常有可能同样存在，只是还没有被揭出来而已。不过，有一点不好理解和解释的是，据传杨贵妃收下安禄山这个“干儿子”还是唐玄宗亲自点头的。果真如此，唐玄宗岂不傻到了令人忍不住喷饭的地步？

90 话说“圈子”

圈子的说法，一般来自民间，是一种自发的行为，这种行为带有某种类似帮会的性质，圈子的语言，也因此带有明显的江湖义气。圈子可分为“大圈子”“小圈子”，一般小圈子是指日常生活中朋友之间三五知己，隔三差五的交往，聊聊天，喝喝酒之类的，不带任何的功利色彩，但凭率性而为，不必伪装自己，更不必讲究太多的礼节；而“大圈子”里的人则不太一样，必须按一定的礼节不说，大都要带着面具和他人进行交往，因为他们互相接触往往带有某种目的，彼此互相利用的关系也很明显，普通人较难介入，既使介入也不会长久，很快会被挤出来。其实，“大圈子”“小圈子”只是一种说法而已，“大圈子”里的人也有自己的“小圈子”，“小圈子”里的人也有自己的“大圈子”，并没有绝对的“圈子”，更多的“圈子”是服从生活的需要，随着社会地位、经济地位、兴趣爱好、文化层次等等的不同而不同，同时也随着环境的变化而变化，也就是说，“圈子”之说随遇性很强，不确定因素很多，不必过于求执。至于江湖义气之类的话语也都是时效性很强的，任何的苛求和背后的责备也都是毫无意义的。

再说,“圈子”其实是一种无奈之举,本身只是人类乃至动物界生存的一种需要和本能,正所谓物以类聚,人以群分,动物也一样,弱肉强食,趋强凌弱,道理其实是一致的。由此可见,人与人,圈子与圈子之间的一切变化也是符合大自然常态的,因此,只要持着一种平常心来对待则可,当然,圈子之所以成为圈子,自有其合理的理由,其所提供的场所、氛围必然会带有其特殊性和复杂性,但只要把这些问题想清楚然后看淡,就能理解每个“圈子”里的人,其实在生活中都活得很累,内心会积压着许多不满和愤恨,只是无法找到一处可以宣泄的地方,于是“圈子”无意中就担当了这种责任和角色,成了其可以用来发泄的场所,而作为“圈子”里的人此时也会放下手头繁杂的活儿,然后坐下来很有耐心地倾听着这种来自内心的苦诉,“圈子”又在一次无意中充当了解开某些人私生活的一把钥匙,理解万岁,也就因此成了“圈子”里的人通常的口号。不过,从另外侧面来讲,“圈子”依然是私秘性很强的群体。

其实,“圈子”之说,早在二十世纪三四十年代就开始流行,其中最著名的圈子在林徽因的客厅里,那个客厅里曾经聚集着中国现代一群最有才情的文人。80年代时期,三五成群,五六一伙,八九十人抱成一团,到处都是圈子,都是小团伙,以“求新”的方式为活动的契机。类似这些“圈子”很显然是另外一种“圈子”,带有时代创伤和政治粉末,这里暂且不说。这里所说的“圈子”,不管是“大圈子”还是“小圈子”,准确的说法应该是一种社会文化现象,首先,“圈子”是从社交场合走出来的,然后才聚在一起形成一个“圈子”,因此兴趣和爱好肯定是相通的，而且是相近的，否则，形不成“圈子”；其次，“圈子”是社会的一个小群体，从思维到实践都有一定的模式在里面，这是平时在一起互相沟通的结果，因此从某种意义上讲，“圈子”填补了社会意识形态的一个漏洞，或者叫空白，总之，代表着某种社会文化现象，这也正是“圈子”的魅力所在，和令人舍离不开的真正原因之一。当然，更重要的是，如今的“圈子”在社会生活中所扮演的角色，已经越来越被周围的人所重视，越来越被社会所认可，由此演化出来的社会群体，也越来越在社会上显示出其不凡的身价和地位。中国何时才能走出“圈子”的阴影，或者说何时才能让“圈子”走上正轨，也只能拭目以待了。

91 物皆著我之色彩

——关于散文创作情感四则

物我情触

作家的内心情感，与某时某地的景物相触，最易在相似点和相通处发生撞击，产生创作冲动，从而写出物情浑然的散文。

“今夜林中月下的青山，无可比拟！仿佛万一，只能说是似娟娟的静女，虽是照人的明艳，却不飞扬妖冶，是低眉垂袖，璎珞矜严。流动的光辉之中，一切都失了正色，树林是一片浓黑的，天空是莹白的，无边的雪地，竟是浅蓝色的了。这三色衬成的宇宙，充满了凝静，超逸与庄严，中间流溢着满腔幽哀的神意，一切言词文字都丧失了，几乎不容凝视，不容把握！”……这是冰心先生写的《往事（二之三）》。她在留美期间，因病住进沙穰青山疗养院发生一幕：在一个如梦如烟，一切寂然的冬夜，她倚卧病室透过窗扉，外面一片“仙境”：幽静的夜，浓黑的林，莹白的月，浅蓝的雪，空旷的野，默默的青山如低眉垂袖，璎珞矜严且又明艳照人的娟娟静女。此时此境，清辉流动，雅寂凝穆，充满了静美、幽哀、冷艳、超逸和庄严的气氛。

于是，她以抒情的笔调铺就今夜的林中，“不宜于将军夜猎”“不宜于爱友话别”，“不宜于高士徘徊，美人掩映”。因为那“朵朵的火燎，和生寒的铁甲，会缭乱静冷的月光”；“踏月归去，数里相和的歌声，会叫破了这如怨如慕的诗的世界”；“在一片光雾凄迷之中，只容意念回旋，不容人物点缀。”一切的一切，对这幽静的境界，都是大煞风景。那么最好的就是病中倚枕女孩透窗看月静思遐想了。“我倚枕百般回肠凝想，忽然一念回转，黯然神伤。”物我情触，景情相谐。这幽静之景最易引出悠悠之情。对于身处异国之人，更会生出“如水的客愁”，“如丝的乡梦”，“有万千种话”要说。于是作者思绪飞腾，在抒发病困客愁，旅思乡魂之中，进入幻境，生出翅膀，遨游天国，“泛入七宝莲池”，“参谒白玉帝座”，“有天上的重逢”，“有人间的留恋”。经历过“销魂目断”，“困弱道途”之后，流露出淡淡的哀愁，叹人生之多艰，哀生命之短促，悲前途之渺茫。这种凄楚迷离的情怀全因医院四周的景物引发的，作者以我观物。把自己丰富自想象和热烈的情感融入笔端，使景情相谐，物我无间，创造出一个勾人的意境。这应该说是散文创作中物我情触的范本。

情随景生

翻阅朱自清的《浆声灯影里的秦淮河》，仿佛自然而又慢慢地展开一轴山水长卷，那月、那灯、那水、那琴、那歌，渐次映入我们的眼帘。

“夜幕垂垂地下来时，大小船上都点起灯火。从两重玻璃里映出那辐射着的黄黄的散光，反晕出一片朦胧的烟霭，透过这烟霭，在黯黯的水波里，又逗起缕缕的明漪。在这薄雾和微漪里，听着那悠然的间歇的桨声，谁能不被引入他的美梦呢？只愁梦太多了，这些大小船儿如何载得起呀！”

情由景生。眼前的美景勾人魂魄，系人情思，让人在谈天望远中，自然被“牵惹”到“美梦”中去，“开始领略那晃荡着蔷薇色的历史的秦淮河的滋味”，遥想《桃花扇》中描写的那些动人故事，回思六朝金粉的美好景象，流连于秦淮河旧时的“艳迹”，咀嚼着当年笙歌彻夜的繁华，产生了无垠的憧憬和“神往”之意，模模糊糊之中，“仿佛亲见那时华灯映水，画舫凌波的光景”。这思古之幽情曲折的蕴着作者追求暂时宁静，摆脱或忘却现实烦恼的心情。

船儿进行到大中桥外，顿然空阔那灯月交辉，笙歌彻夜的秦淮河的美容全都露出来了。水呈着“漾漾的柔波”，恬静、委婉，“冷冷地绿着”，如“茵陈酒”一般。船儿缓缓地行走，留下“轻轻的影和曲曲的波。”歌声，经了“微风的吹漾和水波的摇拂，袅娜到人的耳边之时，已混成夏夜绝妙的密语了。灯光都是“黄而有晕的”。“灯愈多，晕就愈甚，在繁星般的黄的交错里，秦淮河仿佛笼上了一团光雾。”这“光雾”是灯光、月色杂揉蒸腾的水气形成的。缠绵的月色盖过了灯光，让灯光更晕，显得自己更亮，在净碧如水的天宇中，显得风姿绰约，似独步蓝天的少女，羞羞地窥着人间。岸边垂柳的淡淡影子。在水里轻轻地摇曳着。那浴着月光的柔枝，像美人的相互缠着挽着的臂膊，又像皎洁的月儿披着的发儿……

如此的美景“牵想着，震撼着”，心枯涩久的作者。作者的心已经在这绿绿的水，柔柔的波，淡淡的月，轻轻的影，碧蓝的天宇，袅娜的歌声的“润泽”，沉醉了，沉醉到“疯狂的不能自已了”。

正当作者的心在美景中得到些许宁静，慨叹天之厚赐自己的时候，丑恶的现实涌到眼前。妓船的出现把他恬然的心境搅乱了。本来听说，歌妓早被取缔，“不料她们却仍在秦淮河里挣扎着”，三番五次地纠缠着自己，让他“踧躏不安”，怅然张惶不已。情因景生。作者“受了道德律的压迫”，拒绝歌妓。而歌妓是被社会所迫，为了生存，才沦落风尘的，自己拒绝了她们，总感到有些“抱歉”。她们于自己“虽然没有很奢的希望，但总有些希望的。自己拒绝了她们，无论理由如何充足，却使她们的希望受了伤，这总有几分不作美了”。作者的理智同情感发生了剧烈的冲突，不由思绪如潮，“盘旋不安，起坐都不安宁”。于是“清艳的夜景也为之减色了”。

船夫要赶第二趟生意催着他们回去。他们只好“无可无不可的答应了”。离开晕黄的灯光，冷清清的归舟进入到张开巨口的黑暗之中。他“回顾那渺渺的黄光，不胜依恋之情”涌上心来，深深“感到寂寞”，“忽然仰头看见依人的素月，不觉深悔归来之早”。此时不安的心，在静静的夜里，在汩汩的浆声中，愈加活跃，游玩的不足之感，更其浓厚，于是心里只能由“懊悔而怅惘了”，直到上岸，他心里还依然充满着“幻灭的情思”。这回归“满载的怅惘”，淡淡的哀愁，含不尽之意于言外，饱含了作者无法摆脱现实矛盾纠缠的痛苦心情。读完之后，回头凝视，我们不仅看到秦淮河不同景物的美丽画面在眼前跳荡闪烁，同时也感到作者的情感随着不同景物的出现而起伏转换。

景中藏情

散文家常常把自己充满情感的血肉之躯深藏于文字里面，他们的心志总是涵泳在所描写的景物之中。移情入景，景中藏情，言近旨远，寄托遥深。这是散文家的笔与宇宙万物神遇而化的结晶。

柳宗元的《石渠记》，为什么会千古流传，成为天地间之至文？柳宗元随行随览随记，于平淡自如，随心所欲之中，横生笔趣，尽现神韵，自成天然。但真正使这篇三百字游记获得永恒生命力的，是作者深藏于景物中的身世之慨和悲凉之情。细读《石渠记》，柳宗元笔下的泉、渠、石、流、泓、潭，都含着冷寂、纡曲、坎坷、艰难、清幽、孤苦。泉之声“乍大乍细”，“渠之广”或狭或宽，刚流“十许步”，就碰到大石而“伏出其下”，逾石而前，后入石泓，然“又折西行”，复“陷岩下，北坠小潭”，“又北曲行纡馀，睨若无穷”。如此艰难曲折的历程，正是作者情怀的投射。柳宗元是拿“纡曲”、“坎坷”、“孤寂”的石渠这个酒杯来浇心中的块垒。“零落残魂倍黯然，双垂别泪越江边。一身去国六千里。万死投荒十二年。”(《别舍弟宗一》)元和四年，作者在《与李翰林建书》中曾道出真实的心境：“时到幽树好石，暂得一笑，已复不乐。何者？譬如囚拘圜土(牢狱)，一遇和景，负墙搔摩，伸展支体。当此之时，亦以为适。然顾地窥天，不过寻丈，终不得出，岂复能久为舒畅哉!”。在如囚徒般的流放生活中，柳宗元视永州如牢笼，偶遇一溪一石，觉得只不过是这牢笼中的一缕阳光，只求得暂时安慰而已。而实际内心始终被痛苦和孤独笼罩着，无法排遣。

然而，性格孤高顽强的柳宗元，并没有在失望中绝望，痛苦中怯步，磨难中倒下。他像石渠一样。虽有曲折，依然前行。虽遇阻碍，决不屈从，虽然流到了尽头，但在入渴处照旧发出空谷传响之音。“风摇其巅，韵动崖谷，视之既静，其听始远。”这绝妙之笔正传出作者内心的声音。石渠入渴，其流已尽，但就在一切将尽已尽处，山风阵阵吹来，崖谷树声骤起，如琴韵之美妙的奇音，在诡石怪林的崖谷间震荡，回响。稍顷，崖上风平，树已归静，而崖谷中的回声却一波又一波地向远方娜娜散去。这里蕴含着他虽受摈弃，不更乎其内的铮铮硬骨和昂然之态。

文中隐约可见，这石渠土石壅塞，恶木毒卉丛生，落叶枯枝满地，致使渠水滞涩不畅。可柳宗元却写得静幽瑰丽，水声幽咽，深邃清寂，楚楚动人，清明可爱，没有丝毫荒凉颓废之貌。但是恶浊现象的存在毕竟又是事实。空们时时污染、腐蚀、侵吞美丽的自然，让“嘉木立，美竹露，奇石显”，柳宗元亲自动手，“铲割秽草，伐去恶木”，“揽去翳朽，决疏土石，既崇而焚，既釃而盈”。这正寄托了作者嫉恶如仇、崇尚纯净、卓然独立的品格。

作者在文中深深叹息石渠的沉埋不遇，默默无闻。故特撰文刻石，以昭示后世，耐人寻味的是，这乃写名山绝壑有佳境而不得自炫其奇于世，还是写人间之英才，沉埋无闻之余，还遭遇迫害和扼杀？作品的深意？正在于此。

到此，我们全然明白，柳宗元写石渠就是写自己。柳宗元就是石渠，石渠就是柳宗元，妙在似与不似之间。看来，藏情于景的散文，味必醇厚，格必高雅，耐人咀嚼。相反，没有情感薰染和渗透的散文，既使文字华美，也难免干瘪枯燥，寡淡无味。

托物寄情

散文家对生活有了某种独具的认识和强烈的感情，又同某景某物产生契合，常常能写出不同凡响的散文。

且看周晓枫的《雨后》。

“先于每年春天到来的，是一场雨。经过冬季漫长的肆虐，大地伤痕累累。一切都是光裸的，贫苦的，世界被剥削得彻底破产。”

谁会亲近失势者？谁会在别人需要帮助时给予帮助？谁会在别人危险时，能挺身而出，拉上一把？谁会在帮助别人时能“慷慨”无私，有一种“坠楼者的果决，以及了断时刻的奇异轻松？谁会为别人奉献后又“无迹可寻”？春雨！

“纯洁可以成为更改世界的力量，只不过在时间上是短暂的。一盆水只需要一捧土就成了泥浆，而大地，却一年四季吸呐雨水，并以此作为生生不息的源泉。可以就此推理出一个冷峻的结论：肮脏可以贯彻到底，纯洁被迫要在中途停下”。

这颇有张扬肮脏永驻永胜的味道。历史就是这么残酷，所有的好人都遭受难言的磨难，所有的崇高都被一次次推倒，所有的纯洁让一回回玷污。人要纯洁难，纯洁到底更难。纯洁是很脆的玻璃，极易被打碎，而肮脏却固若金汤。纯洁常常只能逞一时之雄，而肮脏却能永世长存。这大概是人的本性更易接近肮脏，而较难崇尚纯洁。

“上帝把非凡的复活能力赋予这世上最卑不足道的蚯蚓。并且这不是简单意义的重生，蚯蚓失一条性命，换回两条。”

世界上有些事情是不合逻辑的：有些人失去很多，照理说失去的已失去了，永难再有。可是，不！反而会得到双倍的补偿。有些人得到了很多，照理说这得来的东西就铁定是自己的了，可是谁曾想，有朝一日连本加利全部退赔。不合逻辑却最合逻辑。

“彩虹永远出现在太阳的对面，当你向它靠近，最后发现那里只有空白的天际，而当你低头，你会明白追寻的结果就是背离阳光，地上只有自己浅淡而变形的影子。”

最美丽的东西常常是靠不住的，可人们总是向往美丽，追寻美丽。彩虹之所以美，昙花之所以美，梦境之所以美，都是瞬间的一霎那的无法拥有的东西。追寻美丽的结果常常是个陷阱，前人上够了当，可人性使然，总有人不断步其后尘。自己梦想着得到最美的如彩虹一般的东西，结果总是扑了个空，以失败而告终，甚至以性命为代价。越向之追寻，离“阳光”越远，离危险离黑暗离罪恶越近。

这些景物寄寓着作者多么深沉的情感和见识啊！

强调情感，不是抛开景物。王夫之说得好：“夫景以情合，情以景生，初不相离，唯意所适。截分两橛，则情不足兴，而景非其景。”情与景不可割裂、对立。大凡千古的散文，都是所有景语皆情语，所有情语皆景语，景中有情，情中有景，情因景生，景随情移，情景相触，天然融汇，密不可分。但是“动人心者，莫先乎情”。既然散文是作家主观的产物，就不能不含有作家的情感。作家的情感在描写景物中表现是含蓄的，还是直露的，是浓烈的，还是轻淡的，是交错的，是并重的，还是别样的，均可，但就是不能无情。为景而景的散文，实在不足道之也！

开花的书页

——怡霖散文集《追梦霞满天》跋

丁一

这是我第二次为青年女作家怡霖的散文作品集作跋。去年这个时候，她的散文集《月上柳梢头》杀青时嘱我写点读后，我以“红酥手”为题作跋，至今还清楚地记得写下那近5000字时，我处于一种什么样的的状态。秋风肃杀、更深夜静，我贪婪地吮吸着那些凄美婉约的文字，是那样的激动而热泪盈眶；浸淫在那些天荒地老的情节里，又是那样地痴迷而不能自拔。如今，当我的目光再一次与那些文字相遇时，那种感觉便又不期而遇，无法回避又无法排遣，仿佛昨日。

怡霖入文学圈子的时间不能算长，可她却自觉不自觉地超越了无数前辈和同道，成为青年女作家中的佼佼者。今年一月，邀她来锡参加我国著名教育家胡雨人文学笔会期间，写了一篇有关胡雨人研究的五六千字教育史论文稿，在《胡雨人研究》学刊上发表，读了那篇学术文稿，我十分惊叹，感觉她的学习能力、记忆能力与接受能力均非同于一般，可谓博闻强记。二月，她又先后参加中央统战部安排于中央社会主义学院的学习及北京鲁迅文学院高研班深造，《追梦霞满天》中的许多篇章,就是在那个时间创作并发表的,其中就有一二十篇录用在由我主编的《无锡商报》副刊、《华夏散文》月刊和《中国散文家》双月刊上,为此《无锡人才信息报》外文翻译、青年女作家王倩还专访了她,写出“美女与文学”长篇访谈录,发表在数家报刊,引起学界极大的关注。七月她从鲁院学习结束回到厦门后,又幸运地受到厦门大学出版社的青睐,使这部《追梦霞满天》散文新作被列入出版计划得以顺利问世,这是一件多么值得为她庆贺的事,毕竟《月上柳梢头》出版至今时隔不到一年,还真有些洛阳纸贵的味道呢。

怡霖自小家中一贫如洗,年幼时就接受着失父之痛,6 岁背负家庭重担,当起了放牛娃,16 岁辍学到杭州打工,苦难的日子就像冬天的黑夜盼不到日出,心头总像长着一株黄莲,苦涩而没有尽头。但不管到什么地方、做什么,她始终没有放弃对文学的向往与追求。对于自己一路走过来的文学之途,她在一篇写得很典的《通往圣殿的路上》有着非常坦诚的描述,她写道:“我曾经就是一个放牛的孩子。6 岁那年,为了替母亲减轻负担,我从她手中接过一把钥匙,别的孩子可以从从容容打扮,高高兴兴上学,我却与母亲一同起床,我来不及吃东西,背个亲戚家送的旧书包,从锅里取上一块头晚煮熟的地瓜,一边咀嚼一边慌忙地向学校奔跑。因为裤腿沾满了泥巴与露珠,到学校门口那小溪前,不得不借了人家正在洗衣服的刷子将裤管刷干净才敢走进教室。在那些过往的岁月里,书始终是我不离不弃的伴侣。16 岁那年,辍学进县城打工,我没舍得吃烧饼,宁肯饿着肚子用可怜的工资为自己买了一本《唐诗宋词》。那一夜,我沉浸在李白、杜甫的墨香里,久久不能入眠。后来这本书不知被我翻弄了多少次,封面破了，纸页残了，可到现在我都一直珍藏着。它成了我生活的见证，也成了我生命的见证。”

没有经历过苦难岁月以及没有生活底子的人，是无法用这样的文字勾勒出如此悲苦的情节与感怀，就连读懂它们也将是一件很困难的事，诚然，我们这个多灾多难的国家数十年前还曾经是那样的赤贫，而小小年纪的怡霖，就是忘不了那些刻骨铭心的心酸往事。那些信手拈来却满纸沥血的篇章，读来无不令人揪心，在《断指》一文中，她是这样写的：“我割了这行还有那行，出了这田还有那田，田田相连，可我却不能如青蛙，自由的愿意窜到哪都行。我挥着镰刀的手不容我发酸，我只想将这长长的稻行早点割完。握紧稻穗，我仿佛闻到了白花花的米饭，这一刻，我闻着稻穗是幸福的，我觉得离白米饭更加近了。谁知道我‘哇’一声大叫，我自己也不知是怎么回事，就好像小指被什么扎了一下剧痛。当我举过自己握着稻草的左手时，才发现小指头已少了一截，鲜血正汩汩地从指间流出来，落在田里，红了一片水。”一个从火中取栗的人并不会轻易说出那些藏在心中的伤痛，除非像梵高那样无限热爱这个世界，并把大地旋转成燃烧的向日葵。同样，怡霖在抒写这些人性亲情的文稿中，运用的不仅仅是朴素实在大气的符号，那些厚重的笔调和委婉的描述，那些读来不得不令人嘘唏不经意中让人流下伤心之泪的情节，无不使读者为她往昔的岁月扼腕长叹，又为她今日的光辉鲜亮而深深祝福。她在《第一只电饭锅》中十分生动地写道：“一年到头只要不干农活时，就得步行10多公里去砍柴。条件好一点的家庭有手推车，一车可以拉上五六百斤，而我家买不起轮胎，靠的是母亲和姐姐的力气，早晨母亲出工去，我就在家做地瓜饭。将米淘好放进大铁锅，舀上几大勺水，盖上锅盖。划了火柴挑几张大一些的树叶先生火，然后慢慢添柴，直到炉灶烧得旺旺的。待米开花，倒进地瓜再烧上一会，然后就将连米花带地瓜用漏勺捞到一个铝锅，再将火炉里的红红的柴炭用铁锹掘出到炉灶前的柴灰上，铝锅就放在炭中间，一边烧柴一边在铝锅的周围添柴炭，慢慢就焖熟了。如今……居然一插电源就有饭吃了，这让我惊讶不已，欣煞不已。”

在我的思维里，怡霖的文字始终是鲜活的，那些文字的线条似脉管中流动的血液，流淌到那里，那里就有了火焰般的燃烧的热烈。怡霖的情感世界更是那样的丰满而唯美，充满了对生命和爱情的渴望，对自己所宠爱的物与事都会投注于文学的全身心的关注，特别是那篇《情花》我读了多遍，可每读一遍我仍然会产生一种全新的感受，可以这么说《情花》仍女性之花，乃爱情之花，是她对爱情和生命的宣言：“前生我是你的女人，今生你用你柔情飞扬的文字牵引我的心魂。今生我依然要做你的女人，你将所有的柔情化成文字昭显你对我爱的忠诚。/吾郎，我是你苦等千年的精灵，我等你在万古断桥，与你倚柳赏荷，与你植梅栽桃。芳华皆尽不言弃，青丝银发为君系。执子之手，与子偕老。/你是我唐朝的皇，你是我抱梁的尾生，你是我化蝶的梁山伯，你是我朝思暮想的放翁，你是我鹊桥相会的牛郎，你是我宿命的西楚霸王。/昔我往矣，杨柳依依。今我来思，雪雨纷飞。情花无色，却是你是不变的誓言；情花无味，却是你永恒的承诺；情花无形，却为你盛放春冬秋夏。/青青子衿，悠悠我心。但为君故，沈吟至今。”这些心如止水的文字，没有大爱的心灵是无法表达出来的，她的爱是那样的深厚而透彻，可以把被爱的人淹死在这些文字的琼浆玉液之中。细一推敲，这些可以在初燃的篝火旁纵情朗读的文字，不就是她对大爱的追述与独白吗？不就是李清照的今译吗？怡霖这位出色的女子，写出了这样出色的语言，可谓柔到了尽头。然而，她那抒情散文的柔美，又并不全在她的文字里，更多的是藏在她的骨子里，一如加拿大女诗人安妮·埃拜尔在一首诗中表述的那样："我是一个瘦骨嶙峋的女孩，有美丽的骨头。"这些歌唱般文字啃，就像那受了伤的翠鸟，疼痛地落在了她那早已写碎的纸页上。当我再一次阅读这些诗一般的句子，初秋的夕阳已湮没于窗前花园的金桂树冠，从书房窗棂里反衬出来的暖意像桔色灯光是那么柔和而透亮，在我的眼前不断散布、扩展、组合、断裂、粉碎、整合、重叠、连接，一幅幅一组组淡彩的画面物像幻觉不断反复叠现，在我的脑海中形成了奇妙的画面张力和空间效应，我的视觉感受在这样的效果下达到充分的饱和，不觉被怡霖所创造的那些深层文学艺术形态以及幽深的文化韵致所吸引，在火热的青春激情鼓动下双眼不禁湿润，我忘情地享受着一种前所未有的生命的满足，心在不知不觉中被这些温暖如阳光的文字煮熟了……

仙鹤不浴自白，这一切都因了青年女作家怡霖个人的天性、境遇、修养、智慧、勤奋、兴趣、性格决定了她的过去，同时也决定了她今后的命运。宁静而致远，淡泊何必明志，芸芸众生在大千世界的诱惑下，让随意涂写或细心经营的生命走了很远很远，而她却恪守着那份清淡寂寞，并没有缝缝补补的痕迹。作为一种文学的姿态，她的人格无须过多赘述，她在这个领越，她便是她别人无法替代。不是吗？一直以来我们都试图寻找一种关于生存状态的表达方式，只是由于思想的贫乏，常常缺少一种可以说给别人听的厚度，于是，我们总是在寻找的途中提炼生命抑或信仰。其实写作就是一种趣味抑或一种生活方式，选择文学其实是选择了一种生存形态，它不仅是生命的审美需要，同时也是人生价值的取向与立场。王国维在《人间词话》中指出“有境界，则自成高格”。一管窥之，《岁月追风人》、《月上柳梢头》、《追梦霞满天》散文集中那些开花的书页，便成了她一道坦坦荡荡不可或缺的人文风景，正因为有了它们的存在，怡霖才衍变得更加年轻灵秀而生气勃勃……

多语了，谢谢，谢谢。

2011 年 9 月 18 日

（注：丁一，中外散文诗研究会副会长，中国散文家协会副会长，中国作家协会会员，国家一级作家，中国国际文化出版社华东分社社长，《华夏散文》月刊副主编，《中国散文家》双月刊常务副总编 。）

后　记

我的第一篇散文《破碎》发表，距今时隔4年。她就像一朵应该在初春开放的小花，到了暮春才意外地绽放。她对别人而言，或许不足挂齿，可是我却视之为我人生的一个里程碑。我感到，走进文坛是我的大幸，是对我早年种种不幸的补偿。这看似不经意的闯入，实际是一种缘，仿佛前生有约。

有位作家一再叮咛我说："你对写作务必要自信。高尔基只上二年半小学，李白和屈原是哪个大学毕业的？鲁迅开始是学医的，郭沫若也是。可他们都在文学上达到难以企及的高度。况且你有极强的文学意识，出众的叙事才能，极高的悲悯情怀，还有那样丰富的社会阅历……"

他的话如上天的圣语，启开我封闭的心扉，如暖暖的清新的春风在我的心海里吹起了理想和渴望的涟漪。

此刻，我突然觉得，虽然我写作的历史只有几年时间，但对文学的记忆却好似从我幼年时就开始了。那时世界呈现给我的总是苦难的场景:祖母的悲痛、父亲的低沉、母亲的哀泣,等等。这些伤痛的岁月,总不能如云烟从我眼前散去,记忆之剑不知给我的回忆带来多少悲怆。在无数次的梦中,我总是见到那些令人恐惧的情景。人们常说,忆旧是衰老的表现。我宁愿默认这种衰老,而不能也无法忘掉那些苦难的岁月。然而,当它们慢慢在我心里沉淀时,却也慢慢变成了孕育我文学创作之梦的温床,变成了让我成长为作家的摇篮。

这几年来,我因昔日曲折的经历、生命的疼痛和内心的悲悯而倾吐,让每一个字都如一滴热血,缓缓地滴落在我手机的屏幕上。它们洇染,盛开成为对世道人心有滋养的鲜花。这使我深深认识到,文学不是大学文凭的衍生物,也不是养尊处优所能给予和造就的,它是痛苦的心灵、悲悯的情怀沥出的一滴滴鲜血。

我的文学创作不只是源于自己和亲人的故事,还源于对故乡的情感。我喜欢故乡浓荫覆盖下的房屋、土院、木窗,喜欢父辈一样的农人那简单的劳动和生活。他们对人的质朴、坦然和真诚,前生就注入了我的血脉。不管我离开他们多远多久、在表面上同他们如何分歧甚至相互背叛,可是我却时时为他们牵肠挂肚,在内心深处和他们相通,汇合。每当夜深人静,他们的生活和故事,总是在我的血脉里涌动,在我的梦中出现,浸润和搅动着我的心海和神经,让我辗转反侧,难以成眠。我以小巧玲珑、握在掌心的手机为书写工具,无论在什么场所,只要灵感来访,便挥洒自如,超强释放,势不可挡,心至文成。一篇文章尘埃落定,内心暂时平静,可是要不了多久,就又风起云涌,爆发新的创作欲望,源源不断的文思催生一篇又一篇的新作。

创作的题材和情感全然像至爱亲朋，团团包围着我。我的写作就是这样推着我走向广阔，走向深邃。

我酷爱自然——大到一脉山峰、一条江河、一处海天，小到一棵树、一朵花、一片叶。我看到鲜艳绚丽的桃花，就无限欢欣；看到随水漂逝的杨花，就顿生愁怨；见到累累的硕果，我会尽展歌喉，唱出心中最美的歌；见到百木萧条，落叶纷飞，我心中就会立刻充满忧伤和苍凉……总之，日出月落，阴晴雨雪，一切的一切，都会在我心中激起情感的浪花。这或许就是触发我创作灵感的永不枯竭的源泉吧。

有一位女诗人说："文学，是一项需要在其中留下'个人标记'的事业，写作，就是在纸上按下手印。每个人都应该先写下自己命定的那一份。"我欣喜我在自己的作品中按下了自己的手印。我终于把我昔日的疼痛、苦楚和挣扎写了出来，我终于把我的所爱，包括我认为的美与善写了出来。

我活在文学中，成了文学的附庸，文学成了我的主宰。我用文学记录了大自然的美，记录了人性的善与恶，记录了我心中的爱，这是我对文学的回报。我常常通宵达旦地写作，虽然也时而感觉辛苦劳累，甚至因写作而变得疯狂，但是哪怕精疲力竭，嘴里喊着亲人"救我"，可还是要写。我觉得，我是在这样的过程中享受着生命，我甘愿过这样的生活。唯一令我始料不及的是，文学竟有如此的力量，让看上去纤弱的我变得如此生猛刚强。

《追梦霞满天》与我已纠缠有时。正因这样，我对她充满了至爱的感觉。在此，谨向使这部散文集得以问世的厦门大学出版社以及一直以来帮助和支持我的所有老师和朋友表示最衷心的感谢与敬意。为了报答你们的厚爱，我将努力写出更多的使天地温暖、使灵魂有光、使精神欢愉、使生命芬芳的文字。

怡　霖

辛卯暮秋于怡心斋

图书在版编目(CIP)数据

追梦霞满天/怡霖著.——厦门:厦门大学出版社,2011.10

ISBN 978-7-5615-4064-0

Ⅰ.①追…　Ⅱ.①怡…　Ⅲ.①散文集－中国－当代　Ⅳ.①I267

中国版本图书馆 CIP 数据核字(2011)第 202301 号

厦门大学出版社出版发行

(地址:厦门市软件园二期望海路 39 号　邮编:361008)

http://www.xmupress.com

xmup @ public.xm.fj.cn

厦门集大印刷厂印刷

2011 年 10 月第 1 版　2011 年 10 月第 1 次印刷

开本:787×960　1/16　印张:20.75　插页:3

字数:220 千字

定价:28.00 元